Wilhelm Meinhold

Maria Schweidler, die Bernsteinhexe

Wilhelm Meinhold: Maria Schweidler, die Bernsteinhexe

Berliner Ausgabe, 2017, 4. Auflage
Durchgesehener Neusatz mit einer Biographie des Autors bearbeitet und eingerichtet von Michael Holzinger

Erstdruck: Berlin (Duncker u. Humblot) 1843, anonym.

Textgrundlage ist die Ausgabe:
Wilhelm Meinhold: Maria Schweidler. Die Bernsteinhexe. Der interessanteste aller bisher bekannten Hexenprozesse, nach einer defecten Handschrift ihres vaters, des Pfarres Abraham Schweidler in Coserow auf Usedom. Herausgegeben von Elisabeth Kiderlen, 1. Aufl., Frankfurt am Main: Insel, 1978.

Herausgeber der Reihe: Michael Holzinger
Reihengestaltung: Viktor Harvion
Umschlaggestaltung unter Verwendung des Bildes:
Johann Heinrich Füssli: Die drei Hexen, 1783

Gesetzt aus der Minion Pro, 10 pt

ISBN 978-1490310015

Wilhelm Meinhold

Maria Schweidler,

die Bernsteinhexe

Der interessanteste aller bisher bekannten

Hexenprozesse,

nach einer defecten Handschrift ihres Vaters,

des Pfarrers Abraham Schweidler

in Coserow auf Usedom

Vorrede

Indem ich dem Publicum hiemit diesen tiefrührenden und fast romanartigen Hexenproceß übergebe, den ich wohl nicht mit Unrecht auf dem vorstehenden Titelblatte den interessantesten Aller, bis jetzt bekannten, genannt habe, ertheile ich zuvörderst über die Geschichte des Manuscriptes die folgende Auskunft:

In Coserow auf der Insel Usedom auf meiner vorigen Pfarre, und derselben, welcher unser ehrwürdiger Verfasser vor länger als 200 Jahren vorstand, befand sich unter einem Chorgestühl der dortigen Kirche und fast zu ebener Erde eine Art Nische, in welcher ich zwar schon öfter einige Scripturen liegen gesehen, die ich jedoch wegen meiner Kurzsichtigkeit und der Dunkelheit des Ortes für verlesene Gesangbücher hielt, wie denn in der That auch deren eine Menge hier umherlag. Eines Tages jedoch, als ich mit Unterricht in der Kirche beschäftigt ein Papierzeichen ... (in) den Katechismus eines Knaben suchte, und es nicht sogleich finden konnte, trat mein alter, mehr als achtzigjähriger Küster (der auch Appelmann hieß, aber seinem Namensverwandten in unserer Lebensgeschichte durchaus unähnlich und ein zwar beschränkter, aber sehr braver Mann wär) unter jenes Chorgestühl, und kehrte mit einem Folianten zurück, der mir nie zu Gesicht gekommen war, und aus dem er ohne Weiteres einen geeigneten Papierstreifen riß und ihn mir überreichte. Ich griff sogleich nach dem Buche und weiß nicht, ob ich schon nach wenigen Minuten erstaunter oder entrüsteter über meinen köstlichen Fund war. Das in Schweinsleder gebundene Manuscript war nicht blos vorne und hinten defect, sondern leider waren auch aus der Mitte hin und wieder mehrere Blätter gerissen. Ich fuhr den Alten an, wie nie in meinem Leben; er entschuldigte sich aber dahin: daß einer meiner Vorgänger ihm das Manuscript zum Zerreißen gegeben, da es hier seit Menschen Gedenken umhergelegen, und er öfter in Papier-Verlegenheit gewesen sei, beim Umwickeln der Altarlichte usw. Der greise, halb blinde Pastor hätte es für alte Kirchenrechnungen gehalten, die doch nicht mehr zu gebrauchen seien[1].

1 Und in der That kommen im Original einige Rechnungen vor, die wohl beim ersten Anblick zu diesem Irrthum verleiten konnten, und außerdem ist die Handschrift schwer zu lesen, und an einigen Stellen vergilbt und verrottet.

Kaum zu Hause angekommen machte ich mich über meinen Fund her, und nachdem ich mit vieler Mühe mich ein und durchgelesen, regten mich die darin mitgetheilten Sachen mächtig an.

Ich fühlte bald das Bedürfniß mich über die Art und Weise dieser Hexenprocesse, über das Verfahren ja über die ganze Periode, in welche diese Erscheinungen fallen, näher aufzuklären. Doch je mehr dieser bewundernswürdigen Geschichten ich las, je mehr wurde ich verwirrt, und weder der triviale Beeker (die bezauberte Welt) noch der vorsichtigere Horst (Zauberbibliothek) und andere Werke der Art, zu welchen ich gegriffen hatte, konnten meine Verwirrung heben, sondern dienten nur dazu, sie zu vermehren.

Es geht nicht bloß ein so tiefer dämonischer Zug durch die meisten dieser Schaudergeschichten, daß den aufmerksamen Leser Grausen und Entsetzen anwandelt; sondern die ewigen und unveränderlichen Gesetze der menschlichen Empfindungs- und Handlungsweise werden auch oft auf eine so gewaltsame Weise unterbrochen, daß der Verstand im eigentlichen Sinne des Wortes stille steht; wie denn z.B. in einem der Originalprocesse, die ein juristischer Freund in unserer Provinz aufgestöbert, sich die Relation findet, daß eine Mutter, nachdem sie bereits die Folter überstanden, das heilige Abendmahl genossen und im Begriff ist, den Scheiterhaufen zu besteigen, so sehr alles mütterliche Gefühl bei Seite setzt, daß sie ihre einzige, zärtlich geliebte Tochter, ein Mädchen von fünfzehn Jahren, gegen welche Niemand einen Verdacht hegt, sich in ihrem Gewissen gedrungen fühlt, gleichfalls als Hexe anzuklagen, um, wie sie sagt, ihre arme Seele zu retten. Das Gericht mit Recht erstaunt über diesen, vielleicht nie wieder vorgekommenen Fall, ließ ihren Gesundheitszustand von Predigern und Aerzten untersuchen, deren Original-Zeugnisse den Akten noch beiliegen und durchaus günstig lauten. Die unglückliche Tochter, welche merkwürdiger Weise Elisabeth Hegel hieß, wurde in Folge dieser mütterlichen Aussage denn auch wirklich hingerichtet[2].

Die gewöhnliche Auffassung der neuesten Zeit, diese Erscheinungen aus dem Wesen des thierischen Magnetismus zu begreifen reichen durchaus nicht hin. Wie will man z.B. die tiefe, dämonische Natur der alten Lise Kolken in dem vorliegenden Werke daraus ableiten, die unbegreiflich ist, und es ganz erklärlich macht, daß der alte Pfarrer, trotz des, ihm mit seiner Tochter gespielten, ent-

2 Auch diesen Prozeß gedenke ich noch herauszugeben, da er ein ungemeines psychologisches Interesse hat.

setzlichen Betruges so fest in seinem Glauben an das Hexenwesen, wie in dem, an das Evangelium bleibt.

Die früheren Jahrhunderte des Mittelalters wußten wenig oder nichts von Hexen. Das Verbrechen der Zauberei, wo es einmal vorkam, wurde milde bestraft. So z.B. setzte das Concilium zu Ancyra (314) die ganze Strafe dieser Weiber in ein bloßes Verbannen aus der christlichen Gemeinschaft; die Westgothen bestraften sie mit Prügeln, und Carl der Große ließ sie auf den Rath seiner Bischöfe so lange in gefänglicher Haft, bis sie aufrichtige Buße thaten[3]. Erst kurz vor der Reformation klagt Innocentius VIII., daß die Beschwerden der ganzen Christenheit über das Unwesen dieser Weiber, so allgemein und in einem solchen Grade laut würden, daß dagegen auf das Entschiedenste eingegriffen werden müsse, und ließ zu dem Ende 1489 den berüchtigsten Hexenhammer (malleus malleficarum) anfertigen, nach welchem nicht blos in der ganzen katholischen, sondern merkwürdiger Weise auch in der protestantischen Christenheit, die doch sonst alles Katholische verabscheuete und zwar mit solchem fanatischen Eifer inquirirt wurde, daß die Protestanten es weit den Katholiken an Grausamkeit zuvor taten, bis katholischer Seits der edle Jesuit J. Spee und protestantischer obgleich erst siebzig Jahre später, der treffliche Thomasius dem Unwesen allmählich Einhalt thaten.

Nachdem ich mich auf das Eifrigste mit dem Hexenwesen beschäftigt hatte, sah ich bald ein, daß unter allen diesen, zum Theil so abenteuerlichen Geschichten, keine einzige an lebendigem Interesse meine »Bernsteinhexe« übertreffen würde, und ich nahm mir vor, ihr Schicksal in die Gestalt einer Novelle zu bringen. Doch glücklicher Weise sagte ich mir bald: aber wie? ist ihre Geschichte denn nicht schon an und für sich die interessanteste Novelle? Laß sie ganz in ihrer alten ursprünglichen Gestalt; laß fort daraus, was für den gegenwärtigen Leser, von keinem Interesse mehr, oder sonst allgemein bekannt ist, und wenn du auch den fehlenden Anfang und das fehlende Ende nicht wiederherstellen kannst, so siehe zu, ob der Zusammenhang es dir nicht möglich macht, die fehlenden Blätter aus der Mitte zu ergänzen, und fahre dann ganz in dem Ton und der Sprache deines alten Biographen fort, so daß wenigstens der Unterschied der Darstellung und die gemachten Einschiebsel nicht gerade ins Auge fallen.

Dies habe ich denn mit vieler Mühe und nach mancherlei vergeblichen Versuchen gethan, verschweige aber, an welchen Orten

3 Horst, Zauberbibliothek, VI, 231.

es geschehen ist, um das historische Interesse der größten Anzahl meiner Leser nicht zu trüben. Für die Kritik jedoch, welche nie eine bewundernswürdigere Höhe als in unserer Zeit erreicht hat, wäre ein solches Geständniß hier vollends überflüssig, da sie auch ohne dasselbe gar leichtlich unterscheiden wird, wo der Pastor Schweidler, oder wo der Pastor Meinhold spricht[4].

Von dem jedoch, was ich fortgelassen, bin ich dem Publikum noch eine nähere Nachricht schuldig. Dahin gehören:

1) lange Gebete, insofern sie nicht durch christliche Salbung ausgezeichnet waren.
2) allgemein bekannte Geschichten aus dem dreißigjährigen Kriege.
3) Wunderzeichen in den Wolken, die hie und da sollten geschehen sein, und die auch andere pommersche Schriftsteller dieser Schreckenszeit berichten, wie z.B. Micrälius (vom alten Pommernlande, Buch V.); Standen jedoch solche Angaben in Verbindung mit dem Ganzen, z.B. das Kreuz auf dem Streckelberge, so habe ich sie natürlich stehen lassen.
4) die Specifikation der ganzen Einnahme der Coserower Kirche vor und während der Schreckenszeit des dreißigjährigen Krieges.
5) die Aufzählung der Wohnungen, die nach den Verheerungen des Feindes in jedem Dorf der Parochie stehen geblieben.
6) die Angabe der Oerter, wohin dieses oder jenes Mitglied der Gemeinde ausgewandert sei.
7) Ein Grundriß und eine Beschreibung des alten Pfarrhauses usw.

Auch mit der Sprache habe ich mir hin und wieder einige Veränderungen erlaubt, wie denn auch mein Autor in Sprache und Orthographie nicht recht constant ist. Letztere habe ich mit geringen Ausnahmen beibehalten.

Und somit übergebe ich denn dies vom Feuer des Himmels wie der Hölle glühende Werk dem geneigten Leser.

Meinhold.

4 Vorläufige Proben des Ganzen befanden sich bereits in der Christoterpe von 1841 und 42.

Einleitung

Die Abkunft unsers Biographen kann bei dem verloren gegangenen Anfange seiner Schrift nicht mehr mit Genauigkeit bestimmt werden. Er scheint jedoch jedenfalls kein Pommeraner gewesen zu sein, denn einmal spricht er von Schlesien, wo er in seiner Jugend sich befunden; nennt sodann weit zerstreute Verwandte, nicht blos in Hamburg und Cöln sondern sogar in Antwerpen und verräth vor allen Dingen durch seine süddeutsche Sprache seine auswärtige Abkunft. Hieher rechne ich besonders Ausdrücke als: eim für einem, und die eigne Derivation mancher Adjective z.B. tänein von Tanne, seidin von Seide, eine Sprechweise, die, so viel ich weiß, niemals in Pommern, wohl aber in Schwaben vorgekommen ist. Doch mußte er bei Abfassung seiner Schrift schon lange Zeit in Pommern gelebt haben, weil er fast noch häufiger plattdeutsche Ausdrücke einmischt, ganz wie dies eingeborne Pommersche Schriftsteller der damaligen Zeit auch wohl zu thun pflegen.

Da er von altadlicher Herkunft ist, wie er bei verschiedenen Gelegenheiten sagt; so möchte man vielleicht in den Adelsregistern des siebzehnten Jahrhunderts etwas Näheres über das Geschlecht der Schweidler finden, und mithin auch über sein wahrscheinliches Vaterland; allein ich habe mich vergebens in den mir zugänglichen Quellen nach jenem Namen umgesehen, und möchte daher vermuthen, daß unser Autor, wie dies so häufig geschah, bei seinem Uebergange zur Theologie, seinen Adel mit Abänderung seines Namens ablegte.

Genug ich will hier nicht weitere Hypothesen wagen. Unser Manuscript, in welchem die ansehnliche Zahl von sechs Kapiteln fehlt, und welches auf den nächst vorhergegangenen Blättern unstreitig sich über den Ausbruch des dreißigjährigen Krieges auf der Insel Usedom verbreitet hat, beginnt mit den Worten: »Kaiserliche gehauset« und fährt dann fort wie folgt:

– – Koffer, Truhen, Schränke waren allesammt erbrochen und zuschlagen, auch mein Priesterhemd zurissen, so daß in großen Aengsten und Nöthen stände. Doch hatten sie mein armes Töchterlein nit gefunden, maßen ich sie in einem Stall, wo es dunkel war, verborgen, denn sonst sorge ich, hätten sie mir noch mehr Herzeleid bereitet. Wollten die räudigen Hunde doch schon meine alte Ilse ein Mensch bei schier 50 Jahren angehen, hätte es ihnen ein alter Kornett nicht gewegert. Dankete dahero meinem Schöpfer, als die wilden Gäste wegkwaren, daß ich allermeist mein armes

Kind vor ihren Klauen geborgen, wiewohl kein Stäublein Mehl, kein Körnlein Getreide noch ein Stücklein Fleisch bei eines Fingers Länge mehr fürhanden, und ich nit wußte wie ich mein und meines armen Kindes Leben weiter fristen söllte. Item dankete Gott, daß ich noch die vasa sacra geborgen, welche ich gleich mit den beiden Türstehern als, Hinrich Seden und Claus Bulken von Uekeritze in der Kirchen vor dem Altar vergrübe, Gott die Obhut empfehlend. Weil nun aber, wie bemeldet, ich bittern Hunger litte, so schrieb an Se. Gestrengen den Herrn Amtshauptmann Wittich von Appelmann auf Pudgla[1] daß er umb Gotts und seines heiligen Evangeliums willen in sollich schwerer Noth und Trübsal mir zukommen ließe, was Se. Fürstliche Gnaden, Philippus Julius mir an Praestandis vom Kloster zu Pudgla beigeleget, als nämlich 30 Schffl. Gerste und 25 Mark Silbers, welche Sr. Gestrengen mir aber bis nunmehro gewegert. (Denn er war ein fast hart und unmenschlicher Mann sintemalen er das heilige Evangelium und die Predigt verachtete, auch öffentlich und sonder Scheue seinen Spott über die Diener Gottes hatte, nämblich, daß sie unnütze Brodtfresser wären, und Lutherus den Schweinestall der Kirchen nur halb gesäubert. Gott bessers! –) Aber er antwortete mir nit, und ich wäre schier verschmachtet, wenn Hinrich Seden nicht für mich im Kapsel[2] gebetet. Gott lohn's dem ehrlichen Kerl in der Ewigkeit! Er wurde dazumalen auch schon alt und hatte viel Plage von seinem bösen Weibe, Lise Kollken. Dachte gleich, daß es nit sonderlich gehen würd, als ich sie traute; angesehen sie im gemeinen Geschrei war, daß sie lange mit Wittich Appelmann in Unzucht gelebet, welcher von jeher ein rechter Erzschalk und auch absonderlich ein hitziger – – – Jäger gewest, denn so etwas gesegnet der Herre nicht. Selbiger Seden nun brachte mir 5 Brodte, 2 Würste und eine Gans, so die alte Paalsche in Loddin ihm verehret, item eine Seite Speck von Hans Tewert dem Bauern. Müchte ihn aber vor seiner Frauen schützen, welche die Hälfte hätte vor ihr behalten wollen, und da er sich gewegert, hätte sie ihn vermaledeiet und die Kopfgicht angewünscht, so daß er gleich ein Ziehen in der rechten Wangen verspüret, welches jetzunder fast hart und schwer geworden. Für solcher erschröcklichen Nachricht entsetzte ich mich, wie einem guten Seelenhirten geziemet, fragende: ob er vielleicht gläubete, daß sie in bösem Verkehr mit dem leidigen Satan stünde, und hexen könnte? Aber er schwiege und zuckete mit den Achseln.

1 Schloß auf Usedom, früher ein berühmtes Kloster

2 Allmosen in der Gemeinde eingesammelt.

Ließ mir also die alte Lise rufen welche ein lang, dürr Mensch, bei 60 Jahren war, mit Gluderaugen, so daß sie Niemand nit gerade ins Antlitz schauete, item mit eitel rothen Haaren wie sie ihr Kerl auch hatte. Aber obwol ich sie fleißig auf Gotts Wort vermahnete gab sie doch keine Stimme, und als ich endlich sagete: Willtu deinen Kerl wieder umböten[3] (denn ich sahe ihn auf der Straßen vor das Fenster, allbereits als einen Unsinnigen rasen) oder willtu, daß ich's der Obrigkeit anzeige, gab sie endlich nach und verspräche, daß es bald sölle besser mit ihm werden; (was auch geschach) item bat sie, daß ich ihr wölle etwas Speck und Brod verehren, dieweil sie auch seit dreien Tagen kein ander Fleisch und Nahrung mehr zwischen den Zähnen gehabt, denn ihre Zunge. Gab ihr mein Töchterlein also ein halb Brod, und ein Stück Speck bei zweer Händen Länge, was ihr aber nicht genugsam bedünkete, sondern mummelte zwischen den Zähnen, worauf mein Töchterlein sagte: bistu nicht zufrieden, alter Hexensack, so packe dich und hilf erst deinem Kerl, schaue wie er das Haubt auf Zabels Zaun geleget und mit den Füßen vor Wehetage trampelt, worauf sie ginge, doch abermals zwischen den Zähnen mummelnde: »Ja, ich will ihm helfen und dir auch!«

3 umzaubern.

Capitel 7.

Wie die Kaiserlichen mir alles Uebrige geraubet, auch die Kirchen erbrochen und die vasa Sacra entwendet; item was sonsten fürgefallen.

Nach etzlichen Tagen, als unsere Nothdurft fast verzehret, fiel mir auch meine letzte Kuh umb (die andern hatten die Wülfe, wie oben bemeldet, allbereits zurissen) nicht ohne sonderlichen Verdacht, daß die Lise ihr etwas angethan, angesehen sie den Tag vorhero noch wacker gefressen. Doch lasse ich das in seinen Würden, dieweil ich Niemand nit verleumbden mag; kann auch geschehen sein durch die Schikkung des gerechten Gottes, deßen Zorn ich wohl verdienet hab' – Summa:

ich war wiederumb in großen Nöthen und mein Töchterlein Maria zuriß mir noch mehr das Herze durch ihr Seufzen, als das Geschreie anhub: daß abermals ein Trupp Kaiserlicher nach Uekeritze gekommen, und noch gräulicher denn die ersten gemarodiret, auch das halbe Dorf in Brand gestecket. Derohalben hielt ich mich nicht mehr sicher in meiner Hütten, sondern nachdem in einem brünstigen Gebet Alles dem Herrn empfohlen, machte mich mit meinem Töchterlein und der alten Ilsen auf, in den Streckelberg[1] wo ich allbereits ein Loch, einer Höhlen gleich, und trefflich von Brommelbeeren verrancket uns ausersehen, wenn die Noth uns verscheuchen söllte. Nahmen daher mit, was uns an Nothdurft des Leibes geblieben, und rannten mit Seufzen und Weinen in den Wald, wohin uns aber bald die alten Greisen und das Weibsvolk mit den Kindern folgten, welche ein groß Hungergeschrei erhoben. Denn sie sahen, daß sich mein Töchterlein auf einen Stubben satzte, um ein Stück Fleisch und Brod verzehrete, kamen also die kleinen Würmer mit ausgereckten Händeleins angelaufen und schrieen: uck hebben, uck hebben[2]. Wannenhero da mich solch groß Leid billig jammerte, meinem Töchterlein nit wehrete, daß sie alles Brod und Fleisch so vorräthig unter die hungrigen Kindlein vertheilete. Erst mußten sie aber dafür »Aller Augen«[3] beten, über welche Wort ich dann eine tröstliche Ansprach an das Volk hielte,

1 Ein ansehnlicher Berg am Meere nahe bei Coserow.

2 auch haben, auch haben.

3 Ps. 145, 15, 16.

daß der Herr, welcher jetzunder ihre Kindlein gespeiset auch Rath wissen würde ihren eigenen Bauch zu füllen, möchten nur nit müde werden ihm zu vertrauen.

Aber sollich Trost währete nicht lange. Denn nachdeme wir wohl an die zween Stunden in und um der Höhlen uns gelagert, huben die Glocken im Dorfe so kläglich an zu gehen, daß es einem Jeglichen schier das Herze brach, angesehen auch dazwischen ein laut Schießen, item das Geschrei der Menschen und das Bellen der Hunde erschallete, so daß männiglich gießen kunnte, der Feind sei mitten im Dorfe. Hatte dannenhero genug mit den Weibern zu tüschen[4] daß sie nicht durch ihr unverständig Lamentiren dem grimmigen Feind unsern Schlupfwinkel verrathen möchten, zumalen als es anfing schmockig zu riechen, und alsobald auch die helle Flamme durch die Bäume glitzerte. Schickete derohalben den alten Paassch oben auf den Berg daß er umbherlugen sollt, wie es stünde, hätte sich aber wohl zu wahren, daß man ihn nicht vom Dorfe erschaue, anerwogen, es erst zu schummern begunte. Solliches versprach er und kam alsbald auch mit der Bothschaft zurücke, daß gegen 20 Reuter aus dem Dorfe gen die Damerow gejagt wären aber das halbe Dorf in rothen Flammen stünd. Item erzählete er, daß durch seltsame Schickung Gottes sich sehr viel Gevögel in den Knirkbüschen[5] und anderswo sehen ließ, und meinete, wenn man sie nur fangen künnte, daß sie eine treffliche Speiß vor uns abgeben würden. Stieg also selbsten auf den Berg, und nachdem ich alles so befunden, auch gewahr worden daß durch des barmherzigen Gottes Hülf das Feuer im Dorfe nachgelassen, item daß auch mein Hüttlein wider mein Verdienst und Würdigkeit annoch stünde, stieg ich alsbald herunter, tröstete das Volk und sprach: der Herr hat uns ein Zeichen gegeben und will uns speisen, wie einst das Volk Israel in der Wüsten, denn er hat uns eine treffliche Schaar von Krammetsvögeln über die wüste Sehe gesendet, welche aus jedem Büschlein burren, so man ihm nahet. Wer will nun in das Dorf laufen und schneiden die Mähnhaare und den Schwanz von meiner gefallenen Kuh wegk, so hinten auf der Wörthe liegt. (Denn Roßhaare hatte es im ganzen Dorf nicht, dieweil alle Roß vom Feinde längst genommen oder erstochen waren.) Aber es wollte sich Niemand nit finden angesehen die Angst noch größer war, denn der Hunger, als meine alte Ilse anhub: so will ich schon gehen, denn ich fürchte mich nit, dieweil ich auf Gottes Wegen

4 beschwichtigen.

5 Wachholderbüsche.

bin, gebet mir nur einen guten Stock. Als ihr nun der alte Paassch seinen Stecken hingereichet, begunte sie vor sich zu singen. »Gott der Vater wohn uns bei«, und verlief sich bald in das Gebüsche. Hierzwischen vermahnete ich nun das Volk, alsbald Hand anzulegen, kleine Rüthlein zu den Dohnen zu schneiteln und Beeren zu suchen, dieweil es Mondschein ware, und allwärts viel Gänseflieder auch Ebereschen auf dem Berge stunden. Die kleinen Kindlein aber hütete ich mit meiner Marien, dieweil die Gegend nicht sicher für Wülfen war. Hatten derohalben ein lustig Feuer angemacht, umb welches wir uns setzten und dem kleinen Volk die Gebot verhöreten, als es hinter uns knisterte und knasterte, und mein Töchterlein mit den Worten: proh dolor, hostis![6] auf und im die Höhlen sprang. Aber es waren nur die rüstigen Kerls, so im Dorfe verblieben, und nun kamen, uns Bothschaft zu bringen, wie es alldorten stünde. Dahero rief ihr gleich zu: emergas, amici[7] wo sie denn auch mit großen Freuden wieder herfürsprang und bei uns zum Feuer niedersaß. Allsobald verzählete nun mein Fürsteher Hinrich Seden was derweilen fürgefallen, und wie er nur durch sein Weib Lise Kolken sein Leben geborgen. Jürgen Flatow, Chim Burse, Clas Peer und Chim Seideritz aber wären erschlagen, und läge letzterer recht auf dem Kirchsteig. Zwölf Katen hätten die grimmigen Mordbrenner in Asche geleget und wär es nit ihre Schuld, daß nicht das ganze Dorf draufgegangen angesehen der Wind ihnen nicht gepasset. Hätten zum Hohn und Gespötte die Glocken dazu geläutet, ob Niemand kommen wöllt und löschen, und als er und die andern jungen Kerle herfürgesprungen hätten sie die Musqueten auf sie abgedruckt, aber mit des großen Gotts Hülfe Niemand nit getroffen. Darauf wären seine Gesellen über die Zäune gesprungen, ihn aber hätten sie erwischet, und schon das Gewehr über ihm ausgerecket, als sein Weib Lise Kollken mit eim andern Trupp aus der Kirchen herfürgetreten, und ihnen gewinket daß er Ruhe gehabt. Lene Hebers aber hätten sie in ihrem Wochenbett erstochen, das Kindlein gespießet und über Claas Peers Zaum in den Nessel geworfen, wo es annoch gelegen, als sie abgelaufen. Wäre jetzunder im ganzen Dorf derohalben keine lebendige Seele mehr, und noch schwerer ein Bissel Brods, so daß, wenn den Herrn nit ihre Noth jammerte, sie alle des elendiglichen Hungertodes würden sterben müssen.

6 o Jammer der Feind ist da! – Ueber die wunderbare Bildungsweise des Mädchens erklärt sich unser Verfasser später.

7 komm nur wieder hervor, es sind Freunde!

(Da sage nun Einer: das wöllen Christenmenschen sein!)

Fragte nunmehro, als er schwiege (mit wie viel Seufzen jedoch, kann man leichtlich gießen) nach meiner Hütten, wovon sie aber nichts wußten, als daß sie annoch stünde. Ich dankete dannenhero dem Herrn mit einem stillen Seufzerlein und alsobald den alten Seden fragend was sein Weib in der Kirchen gemachet, hätte ich schier vergehen mügen für großem Schmerz, als ich hörete, daß die Lotterbuben, als sie heraußer getreten die beiden Kelche nebst den Patenen in Händen getragen. Fuhr dahero die alte Lise fast heftig an, welche nun auch angeschlichen kam durch das Buschwerk, worauf sie aber trotziglich zur Antwort gab: daß das fremde Volk sie gezwungen die Kirche aufzuschließen, da ihr Kerl ja sich in den Zaum verkrochen, und Niemand Anders nit da gewesen. Selbige wären sogleich für den Altar getreten, und da ein Stein nicht wohl gefuget (was aber eine Erzlüge war) hätten sie alsobald angefangen mit ihren Schwertern zu graben, bis sie auch die Kelche und Patenen gefunden. Könnte auch sein daß ein Anderer ihnen den Fleck verrathen. Möchte dahero ihr nicht immer die Schuld beilegen, und sie also heftig anschnautzen.

Hierzwischen kamen nun auch die alten Greisen und Weiber mit trefflich vielen Beeren an, item meine alte Magd mit dem Kuhschwanz und den Mähnhaaren, welche verzählete, daß das ganze Haus umbgewühlet, die Fenster zuschlagen, die Bücher und Scripturen auf der Straßen in den Koth getreten und die Thüren aus den Hespen gehoben wären. Solliches aber war mir ein geringer Leid, denn die Kelche, dahero nur das Volk vermahnete Biegel und Schneere zu machen, umb am nächsten Morgen mit des barmherzigen Gotts Hilfe unser Jagdwerk zu vollenführen.

Klöbete dahero selber die Rüthlein bis um Mitternacht und da wir eine ansehnliche Zahl gefertiget, ließ ich den alten Hinrich Seden den Abendseegen beten, den wir alle knieende anhöreten, worauf ich endiglichen noch ein Gebet that, und das Volk sodann vermahnete, die Männer apart und die Weiber auch apart sich für die Kälte (Dieweil es schon im Monat Septembri war und fast frisch von der Seekante herwehete) in dem Buschwerk zu verkriechen. Ich selbsten stieg aber mit meinem Töchterlein und der Magd in die Höhlen, hatte aber noch nicht lange geschlummert, als ich den alten Seden fast heftig wimmern hörete, weilen ihn die Kolik überfallen, wie er klagte. Stand dahero wieder auf und gab ihm mein Lager, und setzte mich wieder zum Feuer, und schneitelte Dohnen, bis ich ein halb Stündchen entschlief und der Morgen anbrach, worauf es besser mit ihm worden war, und ich nun auch alsobald mich aufmachte und das Volk zum Morgenseegen weckte. Diesesmal thät ihn der alte Paassch kunnte aber nit recht hineinkommen, weshalb ich ihm aushelfen mußte. Hatt' er ihn vergessen oder thats die Angst, das lasse ich ungesagt. Summa. Nachdem wir All recht inniglichen gebetet, schritten wir alsofort zum Werk, keilten die Dohnen in die Bäume und umbhingen sie mit Beeren, unterdessen mein Töchterlein der Kinder hüthete, und Brummelbeeren vor sie zum Frühstück suchete. – Nun soll man aber wissen, daß wir quer durch den Busch gen den Weg nach Uekeritze hin keileten, und da merke nun männiglich wieder die sonderbare Gnadenschickung des barmherzigen Gotts. Denn als ich mit dem Beil in der Hand (es war Seden sein Beil, so er in der Frühe aus dem Dorfe gehohlet) in bemeldeten Weg trate, nehm ich auf der Erden ein Brod wahr, bei eines Armes Länge, worauf ein Rabe pickete, und welches sonder Zweifel ein kaiserlicher Reuter Tags vorhero aus seinem Schnappsack verloren, dieweil noch frische Roßtrappen im Sande dabei stunden. Knöpfe mir es also heimlich über den Wanst, so daß Niemand nichtes merkete, obschon bemeldeter Paassch dicht hinter mir schritt, item alle Andern in nicht gar guter Ferne ihm folgeten. Als wir nun so die Dohnen bestellet in großer Frühe, hatte es schon gegen die liebe Mittagszeit eine so große Menge Vögel darinnen, daß Käthe Berow welche mir zur Seiten schritt, als ich sie abbande, dieselben in ihrem Schurzfleck fast nit zu lassen mußte, und auf dem andern Ende der alte Pagels auch nit viel weniger aus seinem Brustlatz und Rocktaschen herfürlangte. Mein Töchterlein satzte sich also mit den andern Frauensvolk hin, das Gevögel zu rupfen, und da es an Salz gebrach, (denn dessen hatten die Meisten von uns lange nicht mehr gekostet,) vermahnete sie ein Paar Männer, zur Sehe zu steigen, und in einem Grapen, so noch von Staffer Zuter geborgen war, ein wenig gesalzen Wasser zu hohlen, was sie auch thäten. In solchem Wasser tunketen wir nunmehro die Vöglein und brieten sie darauf bei einem großen Feuer, wobei uns allen schon vom dem süßen Geruch das Maul zu wässern begunnte, da wir so lange keiner Speisen nicht gekostet.

Sage dahero als alles fertig, und das Volk sich auf der Erden gelagert hat: nun schauet wie der Herr sein Volk Israel in der Wüsten noch immerdar mit frischen Wachteln speiset, sollt er nun ein Uebriges thun, und uns auch ein Stücklein Mannabrod vom Himmel senden, was meinet ihr, würdet ihr dann jemalen müde werden zu gläuben, und nit vielmehr alle Noth, Trübsal, Durst und Hunger williglich tragen, so er euch förder nach seinem gnädigen Willen auferlegen söllte? worauf sie alle antworteten und sprachen: ja sicherlich! Ego: Wöllt ihr mir das wahrhaftiglichen versprechen, worauf sie wiederumb sageten: ja das wollen wir! Da zog ich mit Thränen das Brod von meinem Wanst herfür, hub es hoch in die Höhe und rufete: nun schau du armes, gläubiges Häuflein, welch ein süßes Mannabrod dein treuer Erlöser Dir durch mich gesendet, worauf alles schriee, ächzete, weinete, auch die kleinen Kinder abermals herbeisprangen, und die Händlein ausrecketen, indeme sie schrien: »kiekt Brod, kiekt Brod!« Da ich aber vor Wehemuth selbsten nit beten kunte, ließ ich Paassch sein klein Mägdlein das Gratias beten, in währender Zeit meine Maria das Brodt zuschnitt und einem Jeglichen sein Theil reichete. Und nun langeten wir allesammt freudig zu dem lieben Gottesmaal in der Wüsten.

Hierzwischen mußte nun aber erzählen, wie ich das liebe Mannabrod gefunden, wobei nit versäumete sie abermals zu vermahnen, daß sie wöllten das große Wunderzeichen sich zu Herzen gehen lassen, so der barmherzige Gott, wie weiland an dem Propheten Elisa, an ihnen auch gethan, angesehen wie ein Raab in der großen Hungersnoth demselbigen das Brod in der Wüsten zugefuhret, der Herr auch mir dieses Brod durch einen Raben zugeführet, daß ich es finden gemüßt, da ich ihm sonst wohl in meiner Trübsal vorbeigeschritten, und es nimmer gesehen hätte.

Als wir endiglichen unsern Bauch mit Nothdurft gefüllet, hielte die Danksagung über Lucas 12, v. 24, wo der Herre spricht: nehmet wahr den Raben, sie säen nicht, sie erndten auch nit, sie haben auch keine Keller noch Scheuen, und Gott nähret sie doch, Wieviel aber seid ihr besser denn die Vögel? – Aber unsere Sünden stunken vor dem Herrn. Denn da die alte Lise, wie ich bald in Erfahrung gebracht ihre Vögel nit verzehret, weilen sie ihr zu nüchtern fürkamen, sondern selbige in den Knirkbusch[8] geworfen, ergrimmete sein Zorn über uns, wie weiland über das Volk Israel, und wir hatten zur Nacht nur sieben Vögel auf den Schneeren, am andern Morgen aber nur zween. Auch kam kein Raab wieder, der uns Brod wiese. Darumb schalt ich die alte Lise und vermahnete das Volk, sollich gerechte Strafe des höchsten Gottes williglich auf sich zu nehmen, fleißig zu beten, in seine verlassenen Hütten zurückzuwallen, und zu sehen, ob der grundgütige Gott vielleicht auf der Sehe mehr bescheeren möcht. Würde ihn auch in mein Gebet Tag und Nacht anrufen; doch noch eine Zeit lang mit meinem Töch-

8 Wachholdergebüsch.

terlein und der Magd in der Höhlen verblieben und der Dohnen hüten, ob sich sein Zorn wenden möcht. Sollten mir inzwischen mein Pfarrhaus nach besten Kräften wieder zurichten, damit ich es bald wieder beziehen könnt, sintemalen die Kälte mir fast schwer fiele. Solliches gelobten sie auch zu thun, und schieden mit Seufzen von dannen. Welch ein klein Häuflein! – fande nur noch bei 25 Köpfen, da deren doch sonsten über 80 gewest; alle andern hatte der Hunger, das Schwert und die Pestilenz[9] gewürget. Blieb dahero noch mit meinem Gebet für Gott eine Zeitlang einsam und traurig in den Höhlen und sendete nur mein Töchterlein nebst der Magd mit zum Dorfe, daß sie sich umbsehen sollten, wie es in der Widemen[10] stände, item die Schriften und Bücher wieder zusammenlesen, auch mir Kundschaft bringen, ob Hinze der Zimmermann, den ich alsobald in's Dorf zurückgesendet, die Särge vor die elenden Leichnahme zusammengehämmert, daß ich sie des nächsten Tages begraben möchte. Darauf schritt ich zu den Dohnen, aber nur ein einig Vögelein war darinnen zu verspüren, woraus ich denn merkete, daß der Zorn Gottes noch nit vorüber.

Traf jedoch einen schönen Brummelbeerenbusch, woran ich bei einer Metze Beeren pflückete, mit dem Vogel selbige in Staffer Zuter seinen Grapen thät, den der gute Kerl uns noch eine Frist gelassen und zur Nachtkost auf ein Feuer setzete, wann mein Kind mit der Magd zurückkehren würd. Währete auch nicht lange, als sie durch den Busch brachen und von dem Gräuel der Verwüstung erzähleten, so der leidige Satan unter Zulassung des gerechten Gottes im Dorf und in der Widemen angerichtet. Mein Töchterlein hatte noch ein paar Bücher zusammengelesen, die sie mit sich trug, vor andern einen Virgilium und eine griechische Bibel. Und als sie darauf verzählet, daß der Zimmermann erst morgen fertig würd, wie auch alsbald unsem Bauch zur Nothdurft gestillet, mußte sie mir zur Stärkung meines Glaubens noch einmal den locum von den lieben Raaben Lucas am 12ten aus dem Griechischen fürlesen, item den schönen locum parallelum Matth. am 6ten, worauf die Magd den Abendseegen betete, und wir uns nach den Höhlen zur Nachtruh begaben. Als ich nun am andern Morgen erwachte, als eben die liebe Sonne aus der Sehe herfürbrach und über den Berg

9 fand im Jahre 1628 statt und häufte das Elend des 30jährigen Krieges auf der hiesigen Insel auf das Unerträglichste. Schade, daß die Schilderung des alten Pfarrers, welche er ohne Zweifel in dem Vorhergehenden gegeben, verloren ist.

10 Pfarrhaus.

schauete, hörete, ich, daß mein arm hungrig Töchterlein schon vor der Höhlen stand und das schöne Liedlein von den Freuden des Paradieses recitirte, so der heilige Augustinus gefertiget, und ich ihr gelernet.[11] Sie schluchzete für Jammer als sie die Worte sprach:

uno pane vivunt dives utriusque patriae
avidi et semper pleni, quod habent, desiderant
non sacietas fastidit, neque fames cruciat
inhiantes semper edunt, et edentes inhiant
flos perpetuus rosarum ver agit perpetuum,
Candent lilia rubescit crocus, sudat balsamum,
virent prata, vernant sata, rivi mellis influunt
pigmentorum spirat odor liquor et aromatum,
pendent poma floridorum non lapsura nemorum
non alternat luna vices, sol vel cursus syderum
agnus est foelicis urbis lumen inocciduum[12]

Bei diesen Worten wurde ich selbsten weich, und als sie schwiege, fragte ich: »was machst du da mein Töchterlein?« worauf sie mir zur Antwort gabe: »ich esse Vater.« was mir erst recht die Thränen herfürtrieb, so daß ich anfing sie zu loben, daß sie die arme Seele speißen wöllt, da sie es nicht ihren armen Leib künnte. Hatte aber noch nit viel gesprochen, als sie aufschriee, daß ich das große Wunderwerk doch betrachten söllte, so sich aus der Sehe herfürthät,

11 Dies ist ein Irrthum. Das nachfolgende Lied ist von dem Cardinal-Bischof von Ostia Peter Damianus († 23sten Febr. 1072) nach Augustins Prosa überdichtet.

12 Wir versuchen hier eine Uebersetzung dieser schönen Stelle:

Alle Bürger dieses Landes leben nur von einem Brod. –
Hungrig stets und stets gesättigt, trübt ihr Sehnen keine Noth,
Fühlen nie der Sattheit Ekel, auch die Qual des Hungers nie,
Athmend essen sie beständig, ha und essend athmen sie!
Ewig blüht die Rosenknospe hier im ew'gen Frühling auch
Weiß die Lilie, roth der Krokus, duftend träuft der Balsamstrauch,
Grün die Wiesen, grün die Saaten, und von Honig rinnt der Bach.
Das Aroma süßer Blumen haucht und duftet tausendfach.
Blühnde Wälder tragen Aepfel, deren Stengel nimmer bricht.
Und nicht Sonne, Mond noch Sterne wechseln dorten mehr ihr Licht.
Denn ihr Licht, das nimmer schwindet, ist des Lammes Angesicht.

und allbereits über der Höhlen hereinbrach. Denn siehe, eine Wolke, ganz wie ein Kreuz geformiret, kam über uns und ließ dicke schwere Tropfen bei einer guten Erbsen groß und drüber auf uns niederfallen, worauf sie alsbald hinter das Gehäge sank. Richtete mich dannenhero sogleich in die Höhe, und rannte mit meinem Töchterlein flugs auf das Gebirge, ihr nachzuschauen. Sie zog gen das Achterwasser[13], wo sie sich weit auseinander thät, und hinterwärts alsbald einen großen blauen Streifen formirete, welchen wunderlich die Sonne beschien, so daß er schier wie eine güldne Brücken anzuschauen war, wie mein Töchterlein sagte, auf welcher die lieben Engel tanzten. Fiel daher mit ihr sogleich auf die Kniee und dankete dem Herrn, daß unser Kreuz für über gezogen, aber ach unser Kreuz sollte erst anheben, wie man weiter lesen wird.

Capitel 8.

Wie unsere Noth immer größer wird, ich die alte Ilse mit einem andern Schreiben gen Pudgla sande, und was mir daraus noch für ein größer Leid erfolget.

Als ich des andern Tags mit gemeinem Geschrei, des ganzen Dorfs die elenden Leichname beerdiget (merke, da wo die Linde[1] über die Mauer schattet, seind sie alle begraben) hörete ich mit vielen Seufzern, daß auch weder die Sehe noch das Achterwasser etwas hergeben gewöllt. Dies dauerte bei zehn Tagen, daß das arme Volk fast kein Fisches Auge nit kunnte fangen. Ging dahero auf das Feld, und sanne, wie der Zorn des gerechten Gottes über uns zu wenden wär, dieweil der harte Winter vor der Thür und kein Korn, kein Fisch, kein Apfel, kein Fleisch nicht sowohl im Dorfe als im ganzen Kapsel mehr zu finden. Denn Gewilde hatte es zwar genugsam in der Coserowschen und Uekeritzer Heiden, aber der alte Heidenreuter Zabel Nehring war im verschienen Jahr an der Pestilenz gestorben, und noch kein neuer daselbsten. Auch war im ganzen Kapsel keine einige Mousquete oder Kraut dazu aufzufinden, sintemalen der Feind alles geraubet und zubrochen. Wir mußten dahero alle Tage ansehen, wie Hirsche, Rehe, Haasen, Schweine et cet. uns fürbei sprangen, da wir sie doch lieber in unserm Magen gehabt, aber in unserer Unmacht sie nicht gewinnen

13 Ein Busen, den der Peenefluß in der Nähe bildet.

1 Ist jetzt nicht mehr vorhanden.

kunnten. Und in Gruben wollten sie sich nicht fahen lassen. Doch hatte Claus Peer ein Rehe darin gefangen, und mir auch ein Stück davon verehret, was ihm Gott lohnen wölle. Item an zahmen Vieh war fast gar nichtes mehr in Kapsel fürhanden, auch kein Hund, weder eine Katze, welche das Volk in der großen Hungersnoth zum Theile gegessen, zum Theile aber vorlängst geschlagen oder versäufet. Doch hatte der alte Bauer Paassch noch zwei Kühe item soll in Uekeritze noch ein alter Mann ein Ferkelken gehabt haben, das war Alles. Darumb lebete fast alles Volk von Brummel- und andern Waldbeeren, welche aber auch schon begunnten seltsam zu werden, wie man leichtlich gießen mag. Auch hatte sich dabei allbereits ein Knabe bei 14 Jahren verloffen, (den alten Labahn sein Junge) und nie nichtes wieder von sich hören lassen, so daß ich schier befahre, daß ihn die Wülfe gefressen.

Hieraus möge nun ein christlich Herze vor sich selbsten abnehmen, in was Gram und Trübsal ich meinen Stecken zur Hand genommen, angesehen mein Töchterlein für den leidigen Hunger wie ein Schatten verging, obschon ich selbsten als ein alter Körper, durch die Gnade des barmherzigen Gottes noch keinen sonderbaren Abgang meiner Kräft verspürete. In deme ich nun so ginge im fortwähren zu dem Herrn wimmernd, gewahrete ich auf dem Wege gen Uekeritze so ich eingeschlagen, einen Bettlersmann, der saß mit seinem Ränzel auf einem Stein und verzehrete ein Stücklein seltene Gottesgabe, verstehe ein Stücklein Brod. Ach, da liefen mir armen Mann die Backen so voll Wassers, daß ich mich erst bücken und es zur Erde mußte laufen lassen, ehe ich fragen kunte: »wer bistu, und wo kommstu her, daß du Brod hast?« Worauf er antwortete: daß er ein armer Mann aus Bannemin sei, deme der Feind Allens genommen, und da er erfahren, daß der Lieper Winkel[2] fast lange Frieden gehabt, hätt' er sich aufgemacht daselbsten zu schnurren. »Nun sage ich darauf: du armer Bettlersmann, so theile einem betrübten Diener Christi der ärmer ist denn du, nur eine kleine Schnede[3] Brodt für sein armes Töchterlein ab, denn du sollt wissen, ich bin ein Pfarrherr hier im Dorf und mein Kind will sterben für Hunger. Ich beschwere dich bei dem lebendigen Gott, daß du mich nit gehen lässest, ohne dich mein zu erbarmen, wie man sich dein erbarmet hat.« Aber der Bettlersmann wollte mir nichts abtheilen, sprechende: daß er selbsten ein Weib und vier Kinder hätte, die auch dem bittern Hungerstode zuwanketen,

2 Ein abgelegener Theil der Insel Usedom.

3 Plattdeutsch, für Schnitte.

massen die Noth in Bannemin noch viel größer sei, denn hier, wo wir doch Beere hätten. Ob ich nit erfahren, daß vor wenig Tagen dort ein Weibsbild (die er auch nennete, hab es aber für Schrecken nicht gleich beachtet) ihr eigen Kind geschlachtet, und für Hunger aufgezehret[4]? Könne mir dahero nicht helfen und möchte ich selbsten nach dem Lieper Winkel gehen.

Für solche Rede entsatzte ich mich, wie leicht zu erachten, da in unserer Noth noch nichts daran vernommen, auch wenig oder gar kein Wanken ist, von einem Dorf in das andere, und an Jerusalem gedenkend[5] und schier verzweifelnde, daß uns der Herr heimsuchete, wie weiland diese gottlose Stadt, wiewohl wir ihn nicht verrathen noch gekreuziget, vergaß ich fast meiner Noth, und setzte meinen Stecken an, umb fürbast zu gehen. Doch war ich kaum ein paar Ehlen geschritten, als mir der Bettlersmann nachrief, daß ich stehen söllte. Wanndte mich dahero wieder als er mir mit einer guten Schnede Brod, so er aus seinem Queersack gehohlet entgegentrat und sprach: Da! äwer bedet uck för mi, datt ick to Huuse kame, denn wenn se unnerweges rücken, datt uk Brod hebbe, schleht mi min egen Broder dod, köhnt gi glöwen.[6] Solliches versprach mit Freuden, und kehrete flugs um, meinem Töchterlein den heiligen Christ zu bringen, so ich in meiner Rocktaschen verborgen. Doch siehe, als ich gegen die Straßen komme, so vom Wege nach Loddin führet (vorhero hatt' ich es in meiner Betrübniß übersehen) trauete kaum meinen Augen, als ich alldorten mein Ackerstück bei sieben Scheffeln groß, begatet[7] besäet und bestaudet antraff, so daß die liebe Roggensaat, schon bei eines Fingers Länge lustig aus der Erden geschossen war. Konnte nicht anders gläuben, als daß der leidige Satan mir ein Blendwerk fürgespielet; doch wie ich mir auch die Augen riebe, es war Roggen und bliebe Roggen. Und weilen den alten Paassch sein Stück so daneben stieß imgleichen besäet und die Hälmlein zu gleicher Höhe mit den meinigen geschossen waren, kunnte gar leicht bei mir abnehmen, daß der gute Kerl solliches gethan, aner-

4 Dieses entsetzliche Ereigniß führt auch Micraelius in seiner pommerschen Geschichte an.

5 wo nach Josephus dasselbe geschah.

6 Da! aber betet auch für mich, daß ich zu Hause komme, denn wenn man unterweges riechet, daß ich Brod habe, schlägt mich mein eigener Bruder todt, könnt Ihr glauben.

7 zur Saat vorbereitet, d.i. gepflügt und geeggt.

wogen die andern Stücken allesammt wüste lagen. Verziehe ihm dahero gerne, daß er den Morgenseegen nit gewußt und dem Herrn dankend vor so viel Liebe bei meinen Kapselkindern und ihn brünstiglich anflehend: er wölle mir Kraft und Glauben gewehren, bei ihnen nunmehro auch unverdrossen auszuhalten, und alle Kümmernüß und Trübsal so er nach seinem grundgütigen Willen uns ferner auferlegen söllte, williglich zu tragen, lief ich mehr denn ich ginge in das Dorf zurücke und auf den alten Paassch seinen Hof, wo ich ihn antraf, daß er eben seine Kuh zuhauete, so er für grimmigem Hunger nunmehro auch geschlachtet. »Gott hilf dir!« sage ich »du frommer Kerl, daß du mir meinen Acker begatet hast, wie soll ich dir's lohnen?« Aber der alte Mann gab zur Antwort: Lat he dat man wesen und bede he man för uns[8] und als ich solliches gerne zusagete und ihn fragete: wie er sein Korn für dem grimmigen Feind geborgen, verzählete er mir, daß er es in der Höhlen im Streckelberge heimlichen versteckt gehabt, nunmehro aber auch all sein Fürrath aufgezehret sei. Inzwischen schnitt er ein groß schön Stück Fleisch dem Haubt aus der Lenden und sprach: da hett he uck wat, und wenn et All iß, kann he noch eiß kamen.[9] Als ich nun mit vieler Danksagung gehen wölk, griff mich seine kleine Marie bei der Hand, ein Kindlein bei sieben Jahren, so im Streckelberge das Gratias gebetet und wollt mit zu meiner Tochter nach der Schulen. Da, wie vorbemeldet, mein custos in der Pestzeit auch dieses Zeitliche gesegnet, muß sie die Paar kleinen Kinder im Dorf informiren, welches aber seit lange unterblieben. Wollt es ihr dahero nicht wegern, obwohl ich gleich besorgete, daß mein Töchterlein das Brod mit ihr theilen würd, angesehen sie das Mägdlein sehr lieb hatte, da es ihre Päthe war. Und so geschahe denn auch. Denn als das Kind sahe, daß ich das Brod herfürlangete, schriee es gleich für Freuden auf und begunnte auf die Bank zu klettern. Daher bekam sie einen Theil von der Schnede, einen Theil unsere Magd und den dritten Theil steckte mein Töchterlein in den Mund, da ich Nichtes haben wollte, sondern sprach: ich verspüre keinen Hunger und wölle warten bis sie das Fleisch gesotten, welches ich nunmehro auf die Bank wurf. Da hätte man sehen sollen, welche Freude mein armes Kind empfund, zumalen ich ihr nun auch von dem Roggen verzählete. Sie fiel mir umb meinen Hals, weinete, schluchzete, hob alsdann das kleine

8 Laß Er daß nur ruhen und bete er nur für uns.

9 Da hat Er auch was, und wenn es verzehret ist, kann er noch einmal kommen.

Mägdlein auf ihre Arme, tanzete mit selbiger in der Stuben und recitirete nach ihrer Weiß dazu allerhand lateinische versus so sie auswendig wußte. Nun wollte sie uns auch ein recht schön Abendbrod zurichten, da in einer Fleischtonnen, so die Kaiserlichen zuschlagen, noch ein wenig Salz auf dem Boden geblieben. Ließ sie also ihr Wesen treiben, und kratzete etwas Ruß aus dem Schornstein, so ich mit Wasser vermengete, riß alsdann ein fast weißes Blatt aus dem Virgilio und schriebe an den pastorem Liepensem, Ehre Abrahm Tiburtius: Daß er umb Gottes willen sich wölle unsere Noth zu Herzen gehen lassen, und seine Kapselleute vermahnen, daß sie uns für dem grimmigen Hungertod schützen und mildthätiglich an Speise und Trank abtheilen wöllten, was der grundgütige Gott ihnen gelassen, angesehen ein Bettlersmann mir verzählet, daß sie seit langer Zeit Friede für dem erschröcklichen Feind gehabt. – Wußte aber nit, womit ich den Brief verschließen söllte, als ich in der Kirchen noch ein wenig Wachs an einem hölzernen Altarleuchter funde, so die Kaiserlichen nicht werth geachtet, daß sie ihn aufhüben, und nur die messingschen mit sich geführet hatten. Mit solchem Brief mußten sich drei Kerls und der Fürsteher Hinrich Seden in ein Boot setzen und nach der Liepe aufmachen.

Eher noch stellte aber meiner alten Ilsen für so aus der Liepe bürtig war, ob sie nit lieber wöllte mit in ihre Heimath ziehen, maßen sie sähe, wie es stünd, ich ihr auch vors Erste keinen Witten an Lohn geben künnte. (Merke: sie hatte sich ein schön Sümmlein ersparet, angesehen sie länger denn 20 Jahre bei mir in Dienst gewest, aber das Kriegsvolk hatte ihr Allens abgenommen.) Aber ich kunnte sie nicht dazu bringen, sondern sie weinete bitterlich und bate, daß ich sie nur bei der guten Jungfer lassen söllte, so sie schon in der Wiegen gekennet. Wöllte gerne mit uns hungern, wenn es sein müßt, möchte sie nur nit verstoßen. Dahero ließ ich sie und fuhren die Andern allein ab.

Unterdeß war auch die Suppen gar worden. Doch als wir kaum das Gratias gebetet, und zulangen wollten, kamen alle Kindlein aus dem ganzen Dorfe bei sieben an der Zahl zur Thüre herein, und wollten Brod haben, welches sie von meiner Tochter ihrer kleinen Päthe gehöret. Da brach selbiger nun wieder das Herze, und obgleich ich sie bate, sich hart zu machen, vertröstete sie mich doch mit der Lieper Bothschaft, und kellete einem jeden Kindlein sein Theil Suppen auf einen hölzernen Teller (denn diese hatte der Feind nicht geachtet) und stach ihm auch ein wenig Fleisch in die Händeken, sodaß unser Fürrath mit einmal aufgezehret ward. Blieben dahero des andern Morgens wieder nüchtern bis gegen Mittag, wo das ganze Dorf sich auf der Wiesen am Ufer versammblet hatte, als das Boot zurücke kam. Aber Gott erbarm's, wir hatten fast umbsonst gehoffet! – Nur sechs Brode und ein Hammel item ein Viert Backäpfel war allens was sie hatten. Denn Ehre Abraham Tiburtius schriebe mir, daß, nachdem das Geschrei von ihrem Reichthumb über die ganze Insel erschollen, soviel Bettlersleute bei ihnen umbgingen, daß sie ihnen unmüglich gerecht werden künnten, angesehen sie selbsten nicht wüßten, wie es noch mit ihnen in dieser schweren betrübten Zeit ablaufen würd. Indessen wöllte er sehen, ob er noch mehr auftreiben künnte. Ließ also den kleinen Fürrath mit vielem Seufzen in die Widemen tragen, und obgleich zwei Brode wie pastor lipensis schriebe, vor mich allein sollten, gabe ich sie doch mit in die Theilung, womit auch Alle sich zufrieden stellten, ausgenommen den alten Seden sein gluderäugigt Weib nit, so noch apart für ihren Mann seine Reise etwas haben wollte, was aber, wie leicht zu erachten, nit geschah, weshalben sie wieder, da sie abzoge, etzliche Worte zwüschen die Zähne mummelte, die aber Niemand nit verstand. Es war ein schier verrucht Weib, so sich durch Gottes Wort nicht beikommen ließ.

Nun kann aber männiglich von sich selbsten abnehmen daß solcher Fürrath nit lange aushielt. Da nun zugleich auch bei allen Kapselleuten ein brünstig Verlangen nach der geistlichen Speise sich verspüren ließ; ich selbsten und die Fürsteher aber nur 8 Witten[10] im ganzen Kapsel auftreiben kunnten, so nit auslangeten, umb Brod und Wein anzuschaffen, kam ich auf die Gedanken, abermals dem Herrn Ambthaubtmann unsere Noth zu vermelden. Mit wie schwerem Herzen ich solliches that, kann man leicht erachten. Aber Noth kennt kein Gebot. Riße dahero auch das Hinterblättlein aus dem Virgilio und bate, ümb der heiligen Dreieinigkeit willen, daß Seine Gestrengen sich meiner und des ganzen Kapsels gemeine Noth wöllte zu Herzen gehen lassen, und ein wenig Geld hergeben, zum Trost der betrübten Seelen das heilige Sacrament zu halten, auch wo müglich einen Kelch zu kaufen, so er auch nur von Zinne sein söllte, sintemalen der Feind die fürhandenen geraubet, und ich sonsten gezwungen wär das heilige Nachtmal in einem Topf zu consacriren. Item möcht er sich auch unserer leiblichen Noth erbarmen, und mir endiglichen mein, seit so viel Jahren hinterstelliges Mistkorn verabreichen. Wölke es nicht

10 etwa 16 Pfennige.

allein vor mich selbsten haben sondern es gern mit dem ganzen Kapsel theilen, bis der grundgütige Gott mehr bescheeren würd.

Hierzwischen fiel mir aber ein stattlicher Kläcks auf das Papier. Denn da die Fenster mit Brettern verspundet waren, ware das Zimmer tunkel und nur ein wenig Licht kam durch zwei kleine Scheiblein Glas, so ich aus der Kirchen gebrochen, und hineingesetzet. Solliches mochte wohl die Ursache sein, daß ich mich nit besser fürsah. Da ich aber kein neues Stücklein Papier mehr auftreiben kunnte, ließ ich es passiren, und befahle der Magd, so ich mit dem Brieflein gen Pudgla sandte, solliches bei Sr. Gestrengen, dem Herrn Ambtshaubtmann zu entschuldigen, welches sie auch zu thun versprach; angesehen ich selbsten kein Wörtlein mehr auf dem Papier beisetzen kunnte, dieweil alles beschrieben war. Siegeln thät ich es, wie vorbemeldet.

Allein die arme Person kehrete zitternd für Angst und weinend zurücke, und sprach: Seine Gestrengen hätte sie mit dem Fuß aus der Schloßpforten gestoßen und gedräuet, sie in den Ganten[11] setzen zu lassen, so sie wiederumb vor ihn käme. Ob der Pfaffe gläube, daß ihm das Geld so loose säß, wie mir die Tinte, hätte ja Wasser genug das Abendmahl zu halten. Denn hätte Gottes Sohn einmal das Wasser in Wein gewandelt, könnt er's auch öftermalen. Hätt' ich keinen Kelch sollt ich meine Schaaf aus einem Eimer tränken, wie er's auch thät, und was solcher Gotteslästerungen mehr waren, so er mir nachgehends auch selbsten schriebe, und wovor ich mich, wie leicht abzunehmen, auf das erschröcklichste entsatzte. Von dem Mistkorn verzählete sie, hätte er gar Nichtes gesagt. In solcher meiner großen Seelen- und Leibesnoth kam der liebe Sonntag heran, wo fast die ganze Gemeind zu Gottes Tisch gehen wollt, aber nicht kunnte. Ich sprach dannenhero über die Worte St. Augustins: crede et manducasti[12] wobei ich fürstellete, daß die Schuld nit mein und treulichen erzählete, wie es meiner armen Magd in Pudgla ergangen, doch dabei noch Vieles verschwiege, und nur Gott bate, er wölle das Herz der Obrigkeit zu unserm Frommen erwecken. Kann auch in Wahrheit sein, daß ich härter gesprochen, denn ich gegläubet, was ich nit mehr weiß, sintemalen ich sprach: wie mir umb's Herze war. Zum Schluß mußte die ganze Gemeine auf ihre Knie fallen bei einer Stunde lang und den Herrn umb sein heilig Sacrament anrufen, item umb Linderung ihrer Leibesnoth, wie solliches zeithero auch alle Sonntage und

11 Schandpfahl.

12 glaube und du hast gegessen.

sonsten in den täglichen Betstunden geschahe, so ich seit der schweren Festzeit zu halten gewohnt gewest. Endelichen stimmte ich noch das feine Liedlein an: wenn wir in höchsten Nöthen sein, worauf nicht sobald geschlossen als mein neuer Fürsteher Claus Bulk von Uekeritze, so früher ein Reutersmann bei Sr. Gestrengen gewesen, und den er nunmehro zu einem Bauern eingesetzet, gen Pudgla rannte, und avertirte, was in der Kirchen fürgefallen. Solliches verdroß Sr. Gestrengen heftiglichen, so daß er den ganzen Kapsel, noch bei 150 Köpfen stark, die Kinder ungerechnet, zusammenrief, und ad protocollum diktirte, was sie von der Predigt behalten, maßen er Seiner fürstlichen Gnaden dem Herzogen von Pommern zu vermelden gesonnen, welch gotteslästerliche Lügen ich gegen ihn ausgespieen, wovor ja ein christlich Herz erschrecken müßt; item welch ein Geizhals ich wär, daß ich nur immer von ihm haben wöllt, und ihn in dieser harten und schweren Zeit, sozusagen tagtäglich mit meinen Sudelbrieffen anrennete, wo er selbsten vor sich nichts zu essen hätte. Das söllte dem Pfaffen den Hals brechen, da Se. fürstliche Gnaden alles thät, was er fürzustellen käme, und brauchte Niemand im Kapsel mir Nichtes mehr zu verabreichen sondern sie söllten mich nur lauffen lassen. Er wölle schon sorgen, daß sie einen ganz andern Priester wieder erlangeten, denn ich wär.

(Möchte den aber wohl sehen, der sich in sollich Unglück hineinzubegeben entschlossen gewesen wär.) Diese Botschaft wurde mir aber noch in selbiger Nacht hinterbracht, wovor ich fast heftig erschrack, angesehen ich wohl einsahe, daß ich nun nit einen gnädigen Herrn an Sr. Gestrengen bekommen, sondern Zeit meines erbärmlichen Lebens, wenn ich es anderst söllte fristen können, eine ungnädige Herrschaft haben würd. Doch tröstete mich bald ein Etwas, als Chim Krüger aus Ueckeritze, so mir solches hinterbrachte, ein Stücklein von seinem Ferkel aus der Taschen zog, das er mir verehrete. Darüber kam auch der alte Paassch hinzu, welcher dasselbe sagte, und noch ein Stücklein von seiner alten Kuh herfürlangte, item mein anderer Fürsteher Hinrich Seden mit einer Schnete Brod, und einem Braxen[13], so er in den Reusen gehabt, alle sagende: daß sie keinen bessern Priester wöllten, als ich, und möchte ich nur bitten, daß der barmherzige Gott mehr bescheeren wölle, wo es mir dann auch an Nichtes fehlen söllt, inzwischen aber söllte ich stille sein, und sie nit verrathen. Solliches gelobte ich Alles zu thun, und mein Töchterlein Maria hob alsobald die

13 Braxen, Blei, ein zum Karpfengeschlecht gehöriger Fisch.

liebe Gottesgab von dem Tische und trug sie in die Kammer. Aber o Jammer, des andern Morgens als sie das Fleisch in den Grapen thun wollte, war Allens fort! Weiß nicht wer mir dieses neue Herzeleid bereitet doch meine fast, daß es Hinrich Seden sein böses Weib gethan, sintemalen er nicht schweigen kann, und ihr wie gläublich, wohl alles wiedererzählet. Auch hat Paasschen sein klein Töchterlein gesehen, daß sie zum andern Mittag Fleisch in dem Topf gehabt, item daß sie mit ihrem Mann gehaddert, und nach ihme mit dem Fischbrett geschmissen, auf welchem noch frische Fischschuppen gesessen; hätte aber sich gleich begriffen, als sie ihrer gewahr worden. (Pfui dich alte Hexe, es wird genug wahr sein!) Dahero blieb uns nichts übrig, als unsere arme Seele mit Gottes Wort zu speisen. Aber auch diese war so verzaget, daß sie nichts mehr annehmen wöllte, so wenig als der Magen. Denn mein arm Töchterlein insonderheit, ward von Tag zu Tag blasser, grauer und gelber, und spiee immer wieder die Speiß aus, da sie Allens ohne Salz und Brod genoß. Wunderte mich schon lange, daß das Brod aus der Liepe nit wollte all werden, sondern ich alle Mittag bisher ein Stücklein gehabt. Hatte auch öftermalen gefraget, wo hastu denn immerfort das liebe Brod her, am Ende hebest du Alles vor mich allein auf, und nimmst weder vor dich ein Stücklein, noch vor die Magd. Aber beide hoben dann immer ein Stücklein tannen Bork[14] in die Höhe, so sie zurecht geschnitten und vor ihren Teller gelegt, und da es dunkel war in der Stuben, merkete ich die Schalkheit nit, sondern gläubete sie äßen auch Brod. Aber endiglichen zeigt es mir die Magd an, daß ich es nit länger leiden söllte, dieweil mein Töchterlein ihr selbsten nit hören wölle. Da kann nun männiglich abnehmen, wie mir um das Herze war, als ich mein arm Kind auf ihr Moosbett liegen und ringen sah mit dem grimmigen Hunger. Aber es sollte noch härter kommen, denn der Herr wollte mich ganz zerschlagen in seinem Zorn wie einen Topf. Siehe auf den Abend desselbigen Tages kommt der alte Paassch angelaufen klagende, daß all sein und mein Korn im Felde umbgehaket und elendiglich zerstöret sei, und müsse dies schier der leidige Satan gethan haben, angesehen nicht die Spur eines Ochsen weder eines Rosses zu sehen wär. Für solche Rede schriee mein arm Kind laut auf und fiel in Unmacht. Wollte ihr dahero zu Hülfe springen, aber ich erharrete nit ihr Lager, sondern fiel für gräulichen Jammer selbsten zur Erden. Als nun die Magd wie der alte Paassch ein laut Geschrei herfurstießen, kamen wir zwar wieder

14 Rinde.

bei uns, aber ich konnte mich nit allein mehr von der Erden erheben, so hatte der Herr meine Gebein zermalmet. Bate daher, als sie mir beisprangen, so wöllten mich nur liegen lassen, und als sie solches zu thun sich wegerten, schriee ich, daß ich doch gleich wieder zur Erden müßt' ümb zu beten und möchten sie nur Alle bis auf mein Töchterlein aus der Stube gehn. Solliches thäten sie, aber das Beten wollte nit gehen. Ich geriethe in schweren Unglauben und Verzweiflung, und mürrete wieder den Herrn, daß er mich härter plagete denn Lazarum und Hiob. Denn dem Lazaro schriee ich Elender, hattest du doch die Brosamen und die barmherzigen Hündlein gelassen, aber mir hast du nichts gelassen, und bin ich selber schlechter vor dir, denn ein Hund geachtet, und den Hiob hast du nicht gestrafet, ehe du gnädiglich ihm seine Kinder genommen, mir aber lässest du mein arm Töchterlein, daß ihre Qual meine eingene noch tausendfältiglich häufen muß. Siehe darumb kann ich dich nichts mehr bitten, denn daß du sie bald von dieser Erden nimmst, damit mein graues Haubt ihr freudig nachfahren könne in die Grube! Wehe ich ruchloser Vater, was hab' ich gethan? Ich hab Brod gessen und mein Kindlein hungern lassen! O Herr Jesu, der du sprichst: welcher ist unter euch Menschen, so ihn sein Sohn bittet um Brod, der ihm einen Stein biete? Siehe ich bin dieser Mensch, siehe ich bin dieser ruchlose Vater, ich habe Brod gessen und meinem Töchterlein Holz geboten, strafe mich, ich will dir gerne stille halten! O mein gerechter Jesu, ich habe Brod gessen und meinem Töchterlein Holz geboten! – Als ich solliches nicht redete sondern laut herfürschrie, indem ich meine Hände range, fiel mir mein Töchterlein schluchzend umb den Hals, und strafete mich, daß ich gegen den Herrn murrete, da doch sie selbsten als ein schwach und gebrechlich Weib gleichwohl nicht an seiner Gnade verzweifelt sei; so daß ich bald mit Schaam und Reue wieder zu mir selbsten kam, und mich vor dem Herrn demüthigte für solche Sünden.

Hierzwischen war aber die Magd mit großem Geschrei in das Dorf gerannt, ob sie ein wenig für ihre arme Jungfer gewinnen möcht. Aber die Leute hatten ihr Mittag schon verzehret und die Meisten waren auf der Sehe, sich die liebe Nachtkost zu suchen; dahero sie nichts gewann, angesehen die alte Sedensche so allein noch einen Fürrath gehabt, ihr nichts hätte verabreichen wöllen, obschon sie selbige um die Wunden Jesu gebeten.

Solliches verzählete sie noch, als wir es in der Kammer poltern höreten, und alsobald ihr guter alter Ehekerl, der dorten heimlich in das Fenster gestiegen war, einen Topf mit einer kräftigen Suppen uns brachte, so er seinem Weibe von dem Feuer gehoben, die nur einen Gang in den Garten gethan. Er wisse wohl, daß sein Weib ihm dieses baß vergelten würde, aber das söllt ihn nicht verdrießen, und möchte die Jungfer nur trinken, es wäre gesalzen und Allens. Er wölle nur gleich wieder durchs Fenster eilen und sehen, daß er vor seinem Weibe ins Haus käme, damit sie es nicht merken thät, wo er gewesen. Aber mein Töchterlein wollte den Topf nit nehmen, was ihn sehr verdroß, so daß er ihn fluchend zur Erden setzte und wieder in die Kammer lief. Nicht lange, so trat auch sein gluderäugigt Weib zur Vorderthüren herein, und als sie den Topf auf der Erden noch dampfen sahe, schriee sie: »du Deef[15] du verfluchtes deefsches Aas« und wollte meiner Magd in die Mütze fahren. Ich bedräuete sie also, und verzählete, was fürgefallen; wöllte sie es nit gläuben so möcht sie in die Kammer gehen und durchs Fenster schauen, wo sie ihren Kerl vielleicht noch laufen säh. Sollichtes that sie, und höreten wir sie auch alsogleich ihrem Kerl nachschreien: Teuf di sall de Düwel de Arm utrieten, kumm mie man wedder int Huus[16] worauf sie wieder hereintrat, und mummelnd den Topf von der Erden hob. Ich bat sie umb Gottes willen, sie wölle meinem Töchterlein ein wenig abtheilen, aber sie höhnete mich und sprach: ji koehet ehr jo wat vör prädigen, aß ji mie dahn hebt[17] und schritt mit dem Topf zur Thüren. Zwar bat mich mein Töchterlein ich söllte sie lassen, aber ich konnt nicht umbhin, daß ich ihr nachschrie: um Gottes willen nur einen guten Trunk, sonst giebt mein armes Kind den Geist auf; willtu, daß Gott sich dein am jüngsten Tage erbarme, so erbarme dich heute mein! Aber sie höhnete uns abermals und rief: he kann sich jo Speck kaken[18], und schritt aus der Thüren. Sandte ihr also die Magd nach mit der Sanduhr, so vor mir auf dem Tische stund, daß sie ihr selbige bieten möcht' vor einem guten Trunk aus ihrem Topf. Aber die Magd kam mit der Sanduhren wieder und sagte: sie hätt es nicht gewollt. Ach wie schriee und seufzete ich nun abermals, als mein arm sterbend Kind den Kopf mit einem lauten Seufzer wieder in das Moos steckete! – Doch der barmherzige Gott war gnädiger, als ich es mit meinem Unglauben verdient. Denn, da das hartherzige Weibsbilde dem

15 Dieb.

16 Warte, dir soll der Teufel die Arme ausreißen, komm mir nur wieder ins Haus.

17 ihr könnt ihr ja etwas vorpredigen, als ihr mir gethan habt.

18 kochen.

alten Paassch ihrem Nachbarn ein wenig Suppen mitgetheilt, bracht' er sie sogleich vor mein Töchterlein, da er von der Magd wußte, wie es umb sie stünde, und achte ich, daß diese Suppen, nebst Gott, ihr allein das Leben erhalten, dieweil sie gleich wieder das Haupt aufreckte, als sie selbige genossen, und nach einer Stunden schon wieder im Hause umbhergehen konnte. Gott lohn's dem ehrlichen Kerl! Hatte dahero noch heute große Freud in meiner Noth; doch als ich am Abend beim Kaminfeuer niedersaß, und an meine Verhängnüß gedachte, brach wieder der Schmerz herfür, und beschloß nun mehro mein Haus und meine Pfarre selbst zu verlaufen, und als ein Bettlersmann mit meiner Tochter durch die weite Welt zu ziehen. Ursache kann man genugsam denken. Denn da nunmehro alle Hoffnung mir weggestochen war, massen mein ganzes Feld geruiniret, und der Amtshaubtmann mein ergrimmter Feind worden war, ich auch binnen fünf Jahren keine Hochzeit, item binnen einem Jahr nur zwo Taufen gehabt, sahe meinen und meines Kindes Tod für Augen, dieweil gar nit abzusehen, daß es vors Erste besser söllte werden. Hiezu trat die große Furcht in der Gemein. Denn obwohl sie durch Gottes wunderliche Gnade schon anfingen manchen guten Zug beides in der Sehe wie im Achterwasser zu thun, auch mancher in den andern Dörfern sich schon Salz, Brod, Grütze etc. von den Anklammschen und Lassanschen Pöltern und Quatznern[19] vor seine Fische hatten geben lassen, brachten sie mir doch Nichtes, weil sie sich scheueten, daß es möcht gen Pudgla verlauten, und sie einen ungnädigen Herrn haben. Winkete dannenhero mein Töchterlein neben mich, und stellte ihr für, was mir im Gedanken lage. Der grundgütige Gott könne mir ja immer eine andere Gemeinde wieder bescheeren, so ich sollte solcher Gnade würdig vor ihm befunden werden, angesehen die grimmige Pest- und Kriegeszeit manchen Diener seines Worts abgerufen, ich auch nicht, wie ein Miethling von seiner Heerde flöhe, besondern bis dato Noth und Tod mit ihr getheilet. Ob sie aber wohl des Tages ein oder zwo Meilen würde gehen künnen? dann wöllten wir uns gen Hamburg durchbitten zu meiner seligen Frauen ihrem Stiefbruder, Martin Behring so dorten ein fürnehmer Kaufmann ist.

Solliches kam ihr anfänglich seltsam für, inmassen sie wenig aus unserm Kapsel gekommen auch ihre selige Mutter und Brüderlein

19 befahren bis zu dieser Stunde in kleinen Fahrzeugen (Polten und Quatzen) alltäglich das Achterwasser und kaufen dem Bauern die gefangenen Fische ab.

auf unserm Kirchhof lagen. »Wer dann ihr Grab aufmachen und mit Blumen bepflanzen söllte? item, da der Herre ihr ein glatt Gesicht gegeben, was ich thun wöllte, wenn sie in dieser wilden grimmigen Zeit auf der Landstraßen von dem umbherstreichenden Kriegsvolk und andern Lotterbuben angefallen würd, da ich ein alter schwacher Mann sei und sie nit schützen könnte, item womit wir uns für dem Froste schützen wöllten, da der Winter hereinbräch, und der Feind unsere Kleider geraubet, so daß wir ja kaum unsere Blöße decken künnten?« – Dieses Alles hatte ich mir noch nicht fürgestellet, mußte ihr also recht geben, und wurde nach vielem Disputiren beschlossen, daß wir zur Nacht die Sache wöllten dem Herrn überlassen, und was er am andern Morgen uns würde in das Herze geben, wöllten wir thun. Doch sahen wir wohl, daß wir auf keinerlei Weiß würden die alte Magd länger behalten können. Rief sie also aus der Küchen herbei, und stellete ihr für: daß sie morgen frühe zu guter Zeit sich nach der Liepen aufmachen möchte, dieweil es dorten noch zu essen hätte, und sie hier verhungern würd, angesehen wir selber vielleicht schon morgen den Kapsel und das Land verlaufen würden. Dankete ihr auch für ihre bewiesene Liebe und Treue, und bate sie endlich unter lautem Schluchzen meiner armen Tochter, sie wölle lieber nur sogleich heimblich hinweggehen, und uns beiden nicht das Herze durch ihren Abschied noch schwerer machen, angesehen der alte Paassch die Nacht auf dem Achterwasser wöllte fischen ziehen, wie er mir gesaget, und sie gewis gerne in Grüßow an das Land setzete, wo sie ja auch ihre Freundschaft hätte, und sich noch heute satt essen könnte. Aber sie kunnte vor vielem Weinen kein Wörtlein herfürbringen; doch da sie sahe, daß es mein Ernst war, ging sie aus der Stuben. Nit lange darauf hörten wir auch die Hausthüre zuklinken, worauf mein Töchterlein wimmerte: sie geht schon und flugs an das Fenster rannte, ihr nachzuschauen »Ja, schrie sie«, als sie durch die Scheiblein geblicket, »sie geht schon!« und rang die Hände und wollte sich nit trösten lassen. Endiglichen gab sie sich doch, als ich auf die Magd Hagar kam so Abraham auch verstoßen, und deren gleichwohl der Herr sich in der Wüsten erbarmet und darauf befahlen wir uns dem Herrn, und streckten uns auf unser Mooslager.

Capitel 9.

Wie mich die alte Magd mit ihrem Glauben demüthigt und der Herr mich unwürdigen Knecht dennoch gesegnet.

Lobe den Herrn meine Seele und was in mir ist, seinen heiligen Namen. Lobe den Herrn und vergiß nicht, was er dir Guts gethan hat. Der dir alle deine Sünde vergiebt, und heilet alle deine Gebrechen, der dein Leben vom Verderben erlöset, der dich krönet mit Gnade und Barmherzigkeit. Ps. 103.

Ach ich armer elender Mensch, wie soll ich alle Wohlthat und Barmherzigkeit fassen, so mir der Herre schon des andern Tages widerfahren ließe. Ich heulte für Freuden, wie sonst für Jammr, und mein Töchterlein tanzete in der Stuben wie eine junge Rehe, und wollte nit zu Bette gehen, wollte nur weinen und tanzen, wie sie sagete, und dazwischen den 103ten Psalm beten, und dann wieder weinen und tanzen, bis der Morgen anbrechen würd. Da sie aber noch merklich schwach war, untersagte ich ihr solchen Fürwitz angesehen dies auch hieße den Herrn versuchen, und nun merke man, was fürgefallen:

Nachdem wir beide mit großem Seufzen am Morgen erwacht waren und den Herrn angerufen, er wölle uns in unsern Herzen offenbaren, was wir thun söllten, konnten wir gleichwohl noch immer nicht an einen Beschluß kommen, dahero mein Kind vermahnete, so sie anders so viel Kräfte in sich verspüre, ihr Lager zu verlassen, und Feuer in den Ofen zu werfen, dieweilen unsere Magd weg sei. Wöllten nachhero die Sache ferner in Ueberlegung ziehen. Sie stand dahero auch auf, kehrete aber alsobald mit einem Freudengeschrei zurücke, daß die Magd sich wieder heimlich in das Haus geschlichen, und allbereits Feuer in den Ofen gestochen. Ließ sie mir also vors Lager kommen, und verwunderte mich über ihren Ungehorsam, was sie hier ferner wölle, als mich und mein Töchterlein noch mehr quälen, und warumb sie nicht gestern mit den alten Paassch gezogen? Aber sie lamentirte und jünsete[1], daß sie kaum sprechen konnte, und verstand ich nur so viel: sie hätte mit uns gessen darumb wölle sie auch mit uns hungern und möcht ich sie nur nit verstoßen, sie könne nun einmal nit von der lieben Jungfer lassen, so sie schon in der Wiegen gekennet. Solche Lieb' und Treue erbarmete mich so, daß ich fast mit Thränen sprach:

1 stöhnte.

aber hastu nit gehöret daß, mein Töchterlein und ich entschlossen seind, als Bettlersleute ins Land zu gehen, wo wiltu denn bleiben? Hierauf gab sie zur Antwort, daß sie nit wölle, angesehen es gebührlicher[2] vor sie, als vor uns wäre, schnurren[3] zu gehen. Daß sie aber noch nit einsäh, warumb ich schon wöllte in die weite Welt ziehen. Ob ich schon vergessen, daß ich in meiner Antrittspredigt gesaget: daß ich bei meiner Gemein in Noth und Tod wölle verharren. Möchte dannenhero noch ein wenig verziehen, und sie selbsten einmal nach der Liepen senden dieweilen sie hoffe, bei ihrer Freundschaft und anderswo was rechtes für uns aufzutreiben. Solche Rede, insonderheit von meiner Antrittspredigt fiel mir fast schwer aufs Gewissen, und ich schämete mich für meinen Unglauben, sintemalen nicht allein mein Töchterlein, besondern auch meine Magd einen stärkern Glauben hätten denn ich, der ich doch wöllte ein Diener beim Worte sein. Erachtete also, daß der Herr um mich armen, furchtsamen Miethling zurücke zu halten, und gleicher Weiß mich zu demüthigen diese arme Magd erwecket, so mich versuchen gewußt wie wailand die Magd im Pallast des Hohenpriesters den furchtsamen St. Petrum. Wandte dahero wie Hiskias mein Angesicht gen die Wand und demüthigte mich vor dem Herrn, was kaum geschehen als mein Töchterlein abermals mit einem Freudengeschrei zur Thüren hereinfuhr. Siehe ein christliches Herze war zur Nacht heimlich ins Haus gestiegen und hatte uns zwo Brode, ein gut Stück Fleisch, einen Beutel mit Grütze item einen Beutel mit Salz, bei einer Metzen wohl, in die Kammer gesetzet. Da kann nun männiglich gießen, welch groß Freudengeschrei wir alle sammt erhoben. Auch schämete mich nit, für meiner Magd meine Sünden zu bekennen, und in unserm gemeinen Morgengebet, so wir auf den Knieen hielten, dem Herrn aufs Neu Gehorsam und Treu zu geloben. Hielten dannenhero diesen Morgen ein stattlich Frühstück und schickten noch Etwas an den alten Paassch aus; item ließ mein Töchterlein nun wieder alle Kinderlein kommen, und speisete sie, bevorab sie aufsagen mußten, erst mildiglich mit unserm Fürrath. Und als mein kleingläubig Herz darüber seufzete, wiewohl ich nichts sagete, lächelte sie, und sprach: darumb sorget nicht für den andern Morgen, denn der morgende Tag wird für das Seine sorgen.[4]

2 schicklicher.

3 betteln.

4 Matth. 6, 34.

Solche Weissagung thät der heilige Geist aus ihr, wie ich nit anders gläuben kann, und Du auch nit mein Lieber, denn merke, was geschah: Zu Nachmittag war sie, verstehe mein Töchterlein, in den Streckelberg gegangen, um Brommelbeeren zu suchen, weilen der alte Paassch ihr hatte durch die Magd sagen lassen, daß es dorten noch einige Büsche hätte. Die Magd hackete Holz auf dem Hofe, wozu sie sich den alten Paassch sein Beil geliehen, denn meines hatten die kaiserlichen Schnapphähne verworfen, da es nirgend nit zu finden; ich selbsten aber wandelte in der Stuben auf und ab und sanne meine Predigt aus: als mein Töchterlein mit hoher Schürzen bald wieder in die Thüre fuhr, ganz roth und mit funkelnden Augen, konnte aber für Freuden nichts mehr sprechen denn: »Vater, Vater, was hab ich?« – »Nun«, geb ich zur Antwort, »was hastu denn mein Kind?« worauf sie die Schürze von einander thät, und trauete kaum meinen Augen, als ich vor die Brommelbeeren, so sie zu hohlen gangen war, darinnen zween Stücke Bernstein glitzern sah ein jegliches fast so groß, denn ein Mannskopf, die kleinen Stücklein nit gerechnt, so doch auch mit unter die Länge meiner Hand hatten, und habe ich weiß Gott keine kleine Hand. Schriee also: »Herzenskind, wie kömmstu zu diesen Gottesseegen?« Worauf sie, als sie gemach wieder zu Athem kame, verzählete wie folgt:

Daß sie nach den Beeren suchende in einer Schlucht nahe dem Strande zu, etwas in der Sonnen hätte glizzern gesehen, und als sie hinzugetreten, hätte sie diesen wunderlichen Fund gethan, angesehen der Wind den Sand von einer schwarzen Birnsteinader fortgespielet.[5] Hätte sofort mit einem Stöcklein diese Stücken herausgebrochen, und wäre noch ein großer Fürrath vorhanden, massen es unter dem Stocke rings umbher gebullert, als sie ihn in den Sand gestoßen, auch hätte selbiger nit tiefer, als zum höchsten einen Schuh sich in den Boden schieben lassen. Item verzählete sie: daß sie die Stätte wieder mit Sand überschüttet, und darnach mit ihrer Schürzen überwedelt, damit keine Spur nit übrig bliebe.

5 Kommt auch jetzt noch öfter vor, und ist dem Herausgeber selbst begegnet. Doch enthielt die kleine schwarze Ader nur wenige Stücken Bernstein mit Holzkohle vermischt, letzteres ein sicheres Zeichen seines vegetabilischen Ursprungs, worüber beiläufig gesagt, jetzt auch kaum ein Zweifel obwaltet, seitdem man in Preußen sogar ganze Bernsteinbäume aufgefunden hat, und auf dem Museum zu Königsberg bewahrt.

Im Uebrigen würde dorthin auch kein Fremder so leichtlich kommen, angesehen keine Brommelbeeren in der Nähe ranketen, und sie mehr aus Fürwitz und um nach der Sehe überzuschauen, den Gang gethan, denn aus Nothdurft. Sie selbsten wolle aber schon die Stätte wiederfinden, alldieweilen sie sich dieselbige durch drei Steinlein gemerket. Was nun unser Erstes gewesen, nachdeme der grundgütige Gott uns aus sollicher Noth gerissen, ja uns, wie es der Anschein war, mit großem Reichthumb begabet hatte, kann sich ein Jeglicher selbsten fürstellen. Als wir endlich wieder von unsern Knieen aufstunden, wollte mein Töchterlein zuerst zur Magd laufen und ihr unsere fröhliche Zeitung hinterbringen. Aber ich untersagete es ihr, massen wir nit wissen könnten, ob die Magd es ihren Freundinnen nicht wieder verzählete, obwohl sie sonsten ein treu und gottesfürchtig Mensch sei. Thät sie aber soliches, so würde es sonder Zweifel der Amtshaubtmann erfahren, und unsern Schatz vor Se. fürstliche Gnaden den Herzog, will sagen vor sich selbsten aufheben, und uns nichts nit, denn das Zusehen verbleiben, und darumb unsere Noth bald wieder von vornen beginnen. Wöllten dannenhero sagen, wenn man uns nach unserm Seegen fragen würde, daß mein seliger Bruder so ein Rathsherr in Rotterdamm gewesen uns ein gut Stück Geldes hinterlassen, wie es denn auch wahr ist, daß ich für einem Jahre bei 200 Fl. von ihme geerbet, welche mir aber das Kriegsvolk, wie oben bemeldet, jämmerlich entwendet. Item ich wölle morgen selbsten nach Wolgast gehen und die kleinen Stücklein verkaufen, so gut es müglich wäre, sagende, du hättest sie an der Sehe gefunden; solches kannstu auch meinethalben der Magd sagen, und sie ihr zeigen, aber die großen Stücke zeigestu Niemand nit, die will ich an deinen Ohm gen Hamburg senden, uns solche zu versilbern. Vielleicht, daß ich auch eins davon in Wolgast verkaufe, so ich Gelegenheit hab, umb Dir und mir die Winternothdurft auf den Leib zu schaffen, dahero du mitgehen kannst. Die Witten, so die Gemein zusammengebracht, nehmen wir vors Erste für Fährgeld, und kannstu die Magd uns auf den Abend nachbestellen, daß sie auf der Fähren auf uns harre, umb die Alimenten zu tragen. Dieses Allens versprach sie zu thun, meinete aber, wir könnten erst mehr Birnstein brechen, damit wir was Rechtes in Hamburg kriegeten, was ich auch thate, und dannenhero des andern Tages noch zu Hause verblieb, maßen es uns noch nit an Kost gebrach, mein Töchterlein auch sowohl als ich, uns erst wieder gänzlich recreiren wollten, bevorab wir die Reis' anträten, item wir auch bedachten, daß der alte Meister Rothoog in Loddin, so ein Tischler ist, uns bald ein Kistlein zusammenschlagen würd, um den Birnstein hineinzuthun, dannenhero ich zu Nachmittag die Magd zu ihm schickete, unterdessen wir selbsten in den Strekelberg schritten, allwo ich mir mit meinem Taschenmesser, so ich für dem Feinde geborgen, ein Tännlein abschnitte, und es wie einen Spaten formirete, damit ich könnte besser damit zur Tiefen fahren. Sahen uns aber vorher auf dem Berge wohl umb, und da wir Niemand nit gewahreten, schritt mein Töchterlein voran, zu der Stätte, welche sie auch alsofort wiederfunde. Großer Gott, was hatts hier für Birnstein! – Die Ader ging bei 20 Fuß Länge, wie ich ungefährlich abfühlen mochte, die Tiefe aber kunnte ich nicht ergründen. Doch brachen wir heute außer vier ansehnlichen Stücken, doch fast nit so groß, als die von gestern seind, nur klein Gruuswerk, nicht viel größer als was die Apotheker zu Stänkerpulver[6] zustoßen. Nachdeme wir nun den Ort wieder mit äußerstem Fleiß bedecket und bewedelt, wär uns bald ein großer Unfall zugestoßen. Denn uns begegnete Witthansch ihr Mädken, so Brummelbeeren suchte, und da sie fragete, was mein Töchterlein in der Schürzen trug und diese roth würde und stockete, wäre alsobald unser Geheimniß verrathen, hätte ich mich nicht begriffen und gesaget: was gehts dich an, sie träget Tannenzapfen umb damit einzuheitzen, was sie auch gläubte. Wir satzten uns dahero für, in Zukunft nur des Nachts und bei Mondenschein auf den Berg zu steigen, und kamen noch vor der Magd zu Hause woselbst wir unsern Schatz in der Bettstätt verburgen, damit sie es nicht merken sollte.

Capitel 10.

Wie wir nach Wolgast reisen und daselbsten gute Kaufmannschaft halten.

Zwei Tage darauf, sagt mein Töchterlein, die alte Ilse aber meint drei Tage (und weiß ich nit was wahr ist) seind wir endiglichen zur Stadt gewest, angesehen Meister Rothoog die Kiste nit eher fertig hatte. Mein Töchterlein deckete ein Stück von meiner seeligen Frau ihrem Brautkleid darüber so die Kaiserlichen zwar zerfetzet, doch als sie es darauf wohl draußen liegen lassen, von dem Winde in den Pfarrzaum war getrieben, wo wir es wiederfunden. War auch schon vorher ziemlich unlieblich, sonst achte ich, hätten sie

6 Wahrscheinlich Räucherpulver.

es wohl mit sich geführet. – Umb der Kisten willen aber nahmen wir die alte Ilse gleich mit, so selbige tragen mußte, und da Birnstein eine fast leichte Waare ist, gläubete sie es leichtlich, daß nur etwas Eßwaar in selbiger vorhanden sei. Setzeten also bei Tages Anbruch mit Gott unsern Stecken vor uns. Bei dem Zitze[1] lief ein Haase vor uns über den Weg, was nichts Gutes bedeuten soll; ach ja! – Als wir darauf gen Bannemin kamen, fragte ich einen Kerl, ob es wahr sei, daß hier eine Mutter ihr eigen Kind für Hunger geschlachtet, wie ich vernommen. Er sagte ja, und nannte das alte Weib Zissesche. Der liebe Gott aber hätte sich für solchem Gräuel entsetzet, und es hätte ihr doch nicht geholfen, massen sie sich so sehr bei dem Essen gespeiet, daß sie davon den Geist aufgegeben. Sonsten meinte er, stünd' es im Kapsel schon etwas besser, dieweil der liebe Gott sie reichlich mit Fischen sowohl in der Sehe als im Achterwasser gesegnet. Doch wären auch hier viel Leute für Hunger gestorben. Von seinem Pfarrherrn Ehre Johannes Lampius[2] verzählete er, daß sein Haus von den Kaiserlichen gebrennet sei, und er in einer Kirchenbude[3] läge. Ich ließ ihne grüßen, und möcht er doch bald einmal sich zu mir aufmachen (welches der Kerl auch zu besorgen versprach), denn Ehre Johannes ist ein frommer gelehrter Mann, und hat auch etzliche lateinische Chronosticha auf diese elendig Zeit in metro heroico gestellet, so mir sehr gefallen, muß ich sagen[4].

Doch auf der Hälfte des Weges zwischen Coserow und Wolgast, jetzt Zinnowitz geheißen.

Als wir nun über die Fähr kamen, sprachen wir auf den Schloßplatz bei Sehms ein, so ein Krüger ist, welcher uns verzählete, daß die Pest noch immer nit ganz in der Stadt aufgehöret, worüber ich fast erschrake, zumalen er auch noch viele andere Gräuel und Leiden dieser betrübten Zeit, so hier und an andern Orten beschehen, uns für Augen stellete, e.g. von der großen

1 Dorf auf der Hälfte des Weges zwischen Coserow und Wolgast, jetzt Zinnowitz geheißen.

2 In dem hiesigen Pfarrarchiv sind auch noch einige, obgleich sehr kurze und unvollständige Andeutungen von seinen Leidenstagen während jenes Schreckenskrieges vorhanden.

3 Bude, davon Büdner, eine Hütte.

4 Der alte Herr hat sie sogar unter die noch vorhandenen Kirchenrechnungen gesetzt, und mögen ein Paar davon zur Probe hier stehen:
auf 1620/VsqVe qVo DoMIncCerIs, sIs nobIs pater!
auf 1628/InqVe tVa DeXtra fer operaM tV ChrIste benIgne!

Hungersnoth im Land zu Rügen, wo viele Menschen für Hunger so schwarz wie die Mohren geworden, ein wunderlich Ding, so es wahr ist, und möchte man daraus fast gießen, wie die ersten Mohren entstanden seind[5]. Aber das lassen wir jetzt in seinen Würden. Summa als Meister Sehms uns verzählet, was er Neues wußte, und wir daraus zu unserm Troste sahen, daß der Herr uns nicht allein heimbgesuchet in dieser schweren Zeit, rieffe ich ihn in eine Kammer, und fragete ihn, ob es hier nicht wo Gelegenheit hätte, ein Stück Birnstein zu versilbern, so mein Töchterlein an der Sehe gefunden. Aber er sagte erstlich nein, darauf aber sich besinnende hub er an: »halt laß Er sehen. Denn es seind hier beim Schloßwirth Niclas Grecken zwo holländische fürnehme Kaufleute in Herberge, als: Dieterich von Pehnen und Jakob Kiekebusch, welcher Theer und Bretter kaufen, item Schiffholz und Balken, vielleicht daß diese auch auf Seinen Birnstein feilschen, doch geh Er selbsten auf das Schloß, denn ich weiß nit mehr vor gewis, ob sie heute noch hier seind.« Solliches thate ich auch, obwohl ich bei dem Manne noch nichts verzehret, angesehen ich erst absehen wöllte, wie's mit dem Handel abliefe, und die Witten so der Kirchen gehörten, bis so lange verspaaren. Kame also auf den Schloßhof. – Aber du lieber Gott, wie war auch Sr. fürstlichen Gnaden Haus seit kurzer Zeit fast zur Wüstenei worden. Den Marstall und das Jagdhaus hatten anno 1628 die Dänen gebrochen; item viele Zimmr im Schlosse geruiniret, und in Sr. fürstlichen Gnaden des Herzogen Philippi Locament, wo er mich ao. 22 mit meinem Töchterlein, wie man weiter unten lesen wird, so mildiglich getractiret, hausete jetzt der Schloßwirth Niclas Graeke, und waren all die schönen Tapecereyen, worauf die Wallfahrt Sr. fürstlichen Gnaden weiland Bagislai x. gen Jerusalem fürgestellet wär, herausßergerissen und die Wände grau und garstig[6]. Solliches sahe mit

5 Auch Micraelius im alten Pommernlande, v. 171, 12. gedenket dieses Umstandes, sagt aber blos: »Die nach Stralsund überliefen waren ganz schwarz vom erlittenen Hunger anzusehen.« Daher wohl die seltsame Uebertreibung des Wirths und der noch seltsamere Schluß unsers Autors.

6 vergl. Hellers Chronik der Stadt Wolgast, S. 42 ff. die Unordnung rührte wohl daher, weil der Nachfolger von Philippus Julius († 6ten Febr. 1625) und zugleich der letzte Pommersche Herzog, Bogislaus XIV. in Stettin residirte. Zur Zeit ist das Schloß eine gänzliche Ruine, und nur noch mehrere große mit Kreuzgewölben versehene Keller sind vorhanden, in welchen die dortigen Kaufleute zum Theil ihre Waaren-Niederlagen haben.

betrübtem Herzen, fragte darum alsobald nach den Kaufleuten, welche hinter dem Tische saßen, und schon Abschiedszeche hielten, dieweil ihr Reisegeräthe allbereits umb sie lag, umb damit nacher Stettin aufzubrechen. Als nun der eine von der Zeche aufsprange, ein kleiner Kerl, mit einem gar stattlichen Wanst, und einem schwarzen Pflaster über der Nasen, und mich fragete: was ich wölle? nahme ich ihn abseiten in ein Fenster, und sagte: daß ich schönen Birnstein hätte, und ob er gesonnen, mir solchen zu versilbern, was er gleich zu thun versprach. Und nachdem er seinem Gesellen etwas ins Ohr gemurmelt, wurd er fast lieblich aussehen, und reichte mir auch erst den Krug, bevorab wir in meine Herberge gingen. That ihm also recht wacker Bescheid, da ich, wie obbemeldet noch nüchtern war, so daß mir gleich baß umbs Herze wurde. (Du lieber Gott, was gehet doch über einen guten Trunk so es mit Maßen geschieht!) Darauf schritten wir in meine Herberge, und mußte die Magd die Kiste abseiten in ein Kämmerlein tragen. Doch hatte ich selbige kaum aufgethan, und das Kleid davon gezogen, als der Mann (so Dieterich von Pehnen war, wie er mir unterwegs gesaget) für Freuden die Hände in die Höhe hub, und sagete: daß er solchen Segen in Birnstein noch niemals nit gesehen, und wie ich dazu gekommen? Antwortete also, daß ihn mein Töchterlein an der Sehe gefunden, worüber er sich sehr verwunderte, daß es hier so viel Birnstein hätte, und mir gleich vor die ganze Kiste 300 Fl. böte. War für Freuden über solchen Bot außer mir, doch ließ mir nichtes merken, besondern feilschte mit ihme bis auf 500 Fl. und söllte ich nur mit ins Schloß kommen und dorten gleich mein Geld haben. Bestellete dahero gleich bei dem Wirth einen Krug Bier, und vor mein Töchterlein ein gutes Mittagbrod, und machte mich mit dem Mann und der Magd, so die Kiste truge wieder ins Schloß auf, bittende: er wölle aber, umb gemeiner Verwundrung willen, nichtes nicht von meinem großen Seegen zu dem Wirth oder sonst zu männiglich hier in der Stadt sagen, und mir mein Geld sonderlich[7] aufzählen, massen man auch nit wissen könnte ob mir die Schnapphanichen[8] nicht unterweges aufpaßten, wenn sie solches erführen, welches der Mann auch thät. Denn er mürmelte gleich seinem Gesellen wieder ins Ohr, worauf dieser seinen ledernen Rock aufthät, item sein Wams und seine Hosen, und sich ein Kätzlein von seinem Wanst schnallete, so trefflich gespicket war, und er ihme reichete. Summa: es währete

7 besonders, privatim.

8 Räuber.

nit lange, so hatte ich meinen Reichthumb in der Taschen, und bate der Mann noch überdies, wenn ich wieder Birnstein hätte, sölle ich ja gen Amsterdamm an ihn schreiben, was ich auch zu thun versprach. Aber der gute Kerl ist, wie ich hernachmals erfahren in Stettin an der Pest mit seinem Gesellen verstorben, welches ich ihm nicht gewünschet.[9] Darauf wäre bald in große Ungelegenheit kommen. Denn da ich mich sehnete auf meine Kniee zu fallen, und die Zeit nit abwarten konnte, wo ich meine Herberge erreichet, lief ich die Schloßtreppe bei vier Stufen hinauf, und trat in ein klein Gemach, wo ich mich für dem Herrn demüthigte. Aber der Wirth Niclas Gräke folgte mir alsbald, und vermeinete, daß ich ein Dieb sei und wollte mich fest halten, wußte dahero nicht anders los zu kommen als, daß ich fürgabe, ich wäre trunken worden von dem Wein, so mir die fremden Kaufleute gespendet (denn er hatte gesehen, welchen trefflichen Zug ich gethan) angesehen ich heute Morgen noch nüchtern gewesen, und hätte mir ein Kämmerlein aufgesucht umb ein wenig zu schlummern, welche Lüge er auch gläubete (so es anders eine Lüge war; denn ich war ja auch in Wahrheit trunken, obgleich nit vom Wein, sondern von Dank und Andacht zu meinem Schöpfer) und mich derohalben lauffen ließ. –

Doch nun muß ich erstlich meine Historie mit Sr. fürstlichen Gnaden verzählen, wie mir oben fürgenommen. Als ich Anno 22 von ungefährlich mit mein Töchterlein, so damals ein Kind bei 12 Jahren war, hier in Wolgast in dem Schloßgarten lustwandelte, und ihr die schönen Blumen zeigete, so darinnen herfürgewachsen waren, begab es sich, als wir umb ein Buschwerk lenketen, daß wir meinen gnädigen Herrn Herzog Philippum Julium mit Sr. fürstlichen Gnaden dem Herzogen Bogislaff so hier zum Besuche lag, auf einem Hügel stehen und disputiren sahen, wannenhero wir schon umbkehren wollten. Da aber meine gnädige Herren alsbald fürbaß schritten, der Schloßbrücken zu, besahen wir uns den Hügel, wo dieselben gestanden, und erhobe mein klein Mädken alsbald ein laut Freudengeschrei, angesehen, sie einen kostbaren Siegelring an der Erden liegen sahe, so Ihro fürstliche Gnaden ohn Zweifel verloren. Ich sagete dannenhero: komme, wir wollen unsere

9 Auch Micraelius gedenket dieser holländischen Handelsleute, a.a.O. V., S. 171, behauptet aber, die Ursache ihres Todes sei zweifelhaft gewesen, und habe der Stadtphysikus Dr. Laurentius Eichstadius in Stettin, einen eigenen medizinalischen Discurs darüber geschrieben. Doch nennt er einen derselben Kiekepost anstatt Kiekebusch.

gnädigen Herren ganz eilend nachgehen, und sagstu auf lateinisch: Serenissimi principes quis vestrum hunc annulum deperdidit[10]? (Denn wie oben bemeldet hatte ich mit ihr die lateinische Sprach schon seit ihrem siebenten Jahr traktiret) und sagt nun einer: ego; so giebstu ihm den Ring. Item fräget er dich auf lateinisch, wem du gehörest, so sei nit blöde und sprich: ego sum filia pastoris Coserowiensis[11] siehe so werden Ihre fürstlichen Gnaden ein Wohlgefallen an dir haben, denn es seind beide freundliche Leute, insonderheit aber der große, welches unser gnädiger Landesherr Philippus Julius selbsten ist.

Solliches versprach sie zu thun; doch da sie im Weiterschreiten merklich zitterte, redete ich ihr noch mehr zu und versprach ihr ein neu Kleid so sie es thäte, angesehen sie schon als ein klein Kind viel umb schöne Kleider gegeben. Als wir dahero auf dem Schloßhof kommen, blieb ich bei der Statue Sr. fürstlichen Gnaden des Herzogen Ernst Ludewig[12] stehen, und blies ihr ein, nunmehro dreust nachzulaufen, da Ihre f.G. nur wenige Schritte für uns gingen, und sich schon gegen die große Hauptthüre wendeten. Solliches thät sie auch, blieb aber plötzlich stehen und wollte wieder umbkehren, weil sie sich vor den Sporen Ihrer f.G. gefürchtet, wie sie nachgehends sagete, maßen dieselben fast heftig geknarret und gerastert.

Dieses sahe aber meine gnädige Frau, die Herzoginne Agnes aus dem offenen Fenster, in welchem sie lage und rief, S.f.G. zu: »mein Herre, es ist ein klein Mädchen hinter Euch, so Euch sprechen will, wie es mir scheinet«, worauf Sr.f.G. sich gleich niedlich lächelnd umwendete, so daß meinem kleinen Mädken der Muth alsobald wiederkehrete und sieden Ring in die Höhe haltende auf lateinisch sagete, wie ihr geboten. Darüber verwunderten sich beide Fürsten über die Maßen, und nachdeme Se. fürstliche Gnaden, mein gnädiger Herzog Philippus sich an den Finger gefühlet, antwortete er: Dulcissima puella, ego perdidi[13] worauf sie ihm solchen reichete. Davor klopfete er ihr die Wangen und fragte abermals: Sed quaenam es et unde venis?[14] worauf sie dreust ihre Antwort thät, und zugleich nach mir an der Statuen mit dem Finger wiese,

10 Gestrenge Fürsten, wer von Euch hat diesen Ring verloren?

11 ich bin die Tochter des Pfarrers zu Coserow.

12 Der Vater von Philippus Julius † zu Wolgast den 17ten Junius 1592.

13 mein süßes Mädchen, ich habe ihn verloren.

14 Aber wer bist du und woher kömmst du?

worauf Se. fürstliche Gnaden mir winketen, näher zu kommen. Dieses Alles hatte auch meine gnädige Frau aus dem Fenster mitgesehen, war aber mit einem Male wegk. Doch kam sie schon zurücke, ehe ich noch zu meinen gnädigen Herren demüthig herangetreten, winkete alsbald meinem Töchterlein, und hielt ihr eine Blinsche[15] aus dem Fenster welche sie haben sollte. Da ich ihr zuredete lief sich auch hinan, aber Ihre fürstliche Gnaden kunnte nit so tief niederlangen, und sie nit so hoch über sich umb selbige zu greifen, wannenhero meine gnädige Frau ihr gebot, sie sölle in das Schloß kommen und da sie sich ängstlich nach mir umbschauete mich auch heranwinkete, wie mein gnädiger Herr selbsten, der alsobald die kleine scheue Magd bei der Hand fassete und mit Sr. fürstlichen Gnaden dem Herzogen Bogislaff vorauf ging. Meine gnädige Frau kam uns aber allbereits bei der Thüren entgegen, liebkosete und umbfing mein klein Töchterlein, so daß sie bald dreust wurde, und die Blinsche aß. Nachdem nun mein g. Herr mich gefraget, wie ich hieße, item warumb ich seltsamer Weiß meinem Töchterlein die lateinische Sprache gelernet, antwortete ich: daß ich gar viel durch einen Vetter in Cöln von der Schurmannin[16] gehöret und da ich ein fast trefflich ingenium bei meinem

15 Vielleicht Plinze, eine Art Kuchen.

16 Anna Maria Schurmann geb. zu Cöln am 5ten Novbr. 1607, gestorben zu Wiewardin d. 5ten May 1678 wär nach dem übereinstimmenden Zeugniß ihrer Zeitgenossen ein Wunder der Gelehrsamkeit und vielleicht das gelehrteste Weib, das je auf Erden lebte. Der Franzose Nande urtheilt von ihr; was die Hand bilden und der Geist fassen kann, trifft man bei ihr allein. Keine malt besser, keine bildet besser in Erz, Wachs und Holz. In der Stickerei übertrifft sie alle alten und neuen Weiber. Man weiß nicht in welcher Art der Gelehrsamkeit sie sich am mehrsten ausgezeichnet. Nicht mit den europäischen Sprachen zufrieden, versteht sie hebräisch, arabisch, syrisch und schreibt ein Latein, daß kein Mann, der sein Leben darauf verwendet, es besser kann. Der berühmte Niederländer Spanheim nennt sie »eine Lehrerin der Gratien und Musen«, der noch berühmtere Salmasius gesteht: er wisse nicht in welcher Art der Gelehrsamkeit er ihr den Vorzug geben sölle, und der Pole Rotyer nennt sie gar »das einzige Exemplar aller Wunderwerke an einem gelehrten Menschen, und ein gänzliches Monstrum ihres Geschlechts doch ohne Fehler und Tadel.« Denn in der That behielt sie bei ihrem außerordentlichen Wissen eine bewunderswürdige Demuth, wiewohl sie selbst gesteht, daß die unmäßigen Lobsprüche der Gelehrten sie jezuweilen zu eigener Selbstverblendung verleitet hätten. In späteren Jahren trat sie zu der Gemeine der Labadisten über, welche manche Aehnlichkeit mit den neuem Muckem gehabt zu haben scheint, starb aber unver-

Kinde verspüret, auch in meiner einsamen Pfarren genugsam Zeit dazu gehabt, hätte ich nit angestanden, sie von Jugend auf fürzunehmen und zu unterweisen, maßen ich keine Knäblein beim Leben hätte. Darüber verwunderten sich I.I.f.f.G.G. und thaten annoch einige lateinische Fragen an selbige, welche sie auch beantwortete, ohne daß ich ihr etwas einbliese, worauf mein gnädiger Herr, Herzog Philippus auf deutsch sagete: wenn du groß geworden bist und einmal heirathen wilt, so sags mir, dann solltu von mir wieder einen Ring haben und was sonsten noch vor eine Braut gehöret, denn du hast mir heute einen guten Dienst gethan, angesehen mir dieser Ring ein groß Kleinod ist, da ich ihn von meiner Frauen empfangen. Ich blies ihr darauf ein, Sr. fürstlichen Gnaden vor solches Versprechen die Hand zu küssen, was sie auch thät.

(Aber, ach, du allerliebster Gott, versprechen und halten, seind zweierlei Ding! Wo ist jetzt Se: fürstlichen Gnaden? Darumb laß mich immer bedenken: nur Du bist allein wahrhaftig und was Du zusagst hälltst du gewis. Ps. 33, 4. Amen.)

Item als Se. fürstliche Gnaden nunmehro auch nach mir und meiner Pfarren gekundschaftet und gehöret, daß ich alt adlichen Geschlechtes und mein Salarium fast zu schwach sei, rief sie dero Canzler D. Rungium, der draußen an dem Sonnenzeiger stund und schauete, aus dem Fenster und befahle ihme, daß ich vom Kloster zu Pudgla, item von dem Kammergut Ernsthoff eine Beilage haben sollte, wie oben bemeldet. Aber Gott seis geklagt, habe selbige niemalen erhalten, obwohl das Instrumentum donationis[17] mir bald hernach auch durch Sr. fürstlichen Gnaden Canzler gesendet ward. –

Darauf gab es vor mich auch Blinschen, item ein Glas wälschen Wein aus einem gemalten Wappenglas, worauf ich demüthig mit meinem Töchterlein meinen Abtritt nahm.

Umb nun aber wieder auf meine Kaufmannschaft zu kommen, so kann männiglich vor sich selbsten abnehmen, welche Freude mein Kind empfand, als ich ihr die schöne Dukaten und Gulden wiese, so ich vor den Birnstein erhalten. Der Magd aber sagten wir, daß wir solchen Segen ererbet durch meinen Bruder in Hol-

mählt, da eine frühe Liebe (schon in ihrem 15ten Jahre) mit dem Holländer Caets sich zerschlagen hatte. Als Seltsamkeit von ihr wird angeführt, daß sie gerne Spinnen gegessen. Ihre gesammelten Werke gab der berühmte Spanheim unter dem Titel: Annae Mariae a Schurmann opuscula, Leyden 1648, zuerst heraus.

17 Schenkungsurkunde.

land, und nachdem wir abermals dem Herrn auf unsern Knieen gedanket, und unser Mittagsbrod verzehret, hielten wir gute Kaufmannschaft an Fleisch, Brode, Salz, Stockfisch, item an Kleidern, angesehen ich vor uns drei von dem Wandschneider die Winternothdurft besorgete. Vor mein Töchterlein aber kaufte noch absonderlich eine gestrickte Haarhaube und ein roth seidin Leibichen mit schwarzen Schurzfleck und weißem Rock, item ein fein Ohrgehänge, da sie fast heftig darumb bat, und nachdem ich auch bei dem Schuster die Nothdurft bestellet, machten wir uns endiglichen, da es fast schon tunkel ward, auf den Heimbweg, kunnten aber fast nit alles tragen, so wir eingekaufet. Derohalben mußte uns ein Bauer von Bannemin helfen, so auch zur Stadt gewesen war, und als ich von ihm erforschet, daß der Kerl, so mir die Schnede Brod gegeben, ein Katenmann, Namens Pantermehl gewest, und an der Dorfstraßen wohne, schobe ich ihm zwo Brode in seine Hausthüre, als wir davor gekommen, ohne daß er es gemerket, und zogen darauf unserer Straßen bei gutem Mondschein weiter, so daß wir auch mit Gotts Hülfe umb 10 Uhren Abends zu Hause anlangeten. Dem andern Kerl hatte ich auch vor seine Mühe ein Brod geben, obwohl er es nit verdient, angesehen er nit weiter als bis zum Zitze mit uns gehen wollte. Doch laß ihn laufen, habs ja auch nit verdienet, daß mich der Herr so gesegnet! –

Capitel 11.

Wie ich die ganze Gemein gespeiset, item wie ich nach Gützkow zum Roßmarkt gereiset und was mir alldort gearriviret.

Des andern morgens zutheilete mein Töchterlein die lieben Brod, und schickte einem Jeglichen im Dorf eine Schnede. Doch da wir sahen, daß unser Fürrath bald würde auf die Neige laufen, schickete abermals die Magd mit einer Karren, so ich von Adam Lempkem gekauft, nach Wolgast mehr Brod zu hohlen, welches sie auch thate. Item ließ ich im ganzen Kapsel herumbsagen, daß ich am Sonntag wölle das heilige Abendmahl halten, und kaufete unterdeß im Dorf alle großen Fische, so sie fingen. Als nun endlich der liebe Sonntag kam, hielt ich erstlich Beicht mit der ganzen Gemein, und darauf die Predigt über Matth. 15, 32. Mich jammert des Volks, denn sie haben nichts zu essen. Solliches deutete aber fürs erste nur auf die geistliche Speiß, und erhobe sich ein groß

Seufzen unter Männern und Weibern, als ich zum Schluß auf das Altar wiese, worauf die liebe Seelenspeise stund, und die Worte wiederholte: mich jammert des Volks, denn sie haben nichts zu essen. (NB. den bleiernen Kelch hatte mir in Wolgast geliehen, und vor die Patene ein klein Tellerlein gekaufet, bis Meister Bloom den silbernen Kelch und die Patene, so ich bestellet würde fertig halten.) Als ich nun darauf das heilige Nachtmahl consacriret und ausgetheilet, item den Schlußvers angestimmet, und ein Jeglicher still sein Vater unser gebet, umb aus der Kirchen zu gehen, trat ich abermals aus dem Beichtstuhl herfür, und winkete dem Volk annoch zu verharren, da der liebe Heiland nit blos ihre Seelen sondern auch ihren Leib speisen wölle, angesehen er mit seinem Volk noch immer eben dasselbige Erbarmen hätte, wie weiland mit dem Volk am galiläischen Meer. Solliches sollten sie sehen. Trat also in den Thurm und langete zween Körbe herfür so die Magd in Wolgast gekaufet, und ich zu guter Zeit hier hatte verhehlen lassen, satzete sie für das Altar und zog die Tüchlein womit sie bedecket waren, davon, worauf sich fast ein laut Geschrei erhob, massen sie den einen voller Bratfisch, den andern aber voller Brod funden, so wir heimlich hineingethan. Machte es darauf wie der Heiland, dankete und brach es und gab es meinem Fürsteher Hinrich Seden, daß er es den Männern und meinem Töchterlein, daß sie es den Weibern fürlegen mußte, worauf den Text: mich jammert des Volks denn sie haben nichts zu essen auch leiblich anwandte, undauf und nieder in der Kirchen schreitend, unter großem gemeinen Geschrei sie vermahnete, immer Gottes Barmherzigkeit zu vertrauen, fleißig zu beten fleißig zu arbeiten und in keine Sünde zu willigen. Was übrig blieb mußten sie vor ihre Kinder und alten Greise aufheben, so zu Hause geblieben waren.

Nach der Kirchen, und als ich kaum meinen Chorrock abgethan, kam Hinrich Seden sein gluderäugigt Weib wieder und verlangete trotziglich noch ein Mehres vor die Reise ihres Mannes nach der Liepe; auch hätte sie vor sich selbsten noch Nichtes erhalten, angesehen sie heute nit in der Kirchen gewesen. Solliches verdroß mich fast, und sagete ich zu ihr: warum bistu nit in der Kirchen gewesen? Doch wärestu demüthig kommen, hättestu auch jetzt noch etwas erhalten, da du aber trotziglich kümmst, geb' ich dir Nichts. Gedenke doch wie du es mit mir und meinem Kinde gemacht. Aber sie blieb bei der Thüren stehen und gluderte trotzig in der Stuben rings umbher, bis sie mein Töchterlein beim Arm nahm, und heraus führete, indeme sie sprach: »hörstu? du sollst erst demüthig wieder kommen, ehe du etwas empfähest; kömmstu aber also, so solltu auch deinen Theil haben und wir wollen nit weiter mit dir Auge um Auge, Zahn um Zahn rechnen, das möge der Herr thun so ihm beliebt, wir aber wöllen dir gerne vergeben!« Hierauf schritt sie endlich nach ihrer Weiß, heimlich mummelnd aus der Thüren, doch spiee sie verschiedentlich auf der Straßen aus, wie wir durch das Fensterlein sahen.

Bald darauf beschloß ich einen Jungen bei 20 Jahren und Claus Neels geheißen bei mir in Dienst zu nehmen, und vor einen Knecht zu gebrauchen, angesehen der alte Neels in Loddin sein Vater mich fast harte darumb anlag, auch der Bursche an Manieren und sonsten mir wohl gefiel. Denn da es heuer einen guten Herbst hatte, beschloß annoch mir vor's erste zwei Pferde zu kaufen und mein Ackerland abermals zu besäen; denn wiewohl es schon spät im Jahre war, meinete ich dennoch, daß der grundgütige Gott es wohl gesegnen könnte, wenn er wollte.

Auch war ich nit sonderlich umb das Futter für selbige besorgt, maßen es in der Gemein einen großen Ueberfluß an Heu hatte, da alles Vieh wie bemeldet geschlagen oder fortgetrieben war. Gedachte also im Namen Gottes mit meinem neuen Ackersknecht gen Gützkow zu ziehen, wo auf dem Jahrmarkt viel meklenburgische Pferde gezogen wurden, angesehen dort noch eine bessere Zeit war.[1] Hierzwischen aber thät ich mit meinem Töchterlein noch mehr Gänge auf den Streckelberg zur Nachtzeit und im Mondschein, funden aber nichts rechtes, so daß wir schon gläubeten unser Segen sei zu Ende, als wir in der dritten Nacht große Stücke Birnstein brachen fast größer als die, so die beiden Holländer gekaufet. Solche beschloß nunmehro an meinen Schwager Martin Behring gen Hamburg zu schicken, massen Schiffer Wulff aus Wolgast, wie mir gesaget ward, noch in diesem Herbest hinaufseegeln wöllen, um Theer und Schiffesholz überzuführen. Packete also alles in eine wohlverwahrete Kiste, und nahm selbige mit gen Wolgast, als ich mit meinem Ackersknecht gen Gützkow aufbrach. Von dieser Reise will nur soviel vermelden: daß es alldorten fast viele Pferde aber wenig Käufer hatte. Dannenhero kaufete zwo schöne Rappen das Stück zu 20 Fl. item einen Wagen umb 5 Fl. item 25 Scheffel Roggen, so auch vom Meklenburg dahin geführet warumb 1 Fl. den Scheffel, da er in Wolgast fast gar nit mehr aufzugabeln ist, und alsdann wohl an die drei Fl. und drüber gilt. Hätte darumb hier in Gützkow schöne Kaufmannschaft in Roggen

1 Wallenstein wär nämlich vom Kaiser mit Meklenburg belehnt und schonete daher des Landes so viel er konnte.

halten können, so es meines Amts gewest, und ich auch nit befürchtet, daß die Schnapphanichen, woran es in dieser schweren Zeit fast überhand nimmt, mir mein Korn wieder abgenommen, und noch wohl dazu gemaltraitiret, und erwürget hätten, wie Etzlichen geschehen. Denn insonderheit wurde solche Räuberei zu Gützkow zu dieser Zeit in der Strelliner Heiden mit großem Spök[2] getrieben, kam aber mit des gerechten Gottes Hülfe gerade an das liebe Tageslicht, als ich mit meinem Ackersknecht alldorten in den Jahrmarkt verreiset war, und will ich solliches hier noch bemelden. Vor etzlichen Monden war ein Kerl zu Gützkow aufs Rad gestoßen, weil er durch Verführung des leidigen Satans einen reisenden Handwerksmann erschlagen. Derselbige aber fing alsobald an so erschröcklich zu spöken, daß er zur Abend- und Nachtzeit mit seinem armen Sünderkittel von dem Rade herniedersprang, sobald ein Wagen vor dem Galgen vorbeifuhr, der an der Landstraßen nacher Wolgast zustehet, und hinter den Leuten hersetzte, wo sie denn mit vielen Abscheu und Grauen die Rosse anklappten, so daß es einen großen Rumor auf dem Knüppeldamm schlug welcher benebenst dem Galgen in ein klein Hölzlein führete, der Kraulin geheißen. Und war ein wunderlich Ding, daß in selbiger Nacht die Reisenden fast immer in der Strelliner Heiden geplündert oder erwürget wurden. Dannenhero ließ die Obrigkeit den Kerl von dem Rade heben und begrube ihn unter dem Galgen in Hoffnung, daß der Spök sich legen sölle. Aber es saß nach wie vorab bei Nachtzeiten schloweiß auf dem Rade, so daß Niemand nicht mehr die Straße gen Wolgast fahren wollte. Da begab es sich denn, daß in benanntem Jahrmarkt gegen die Nachtzeit der junge Rüdiger von Nienkerken von Mellenthin auf Usedom belegen, so in Wittenberge und anderswo studiret, und nun wieder heimkehren wollte mit seinem Fuhrwerk, dieser Straßen zog. Hatte ihm kurz vorhero noch selbsten im Wirthhause gepersuadiret, daß er von wegen den Spök zur Nachtzeit in Gützkow verbleiben, und des nächsten Morgens mit mir fahren wölle, was er aber verwegerte. Als selbiger Junker nun die Straße gefahren kömmt, sieht er auch wieder alsobald den Spök auf dem Rade sitzen, und ist er kaum an dem Galgen fürüber, als das Gespenste herniederspringt, und ihm nachsetzet. Der Fuhrmann entsetzet sich mächtiglich, und macht es wie alle anderen, klappet die Pferde an, so fast scheu geworden, und für Angst den Mist gelassen und beginnet mit großem Rumor über den Knüppeldamm zu jagen. Hierzwischen

2 Spukerei.

bemerket aber der Junker beim Mondenschein, daß der Spök einen Pferdeapfel über welchen er rennet, breit tritt, und nimmt sogleich bei sich ab, daß solches kein Gespenst sei. Rufet dannenhero den Fuhrmann, er sölle halten, und da dieser nit auf ihn höret, springet er von dem Wagen, zeucht seinen Stoßdegen, und eilt dem Spök auf den Leib. Als der Spök solches gewahr wird, will er umbkehren, aber der Junker schlägt ihne mit der Faust in das Genicke, daß er gleich zur Erden stürzet und ein laut Gejünse[3] erhebt. Summa: nachdem der Junker seinen Fuhrknecht gerufen, bringt er den Spök bald darauf wieder in die Stadt geschleppt und ergab es sich, daß selbiger ein Schuster war, Namens Schwelm. (Diesem Schelm hat der Teufel recht das W. eingeflicket! –) So bin ich auch bei dem großen Auflauf mit Mehren hinzugetreten, und habe den Kerl gesehen. Er zitterte, wie das Blatt einer Espen, und als man ihm hart zuredete: er sölle freiwillig bekennen, maßen er dann vielleicht sein Leben retten könne, so es sich anders fände, daß er Niemand nit erwürget, bekannte er auch: daß er sich habe durch sein Weib ein arm Sünderkleid nähen lassen, solches angethan und sich zur Nacht und insonderheit, wann er in Erfahrung gebracht, daß ein Wagen in der Stadt sei so nacher Wolgast wölle, vor dem Kerl auf das Rad gesetzet, wo es dann in der Tunkelheit und der Ferne nit zu sehen gewest, daß sie selbander dorten gesessen. Wäre nun ein Wagen angekommen, und er herabgesprungen und hinten nach geloffen, hätte sich alles sogleich entsetzet und sein Augenmerk nit mehr auf den Galgen sondern blos auf ihm gehabt, forts die Pferde angeschlagen und mit großem Rumor und Gepolter über den Knüppeldamm gekutschiret. Solches hätten aber seine Gesellen in Strellin und Dammbecke gehöret, (zwo Dörfer, so fast drei Viertel Wegs entfernt seind) und sich fertig erhalten den Reisenden wenn sie nachgehends bis dahin gelanget, die Pferde abzuspannen und selbige zu plündern. Als man nachgehends den Kerl begraben, hätte er seinen Spök noch leichter gehabt etc. Dieses Alles wäre die reine Wahrheit, und hätte er selbsten in seinem Leben Niemand etwas abgenommen, noch ihn erwürget, dahero man ihm verzeihen wölle, dieweil er ganz unschuldig sei, und alles was an Raub und Mord fürgefallen, seine Gesellen allein verübet hätten: Ei du feiner Schelm, aber der Teufel hat dir das W nit umbsonst eingeflicket. Denn wie ich nachmals erfahren, ist er sammt seinen Gesellen, wie billig, wieder aufs Rad gestoßen.

3 Gewimmer.

Umb nun wieder auf meine Reise zu kommen, so ist der Junker nunmehro zur Nacht mit mir in der Herbergen verblieben, und am andern Morgen frühe seind wir beide aufgebrochen, und da wir gute Kundschaft[4] mit einander gemacht bin ich auf seinen Wagen gestiegen, wie er geboten, um mit einander unterweges zu conversiren, und mein Claas hat hintennach gefahren. Habe auch bald gemerket, daß er ein feiner, ehrbarer, und wohlgelahrter Herre sei, angesehen er nit nur das wüste Studentenleben verlobete[5], und sich freuete, daß er nunmehro, den argen Sauftonnen entronnen, sondern auch sein lateinisch ohne Anstoß redete. Hatte dannenhero viel Kürzweil mit ihm auf dem Wagen. Doch zuriß uns in Wolgast auf dem Fährboot das Seil, sodaß uns der Strom bis nach Zeuzin[6] niederführete, und wir endlich nit ohne große Mühsal ans Land gelangeten. Hierzwischen war es fast spät worden, und kamen wir erst umb 9 Uhren in Coserow an, wo ich dann den Junker bate, bei mir die Nachtherberge zu nehmen, was er sich auch gefallen ließ. Mein Töchterlein saß am Kamin und nähete vor ihre kleine Pate ein Röcklein aus ihren alten Kleiden zusammen. Erschrak dahero heftig und verfärbete sich, als sie den Junker mit mir eintreten sahe und hörete er wölle hier zur Nachtherberge verbleiben, angesehen wir bishero nit mehr Betten als zur höchsten Nothdurft von der alten Zabel Neringsche, der Heidereuter – Wittwen zu Ueckeritze gekaufet hatten. Dannenhero nahm sie mich gleich absonderlich: wie es werden sölle? Mein Bette hätte heute ihre kleine Pate, so sie darauf geleget, nit wohl zugerichtet, und in ihrs könne sie doch den Junker unmöglich legen, wenn sie selbsten auch gerne bei der Magd niederkrühe. Und als ich sie fragete: warumb denn nit? verfärbete sie sich abermals wie ein roth Laken und hub an zu weinen, ließ sich auch den ganzen Abend nit wieder sehen, so daß die Magd alles besorgen, und ihr, verstehe meiner Töchterlein Bette endlich nur mit weißen Leylachen vor den Junker überziehen mußte, da sie selbsten es nit thun wollte. Führe hier solches an, damit man sehen möge, wie die Jungfern seind. Denn am andern Morgen trat sie in die Stuben mit ihrem roth seidin Leibichen, mit der Haarhauben und dem Schurzfleck, summa mit Allem angethan, so ich ihr in Wolgast gekaufet, so daß der Junker sich verwunderte und viel mit ihr

4 Bekanntschaft.

5 verachtete.

6 jetzt Sauzin.

unter der Morgensuppen conversirete, worauf er alsdann seinen Abschied nahm, und mich bate, wieder einmal in seine Burg vorzusprechen.

Capitel 12.

Was ferner Freudiges und Betrübtes fürgefallen item wie Wittich Appelmann gen Damerow auf die Wulfsjagd reutet, und was er meinem Töchterlein angesonnen.

Der Herr segnete meine Gemeind wunderlich in diesem Winter, maßen sie nicht nur in allen Dörfern eine gute Menge Fische fungen und versilberten, besondern auch die Coserowschen 4 Saalhunde[1] schlugen, item der große Stormwind von 12ten Decembris eine ziemliche Menge Birnstein an den Strand trieb, so daß nunmehro auch viele Menschen Birnstein funden, doch nit sonderlich von Größe, und wieder anfingen sich Viehe, als Küh und Schaafe von der Liepen und andern Orten zu kaufen, wie ich mir selbsten denn auch wieder zwo Kühe zulegete. Item lief mein Brodkorn, so ich zur Hälfte auf meinen Acker, und zur anderen Hälfte auf den alten Paasschen seinen ausgestreuet noch ganz lieblich und holdselig auf, da uns der Herr bis dato einen offenen Winter geschenket; aber wie es bei eines Fingers Länge aufgeschossen, lag es an eim Morgen wieder umbgestürzet und geruiniret und abermals durch Teufels-Spöck, massen auch jetzo wie zuvorab nit die Spur eines Ochsen oder Pferdes im Acker zu sehen war. Der gerechte Gott aber wölle es richten, wie es denn jetzo auch schon geschehen ist. Amen.

Hierzwischen aber trug sich etwas Absonderliches zu. Denn als Herr Wittich meines Vernehmens eines Morgens aus dem Fenster schauet, daß das Töchterlein seines Fischers, ein Kind bei 16 Jahren, deme er fleißig nachgestellet, in den Busch gehet, sich trocken Holz zu brechen, macht er sich auch alsobald auf, warumb? will ich nit sagen und mag sich ein Jeglicher selbsten abnehmen. Als er jedoch den Klosterdamm eine Weile aufgeschritten und bei der ersten Brücken kömmt, da wo der Ebreschenbaum stehet, siehet er zwo Wülfe, so auf ihn zulaufen, und da er kein Gewehr nit bei sich führet, als einen Stecken, klettert er sofort in einen Baum, worauf die Wülfe umb selbigen herumtraben, ihn anblinzen mit

1 Seehunde.

den Augen, das Maul löcken, und endlich sich mit den Vordertatzen gegen den Baum in die Höhe auffheben, und hineinbeißen, wobei er gewahr worden, daß der eine Wulf, so ein He und ein langer feister Feger gewesen nur ein Auge gehabt. Hebet also an in seiner Angst zu schreien, und die große Langmuth des barmherzigen Gottes wollte ihn auch noch einmal erretten, doch ohne, daß er dadurch klug worden wäre. Denn das Dirnlein, so sich auf der Wiesen hinter einen Knirkbusch verkrochen, als sie den Junker kommen sieht, rennet forts auf das Schloß zurücke, worauf denn auch viel Volks alsobald herbeifähret, die Wülfe verjaget, und den Junker erlöset. Selbiger ließ dahero eine große Wulfsjagd des andern Tages in der Klosterheiden ansagen, und wer den einäugigen Feger ihm todt oder lebendig brächte, sölle eine Tonne Bier zum Besten haben. Doch haben sie ihn nit gefangen, obgleich sie in den Netzen sonsten bei vier Wülfen diesen Tag gehabt und geschlagen. Also ließ er auch weiters in meinem Kapsel die Wulfsjagd ansagen. Doch wie der Kerl kömmt, die Glocke auf dem Thorm zu rühren, hält er nit ein wenig inne, wie es bei Wulfsjagden der Brauch ist, sondern schläget sine mora[2] immer tapfer zu an die Glocke, so daß männiglich glaubt es sei ein Feuer aufgegangen, und schreiend aus den Häusern herfürspringt. So läuft auch mein Töchterlein herbei (denn ich selbsten war zu einem Kranken nach Zempin gefahren, angesehen mir das Gehen schon etwas schwer fiele, und ichs nunmehro ja auch besser haben mochte,) hat aber noch nit lange gestanden, und nach der Ursachen geforscht als der Amtshaubtmann selber auf seinem Schimmel mit drei Fuder Zeug hinter ihm herbei galoppiret und dem Volk befiehlet, sogleich zur Heiden aufzubrechen und auf den Wulf zu klappern. Hierauf will er schon mit seinem Jägersvolk, und etzlichen Männern, so er sich aus den Häufen gegriffen, weiter reuten, umb hinter der Damerow den Zeug zu stellen maßen die Insel dorten wunderlich schmal ist[3] und der Wulf das Wasser scheuet; als er meines Töchterleins gewahr wird, sein Pferd wieder umbdrehet, sie unter das Kinn greifet, und freundlich examiniret, wer und woher sie sei? Als er solches erforschet, sagt er, daß sie schier so hübsch sei, als eine Engelin, und daß er gar nit gewußt, daß der Priester hieselbsten eine so schöne Dirne hab. Reutet darauf weiter, sich noch wohl an die zwei oder drei Malen nach ihr umbschauend, und

2 ohne zu pausieren.

3 Die Breite, welche immer mehr ab nimmt, beträgt jetzt kaum noch einen Büchsenschuß.

gelangt auch im ersten Treiben schon zu dem einäugigten Wulf, so im Rohr an der Sehe gelegen, wie sie gleich an der Loosung verspüret. Denn der Wulf looset immer auf einen Stein, die Wölfin aber thät ihre Loosung mitten in den Weg und es ist platschicht, wogegen seins immer fast dicke ist. Das hat den Junker sehr ergetzet und haben die Zeugknechte ihn mit großen eisernen Zangen aus dem Garn herfürhohlen und halten müssen, worauf er ihn bei einer Stunden lang unter großem Gelächter langsam und jämmerlich zu Tode gemartert, was ein prognosticon ist, wie ers nachhero mit meinem armen Kinde gemacht, denn Wulf oder Lamm ist diesem Schalksknecht gleich. Ach du gerechter Gott! – Doch ich will nichts übereilen noch zuvorkommen.

Des andern Tages kömmt den alten Seden sein gluderäugigt Weib, so wie ein lahmer Hund mit dem Hindern drohete, und stellet meinem Töchterlein für: ob sie nit wölle bei dem Amtshaubtmann in Dienst treten, lobet ihn als einen frommen und tugendsamen Mann, und wäre alles was die Welt von ihm afterrede, erstunken und erlogen, wie sie selbsten deren Zeugniß ablegen könne, angesehen sie länger denn zehn Jahre bei ihme in dem Dienst gestanden. Item lobet sie das Essen, so sie dorten hätte, und das schöne Biergeld, so große Herren, welche hier gar oft zur Herberge lägen, vor die Aufwartung spendeten, wie sie denn selbsten von Sr.f.G. dem Herzogen Ernst Ludwig mehr denn ein Mal einen Rosenobel überkommen. Auch hätt es hier sonsten oft viel junge hübsche Leut, so daß es ihr Glück sein könnte, massen sie ein schön Frauensbild wäre, und nur das Aussuchen hätte, wen sie heirathen wölle; daß sie aber in Coserow, wo Niemand nit käme, sich krumm und dumm sitzen könne, bevorab sie unter die Hauben geriethe etc. Darob erzürnete sie mein Töchterlein über die Macht und antwortete: ei du alte Hexe, wer hat dir gesaget, daß ich wölle in Dienst treten, umb unter die Hauben zu kommen. Packe dich, und komm mir nit ferner in das Haus, denn ich habe mit dir Nichtes zu schaffen, worauf sie denn auch alsobald wieder mummelnd ihrer Straßen zog.

Kaum aber waren etzliche Tage verschienen, und stehe ich mit dem Glaser in der Stuben so mir neue Fenster eingesetzet, als ich mein Töchterlein in der Kammer bei der Küchen schreien höre. Laufe also gleich hinein, und perhorrescire heftiglich, als ich den Ambtshaubtmann selbsten in der Eckeh sahe, wie er mein Kind umbhalset hält. Läßt sie aber alsogleich fahren und spricht: ei Ehre Abraham, was habt Ihr für eine kleine spröde Närrin zur Tochter. Will ihr nach meiner Weiß einen Kuß zum Willkommen geben, da wehret sie sich, und thut einen Schrei, als wäre ich ein junger Fant, der sie überschlichen, so ich doch wohl doppelt ihr Vater sein könnte. Als ich hierauf schwiege, hüb er an fortzufahren, daß er sie habe zuversichtlich machen wollen, massen er sie, wie ich wüßte in seinen Dienst begehrete und was er sonst fürbrachte und ich vergessen hab. Nöthigte ihn darauf in die Stube, dieweil er immer meine von Gott gesetzte Obrigkeit ware, und fragte demüthiglich: was Se, Gestrengen von mir wöllen? worauf er freundlich zur Antwort gab: daß er wohl billig mir zürnen möchte, angesehen ich ihn vor der ganzen Gemeine abgekanzelt, solches aber nit thun, sondern die Klageschrift contra me (gegen mich) so er schon gen Stettin an Se. fürstliche Gnaden geschicket und mir leicht den Dienst kosten könnte, wiederkommen lassen wölle, so ich seinen Willen thät. Und als ich fragete: was Sr. Gestrengen Willen wär, auch mich von wegen der Predigt soviel entschuldiget, als ich konnte, gab er zur Antwort: daß er sehr benöthiget sei um eine treue Ausgebersche, so er dem andern Frauensvolk fürsetzen könnte, und da er in Erfahrung gezogen, daß mein Töchterlein eine treue und wackere Person sei, möcht ich sie ihme in den Dienst geben. Siehe, sprach er zu ihr und zwackete sie in die Backen, so will ich dich zu Ehren bringen obwohl du ein so junges Blut bist, und doch schreistu, als wöllt ich dir zu Unehren verhelfen. Fu schäme dich! (Mein Töchterlein weiß dieses noch alles verbotenus[4], ich hätte es über allen Jammer, so ich nachgehends gehabt, wohl hundertmal vergessen). Aber sie ließ sich solches verdrießen, indem sie von der Bank aufsprange und kurz zur Antwort gab: ich danke Ihme für die Ehre, will aber nur meinem Papa wirthschaften helfen, das wird besser Ehre vor mich sein, worauf der Junker sich zu mir hinwendete, und was ich dazu sagte? Ich muß aber bekennen, daß ich in nit geringer Angst ware, inmassen ich an die Zukunft gedachte, und an das Ansehn, in welchem der Junker bei Sr. fürstl. Gnaden stande. Gab also demüthig zur Antwort: daß ich mein Töchterlein nit zwingen könne, sie auch gerne umb mich behielte, angesehen meine liebe Hausfrau in der schweren Pestzeit bereits dieses Zeitliche gesegnet, und ich nicht mehr Kinder hätte, denn sie alleine. Se. Gestrengen müchten dannenhero nicht ungnädig werden, wenn ich sie nicht bei Sr. Gestrengen in den Dienst schicken könnte. Dieses verdroß ihn heftiglich, und nachdeme er noch eine Zeitlang umbsonst disputiret, valedicirte er endlich, doch nicht, ohne mir zu dräuen, daß er es mir

4 wörtlich.

schon gedenken wölle. Item hat mein Knecht gehöret so in dem Pferdestall gestanden, daß er umb die Ecken gehend für sich gesaget: ich will sie doch wohl kriegen!

Solches machte mich schier wieder ganz verzaget, als den Sonntag darauf sein Jäger kam, Namens Johannes Kurt, ein hübscher, großer Kerl und wohlgeputzet. Hatte einen Rehbock vor sich auf das Pferd gebunden, und sagte: daß Se. Gestrengen mir solchen verehret, in Hoffnung ich würd mich besinnen über unsern Handel, anerwogen er seit der Zeit umbsonst nach einer Ausgebersche überall herumbgegabelt. Se. Gestrengen wölle auch, so ich mich anders schickete, bei Sr. fürstlichen Gnaden ein Fürwort thun, daß mir aus dem fürstlichen aerario die Dotation des Herzogen Pilippi Julii verabreichet würde, etc. Dieser junge Kerl erhielt aber dieselbige Antwort, denn sein Herr selbsten und bate ihn er wölle den Rehbock nur wieder mitnehmen. Aber solliches wegerte er sich, und da ich ihm von ungefährlich vorhero gesaget, daß Wildprett vor mich das liebste Essen sei, versprach er: mich auch in Zukunft reichlich zu versorgen, weilen es gar viel Wild in der Heiden hätte, er öftermalen hier im Streckelberge pürschen ginge, und ich (wollte sagen mein Töchterlein) ihm absonderlich gefiele, zu malen ich nit seines Herren Willen thät, welcherim Vertrauen geoffenbaret, kein Mädchen nit im Friede ließe, es also auch meine Jungfer nit lassen würde. Wiewohlen ich nun sein Wildprett recusirete, bracht er es doch und kam inner 3 Wochen wohl an die vier oder fünf Malen, und wurde immer freundlicher gegen mein Töchterlein. Schwätzete endlich auch viel von seinen guten Dienst, und daß er sich eine gute Hausfrau suche, wo wir denn alsobald merketen, aus welcher Ecken der Wind bliese. Ergo[5] gab ihm mein Töchterlein zur Antwort, wenn er sich doch eine Hausfrauen suche, so wundere es ihr, daß er die Zeit verliere, umbsonst nach Coserow zu reuten, denn hier wisse sie keine Hausfrau vor ihn, welches ihn fast schwer verdroß, und er nit wieder kam.

Nun hätte männiglich gläuben sollen, der Braten wäre doch auch vor den Amtshaubtmann zu riechen gewest; nichts destoweniger aber kam er bald darauf wieder herbeigeritten, und freiete nun gerade raus vor seinen Jäger um mein Töchterlein. Versprach auch, er wölle ihm ein eigen Haus in der Heiden bauen, item ihm Kessel, Schüsseln, Betten etc. verabreichen, angesehen er den Kerl aus der heiligen Taufe gehoben, und er sich auch inner sieben Jahren wacker und gut in seinem Dienst gestellet. Hierauf gab ihm

5 Daher.

mein Töchterlein zur Antwort, daß Se. Gestrengen ja bereits gehöret, daß sie ihrem Papa nur wirthschaften wölle, sie auch noch viel zu jung wäre, umb schon vor eine Hausfrau zu gelten.

Solches verdroß ihn aber nit, wie es den Anschein hatte, sondern nachdem er noch eine Zeitlang viel umbsonst discuriret, ging er freundlich abe, wie ein Kätzlein, so sich auch stellet, als ließe sie von der Maus, und hinter die Ecken kreucht, so es doch nicht ihr Ernst ist, und sie alsbald wieder herfürspringt. Denn er sahe sonder Zweifel, daß er seine Sache sehr tumm angefangen, darumb ging er, sie besser anzuheben, und Satanas ging mit ihm, wie weiland mit Judas Ischarioth.

Capitel 13.

Was sonsten in diesem Winter fürgefallen, item wie im Frühjahr die Zauberei im Dorfe anhebt.

Sonsten ist in diesem Winter nichts Sonderliches fürgefallen, als daß der barmherzige Gott großen Seegen gab, im Achterwasser wie in der Sehe, und wieder gute Nahrung in der Gemeine kam, so daß auch von uns konnte gesaget werden, wie geschrieben stehet: ich hab dich ein klein Augenblick verlassen, aber mit großer Barmherzigkeit will ich dich sammlen[1]. Dannenhero wurden wir auch nit müde dem Herrn zu danken, und thät die Gemeine der Kirchen viel Gutes, kaufete auch wieder neue Kantzel- und Altartücher, da der Feind die alten geraubet, item wollte mir das Geld vor die neuen Kelche wieder erstatten, so ich aber nit genommen hab.

Doch hatte es noch bei zehen Bauern im Kapsel die ihr Saatkorn zum Frühjahr nit schaffen kunnten angesehen sie ihren Verdienst vor Vieh und das liebe Brodkorn ausgegeben. Machte also mit ihnen einen Vertrag, daß ich ihnen wölle das Geld dazu fürstrecken, und könnten sie es mir in diesem Jahr nicht wieder aufbringen, möchten sie es im nächsten mir wiedererstatten, welches sie auch dankbarlich annahmen, und schickten wir bei sieben Wagens nacher Fredland in Meklenburg, vor uns Alle Saatkorn zu hohlen. Denn mein lieber Schwager Martin Behring in Hamburg hatte mir allbereits durch den Schiffer Wulf, der zu Weihnachten schon

1 Jesaias 54, 7.

wieder binnen gelaufen war, vor den Birnstein 700 Fl. übermachet, die ihme der Herr gesegnen wölle.

Sonsten starb diesen Winter die alte Thiemksche in Loddin, so vor eine Großmutter im Kapsel ware, und auch mein Töchterlein gegriffen hat. Aber sie hat in letzter Zeit wenig Arbeit gehabt, inmassen ich in diesem Jahre nur zwei Kinder getaufet, als Jung seinen Sohn in Ueckeritze, und Lene Hebers ihr Töchterlein, so die Kaiserlichen gespießet. Item sind es fast fünf Jahr, daß ich die letzten Brautleute vertrauet. Dannenhero männiglich gießen mag, daß ich hätte mögen zu Tode hungern, wenn der gerechte Gott mich nit auf andere Weiß so grundgütig bedacht und gesegnet hätte. Darumb sei ihm allein die Ehr. Amen.

Hierzwischen aber begab es sich nit lange darauf, als der Ambtshaubtmann das letzte Mal da gewesen, daß die Zauberei im Dorfe begunnte.

Saß eben und traktirte mit meinem Töchterlein den Virgilium im zweiten Buch, von der gräulichen Verwüstung der Stadt Troja, so doch noch erschröcklicher gewesen denn unsere, als das Geschreie kam, daß unsern Nachbauern Zabel seine rothe Kuh, so er sich vor wenigen Tagen gekaufet, im Stalle alle Viere von sich gestoßen und verrecken wölle, und solches ein seltsam Ding wäre, angesehen sie noch vor einer halben Stunden wacker gefressen. Mein Töchterlein möchte doch hinkommen, und ihr drei Haare aus dem Schweif ziehen und selbige unter der Stallschwellen verscharren. Denn sie hätten in Erfahrung gebracht, wenn solches eine reine Jungfer thät, würde es besser mit der Kuh. Thät ihnen mein Töchterlein also den Willen, dieweil sie die einige Jungfer im ganzen Dorf war (denn die andern seind noch alle Kinder) und schlug es auch von Stund an, so daß sich männiglich verwunderte. Aber es währete nit lange so kam Witthahnsche ihrem Schwein beim gesunden Fressen auch was an. Selbige kam also angelaufen: daß mein Töchterlein sich umb Gotts Willen erbarmen und ihrem Schwein auch etwas gebrauchen wölle, da böse Menschen ihme was angethan. Dannenhero erbarmte sie sich auch, und es half alsogleich wie das erste Mal. Doch hatte das Weib, so gravida war, von dem Schröcken die Kindesnoth überkommen, und wie mein Töchterlein kaum aus dem Stalle ist, geht sie jünsend, und sich an allen Wänden stützend und begreifend in ihre Bude, rufet auch ringsumbher die Weiber zusammen, da die rechte Großmutter wie bemeldet verstorben war und währet es nit lange, so scheußt auch etwas unter ihr zur Erden. Doch als sich die Weiber darnach niederbücken, hebt sich der Teufelsspök, so Flügel gehabt, wie eine

Fledermaus, von der Erden, schnurret und burret in der Stuben umbher, und scheußt dann mit großem Rumor durch das Fenster, daß das Glas auf die Straßen klinget. Wie sie aber nachsehen, ist allens fort. Nun kann man genugsam bei sich selbsten abnehmen, welch ein groß, gemein Geschrei hieraus entstande. Und judicirte fast das ganze Dorf, daß Niemand nit, denn den alten Seden sein gluderäugigt Weib solchen Teufelsspök angerichtet.

Aber die Gemein wurde bald in solchem Glauben irrig. Denn desselbigen Weibes ihre Kuh kriegt es bald auch so, wie alle Andern ihre Kühe. Kam dahero auch wehklagend herbeigelaufen, daß mein Töchterlein sich ihrer erbarmen wöll, wie sie sich der Andern erbarmet, und umb Gotts willen ihrer armen Kuh helfen. Hätte sie ihr verarget, daß sie von dem Dienst beim Ambtshaubtmann ihr etwas gesaget, so wär es ja aus gutem Herzen geschehn etc. Summa, sie beredete mein unglücklich Kind, daß sie auch hinginge, und ihrer Kuh half.

Unterdessen lag ich an jeglichem Sonntag mit der ganzen Gemein auf meinen Knieen dem Herrn an, daß er dem leidigen Satan nit wölle gestatten uns dasjenige wiederumb zu nehmen, was seine Gnad uns nach so vielerlei Noth aufs Neu zugewendet, item, daß er den autorem von solchem Teufelsspök an das Tageslicht bringen wölle, umb ihm die verdiente Straf zu geben.

Aber es half Allens nit. Denn allererst waren wenig Tage verstrichen, so kam Stoffer Zuter seiner bunten Kuh auch was an, und kam er wieder, wie all die Andern zu meinem Töchterlein geloffen. Ging sie also auch hin, aber es wollte nit anschlagen sondern das Viehe verreckete fast unter ihren Händen.

Item hatte Käte Berow von das Spinngeld, so sie diesen Winter von meim Töchterlein erhalten, sich ein Ferkelken angeschaffet, so das arme Weibstück wie ein Kind hielte und bei sich in der Stuben lauffen hatte. Selbiges Ferkelken kriegt es auch wie die andern im Umbsehen; doch als mein Töchterlein hiezu gerufen wird, will es auch nit anschlagen, sondern es verrecket ihr abermals unter den Händen, und erhebt das arme Weibsbild ein groß Geschrei, und reißt sich für Schmerz die Haare aus, so daß es mein Kind erbarmet und sie ihr ein ander Ferkelken verspricht, wenn meine Sau werfen würd. Hierzwischen mochte wohl wieder eine Woche verstreichen, in währender Zeit ich mit der ganzen Gemein fortfuhre, den Herrn umb seinen gnädigen Beistand, wiewohl umbsonst, anzurufen, als Sedensche ihr Ferkel auch was ankömmt. Läuft dahero wieder mit großem Geschrei zu meiner Tochter, und wiewohl diese ihr sagt, daß sie ja sähe, es wölle nit mehr helfen, was sie vor das Vieh gebrauchte, hörte sie doch nit auf, selbiger mit großem Lamentiren so lange anzuliegen, bis sie sich abermals aufmachte, ihr mit Gotts Hülfe beizustehn. Aber es war auch umsonst, angesehen das Ferkelken schon verreckete, bevorab sie den Stall verlassen. Was thät aber nunmehro diese Teufelshure? Nachdeme sie mit großem Geschrei im Dorf umbhergeloffen, saget sie: nun sähe doch männiglich, daß mein Töchterlein keine Jungfer mehr wäre, denn warumb es sonst jetzt nit mehr helfen sollte, wenn sie dem Viehe was gebrauchte, so es doch vorhero geholfen? Hätte wohl ihre Jungferschaft in dem Streckelberg gelassen, wohin sie diesen Frühjahr so fleißig trottire, und wüßte Gott, wer selbige bekommen! Doch weiter sagt sie noch nichtes, und erfuhren wir dies Allens nur hernachmals. Und ist wahr, daß mein Töchterlein diesen Frühjahr ist mit und ohne mich in den Streckelberg gespaziret, umb sich Blumen zu suchen, und in die liebe Sehe überzuschauen, wobei sie nach ihrer Weiß diejenigen Versus aus dem Virgilio so ihr am Besten gefallen, laut gerecitiret, (denn was sie ein paar Mal lase, das behielte sie auch.)

Und solche Gänge wegerte ich ihr auch nicht, denn Wülfe hatte es nicht mehr im Streckelberge, und wenn es auch noch einen hatte, so fleucht er vor dem Menschen zur Sommerszeit. Doch nach dem Birnstein verbot ich ihr zu graben. Denn da er nunmehro schon zu tief fiele, und wir nicht wußten, wo wir mit dem Aufwurf bleiben söllten, daß es nit verrathen würd, nahm ich mir für, den Herrn nicht zu versuchen, besondern zu warten, bis mein Fürrath an Gelde fast klein würde, bevorab wir wieder grüben.

Solliches thät sie aber nicht, wiewohl sie es versprochen, und ist aus diesem Ungehorsam all unser Elend herfürgegangen. (Ach du lieber Gott, welch ein ernst Ding ist es doch umb dein heilig viertes Gebot!) Denn da Ehre Johannes Lampius von Crummin, so mich im Frühjahr heimbgesuchet, mir verzählet, daß der Cantor in Wolgast die opp. St. Augustini[2] verkaufen wölle, und ich in ihrer Gegenwärtigkeit gesaget, daß ich solche wohl vor mein Leben gerne kaufen möchte, aber das Geld davor nit übrig hätte, stunde sie ohne mein Wissen des Nachts auf, umb nach Birnstein zu graben, solchen auch so gut sie könnte in Wolgast zu versilbern und zu meinem Geburtstag welcher den 28sten mensis Augusti einfällt, mir heimlich die opp. St. Augustini zu verehren. Den Aufwurf hat sie aber immer mit tännin Zweigen bedecket, so es

2 Die Werke des heiligen Augustin.

genugsam in der Heiden hat, damit Niemand nichtes verspüren möchte.

Hierzwischen aber begab sich, daß der junge nobilis Rüdiger von Nienkerken eines Tages angeritten kam, um Kundschaft von dem großen Zauber zu überkommen, so hier im Dorfe sein sölle. Als ich ihme nun solchen verzählet, schüttelte er ungläubig das Haupt und vermeinete daß es mit aller Zauberei fast Lüg und Trug wäre wovor ich mich heftiglich perhorrescirete angesehen ich diesen jungen Herrn für einen klügeren Mann gehalten, und nun sehen mußte, daß er ein Atheiste war. Solches aber merkete er und gab lächelnd zur Antwort, ob ich jemals den Johannem Wierum[3] gelesen, so nichts wissen wölle von der Zauberei, und argumentire daß alle Hexen melancholische Personen wären, die sich selbsten nur einbildeten, daß sie einen pactum mit dem Teufel hätten und ihm mehr erbarmens – denn strafwürdig furkämen? Hierauf gabe ich zur Antwort, daß ich solchen zwar nit gelesen, (denn sage, wer kann Allens lesen, was die Narren schreiben?) aber der Augenschein zeige ja hier und aller Orten, daß es ein ungeheurer Irrthumb sei, die Zauberei zu leugnen, inmassen man alsdann auch leugnen könnte, daß es Mord, Ehebruch und Diebstahl gäb.

Aber dieses Argumentum nannte er ein Dilemma[4] und nachdeme er viel von dem Teufel gedisputiret, so ich vergessen, da es arg nach Ketzereien roche, sagete er: er wölle mir von einem Zauber in Wittenberg erzählen, so er selbsten gesehen.

Als dorten nämblich ein kaiserlicher Haubtmann vor dem Elsterthore eines Morgens sein gutes Roß bestiegen, um sein Fähnlein zu inspiciren, hebet solches alsobald an, so grimmig zu toben bäumet, schüttelt mit dem Kopfe, prustet, rennet und brüllet, nit wie Pferde sonst thun, daß sie wiehern, sondern es ist anzuhören gewest als wenn die Stimm aus einem Menschenhalse käme, so daß männiglich sich verwundert, und Allens das Rößlein für be-

3 Ein niederländischer Arzt, der lange vor Spee und Thomasius das Unwesen des Zauberglaubens seiner Zeit in der Schrift confutatio opinionum de magorum Daemonomia Frankfurth 1590 angriff, dafür aber von Bodinus und andern, selbst für den ärgsten Hexenmeister verschrieen wurde. Und allerdings ist es auffallend daß derselbe freidenkende Mann früher in einer andern Schrift de praestigiis Daemonum, die Beschwörung der Geister gelehrt, und darin die ganze Hölle mit dem Namen und Zunamen ihrer 572 Teufelsfürsten beschrieben hatte.

4 verfänglicher Schluß.

zaubert gehalten. Es hätte auch alsobald den Haubtmann abgeworfen, ihm mit seinem Huf den Schädel eingeschlagen, daß er da gelegen und gezappelt, und hätte nunmehro ins Weite wöllen. Da hätte ein Reutersmann sein Handröhr auf das verzauberte Roß abgedrucket, daß es gleich auf den Weg zusammengeschossen und verrecket sei. So wäre er auch mit vielen hinzugetreten dieweil der Obrist alsofort Befehlig an den Feldscheerer gegeben, das Roß aufzuschneiden, umb zu sehen, wie es innerlich mit ihm stünde. Wäre aber alles gut gewest, und beide der Feldscherer und Feldmedicus hätten testificiret daß es ein kern gesund Roß sei, wannenhero denn Allens noch weit heftiger über Zauberei geschrieen. Hierzwischen aber hätte er selbsten (verstehe den jungen Nobilis) gesehen daß dem Rößlein ein feiner Rauch aus der Nasen gezogen, und als er sich niedergebucket, hätte er alsobald einen Lunten herfürgezogen, fast bei eines Fingers Länge, so noch geschwelet, und ihme ein Bube mit einer Nadel heimlich zur Nasen hineingestoßen. Da wäre denn die Zauberei auf einmal vergeschwunden, und man hätte den Thäter nachgespüret, so auch alsobald gefunden wär, nämblich der Reutknecht von dem Haubtmann selbsten. Denn da sein Herr ihm das Wammes ausgeklopfet, hätte er einen Eid gethan, es ihm zu gedenken, so aber der Profost selbsten gehöret, der von ungefährlich am Stall gestanden und geharnet. Item hätte ein anderer Kriegsknecht bezeuget, daß er gesehn wie der Kerl ein Stück von der Lunten geschnitten, kurz zuvor ehe denn er seinem Herren das Roß vorgeführet. – Also meinte nun der junge Edelmann wär es mit jeglicher Zauberei, so man damit auf den Grund ginge, wie ich ja auch selbsten in Gützkow gesehen, wo der Teufelsspök ein Schuster gewest, und würd es auch hier im Dorf wohl auf gleiche Weiß zugestehn. Vor solche Rede wurde ich aber dem Junker von Stund an, als einem Atheisten abhold, wiewohlen ich in Zukunft leider Gottes gesehen hab, daß er fast recht gehabt, denn wäre der Junker nit gewest, wo wäre dann mein Kind?

Doch will ich Nichtes übereilen! – Summa: ich ging fast verdrüßlich über diese Wort in der Stuben umbher, und fing der Junker nunmehro an mit meinem Töchterlein über die Zauberei zu disputiren, bald deutsch und bald lateinisch, wie es ihm ins Maul kam, und sollte sie auch ihre Meinung sagen. Aber sie gab ihm zur Antwort, daß sie ein dumm Ding sei und keine Meinung haben könnte, daß sie aber dennoch gläube, der Spök hier im Dorfe ginge nit mit rechten Dingen zu. Hierüber rief mich die Magd abseiten (weiß nit mehr was sie wollte) doch als ich wieder in die Stuben kam, war mein Töchterlein so roth, wie ein Schaarlachen und der Junker stunde dicht vor ihr. Fragete sie dannenhero gleich als er abgeritten, ob etwas fürgefallen, so sie aber leugnete und erst nachgehends bekannte: daß er in meinem Abwesen gesaget, daß er nur einen Menschen kenne, so zu zaubern verstünde, und als sie ihn gefraget, wer derselbige Mensch denn wäre, hätte er sie bei der Hand gegriffen und gesaget: »Sie ist es selbsten liebe Jungfer, denn sie hat meinem Herzen etwas angethan, wie ich verspüre!« Weiteres aber hätte er nichtes gesaget, als daß er sie dabei mit brennenden Augen ins Angesicht geschauet und darüber wäre sie so roth worden.

Aber so seind die Mädchens, sie haben immer ihre Heimblichkeiten, wenn man den Rücken drehet, und ist das Sprüchwort wahr:

Mätens to höden
Un Kücken to möten
Sall den Düwel sülfst vertreten![5]

wie man leider nachgehends noch weiter finden wird.

Capitel 14.

Wie der alte Seden plötzlich verschwindet, item der große Gustavus Adolphus nachher Pommern kömmt, und die Schanze zu Peenemünde einnimmt.

Mit der Zauberei war es nunmehro eine Zeitlang geruhlig[1] so man die Raupen nicht in Anrechnung zeucht, welche mir meinen Obstgarten gar jämmerlich geruiniret, und welches sicherlich ein seltsam Ding war. Denn die Bäumleins blüheten alle so lieblich und holdseelig, daß mein Töchterlein eines Tages sagte, als wir darunter umbher gingen, und die Allmacht des barmherzigen Gottes preiseten, »so uns der Herr weiter gesegnet, ist es diesen

5 d.i. etwa Mädchen und Küchlein zu hüthen; soll (wohl) den Teufel selbst verdrießen wobei jedoch zu bemerken, daß die hochdeutsche Sprache das malerische Wort »möten« nicht ausdrücken kann, welches eigentlich bedeutet, mit vorgestreckten Armen das Korn oder irgend einen andern lockenden Gegenstand vor dem Andrange der Thiere zu schützen.

1 ruhig.

Winter bei uns alle Abend heiliger Christ!« Aber es sollte bald anders kommen. Denn es befanden sich im Umbsehen so viele Raupen (große und kleine, auch von allerhand Farb und Colör) auf den Bäumen, daß man sie fast mit Scheffeln messen mochte, und währete nit lange, als meine arme Bäumekens, allesammt wie die Besenreiser aussahen, und das liebe Obst, so angesetzet, abfiel, und kaumb vor meinem Schwein zu gebrauchen war. Will hierbei auf Niemand rathen, doch hatte gleich dabei meine eigenen Gedanken, und habe sie noch. Sonsten stand mein Gerstenkorn, so ich bei 3 Scheffeln in die Worth gestreuet sehr lieblich. Auf dem Felde aber hatte ich nichtes ausgeworfen, angesehen ich die Bosheit des leidigen Satans scheuete. Auch hatte die Gemeine heuer nit viel Seegen an Korn, inmassen sie zumb Theil aus großer Noth keine Wintersaat gestreuet, und die Sommersaat auch nit fort wollte. Sonsten an Fischen fungen sie in allen Dörfern durch die Gnade Gottes viel, insonderheit an Häring, welcher aber schlecht im Preise steht. Auch schlugen sie manchen Saalhund[2] und habe ich selbsten um Pfingsten aus einen geschlagen, als ich mit meinem Töchterlein an der Sehe ging. Selbiger lag auf eim Stein dicht am Wasser und schnarchete wie ein Mensch. Zog mir also die Schuhe aus und ging heimblich hinzu, daß er nichts merkete, worauf ich ihme mit einem Stecken so über die Nasen schlug (denn an der Nasen kann er wenig vertragen) daß er gleich ins Wasser purzelte. Doch war ihm die Besinnung schon wegk, und mochte ich ihn nunmehro leichtlich ganz zu Tode schlagen. Es war ein feistes Beest, obwohl nit gar groß, und brieten wir doch aus seinem Spek an die 40 Pott Thran, so wir beschlossen zur Winternothdurft aufzuheben.

Hierzwischen aber begab es sich, daß dem alten Seden flugs etwas ankam, also daß er das heilige Sacrament begehrete. Ursache konnte er nit angeben, als ich zu ihm kam, hat es aber vielmehr wohl nit thun wöllen, aus Furcht für seiner alten Lisen, so mit ihren Gluderaugen sein immer hüthete, und nicht aus der Stuben ging. Sonsten wollte Zutern sein klein Mädchen, ein Kind bei 12 Jahren am Gartenzaum auf der Straßen, wo sie Kraut vor das Vieh gepflücket, gehört haben, daß Mann und Frau sich etzliche Tage zuvorab, wieder heftig gescholten, und der Kerl ihr fürgeschmissen, daß er nunmehro gewißlich in Erfahrung gebracht, daß sie einen Geist habe, und wölle er alsobald hingehen und es dem Priester verzählen. – Wiewohlen das nur Kinderreden seind, will es doch

2 Seehund.

wohl wahr sein, anerwogen Kinder und Narren, wie man saget, die Wahrheit sprechen.

Doch laß ich das in seinen Würden. Summa: es wurde immer schlimmer mit meinem alten Fürsteher, und wenn ich ihne, wie ich den Brauch bei Kranken hab, alle Morgen und Abend heimbsuchte, umb mit ihm zu beten, und oftmalen wohl merkete, daß er etwas annoch auf seim Herzen hatte, kunnte er doch nichtes herfürbringen, angesehen die alte Lise immer auf ihrem Posten stunde.

So verblieb es eine Zeitlang, als er eines Tags umb Mittag aus zur mir schickete: ich wölle ihme doch ein klein wenig Silbers von dem neuen Abendmahlkelch abschrapen[3], weilen er den Rath gekriegt daß es besser mit ihm werden würd, wenn er es mit Hühnermist einnähm. Wollte lange Zeit nit daran gehen, maßen ich gleich vermuthete, daß darbei wieder Teufelsspök verborgen, aber er tribulirete so lange, bis ich ihme den Willen that.

Und siehe, es half fast von Stund an, so daß er am Abend, als ich kommen war mit ihme zu beten, schon wieder auf der Bank saß, ein Topf zwischen den Beinen, aus welchem er seine Suppen kellete. Wollte aber nit beten (ein seltsam Ding, da er doch sonsten so gerne gebetet, und oftmals kaum die Zeit ausharren kunnte, ehe ich kam, so daß er wohl an die zween oder dreien Malen geschicket, wenn ich nit gleich zur Hand ware, oder sonst wo mein Wesen hatte), sondern sagete, er hätte schon gebetet, und wölle er mir vor meine Mühe den Hahnen zu einer Sonntagssuppen geben, wovon er den Mist eingenommen, maßen es ein großer schöner Hahnen sei, und er nichts Besseres hätte. Und, weilen das Hühnerwerk schon aufgeflogen, trat er auch zu dem Wiem[4] so er in der Stuben hinter dem Ofen hatte, und langete den Hahnen herab, so er meiner Magd unter den Arm thät, so gekommen war mich wegkzurufen.

Hätte aber den Hahnen umb alles in der Welt nit essen wollen, besondern ließ ihn zur Zucht laufen. Wie ich nun ginge, fragte ihn noch, ob ich am Sonntage dem Herrn vor seine Besserung danken solle, worauf er aber zur Antwort gab, daß ich solches halten könne, wie mir geliebte. Verließ also kopfschüttelnd sein Haus und nahm mir für, ihn alsogleich rufen zu lassen, wenn ich in Erfahrung gezogen, daß seine alte Lise nit heimisch sei (denn sie hohlete sich oft von dem Amtshaubtmann Flachs, umb solchen

3 plattdeutsch: für abschaben.

4 plattdeutsch: Gerüst, auf welchem die Hühner sitzen.

aufzuspinnen). Aber siehe, was geschah schon nach etzlichen Tagen? Es kam das Geschreie, der alte Seden wäre wegkgekommen, und Niemand wüßte nit, wo er geblieben. Sein Weib vermeinete, er wäre in den Streckelberg gangen, und kam dahero diese vermaledeyete Hexe auch mit großem Geheul bei mir vorgelaufen, und forschete von meinem Töchterlein, ob sie ihren Kerl nit wo hätte daselbsten laufen gesehen, dieweil sie ja alle Tage in den Berg ginge. Mein Töchterlein sagte nein; sollte aber, seis Gott geklagt, bald genugsamb von ihme erfahren. Denn als sie eines Morgens, ehe denn die Sonne aufgegangen gewest, von ihrer verbotenen Gräberei zurückkömmt, und in den Wald niedersteiget, höret sie flugs sich zur Seiten einen Grünspecht (so sicherlich die alte Lise selbsten gewest) so erbärmlich schreien, daß sie in das Gebüsche tritt, zu sehen, was er hätte. So sitzt nun dieser Specht auf der Erden vor einem Flusch Haaren, so roth und ganz so gewest seind, wie den alten Seden seine, burret aber mit einem Schnabel voll auf, wie er ihrer gewahr wird und verkreucht sich damit in ein Astloch. Wie mein Töchterlein noch stehet und diesen Teufelsspök betrachtet, kömmt der alte Paassch, so das Geschrei auch gehöret, und mit seinem Jungen sich Daukelschächte[5] in den Berg gehauen, auch herbei und entsetzet sich gleicher Weiß, wie er die Haare an der Erden sieht. Und vermeinen sie erstlich, daß ihn ein Wulf gefressen, sehen dannenhero sich auch überall umb, aber finden kein einig Knöchelken. Wie sie aber in die Höhe schauen, kommt es ihnen für, als ob oben im Wipfel auch was Rothes glitzerte, und muß der Junge in den Baum steigen, wo er denn alsogleich ein groß Geschrei anhebt, daß es hier auch auf eim Paar Blätter einen guten Flusch rother Haare hätte, so mit den Blättern zusammengeklebet wären, wie mit Pech. Aber es wäre kein Pech nit, sondern sähe roth und weißsprenglich aus, wie Fischküt[6]. Item wären die Blätter ringsumbher, wo auch keine Haare säßen, bunt und fleckicht, und voll unsauberen Stankes. Wirft also der Junge auf Geheiß seines Herren den Kletten herab, und judiciren sie beide gleich unten, daß dies den alten Seden sein Haar und Hirn sei, und ihn der Teufel bei lebendigen Leibe gehohlet, weil er nit hat beten wöllen und dem Herrn danken vor seine Besserung. Solches gläubete ich auch selbsten, und stellte es auch am Sonntag so der Gemeine für. Aber man wird weiters unten sehen, daß der Herr noch andere Ursachen gehabt ihn in die Hand des leidigen Satans

5 Dachschächte.

6 Eingeweide der Fische.

zu geben, angesehen er sich auf Zureden seines bösen Weibes von seinem Schöpfer losgesagt, umb nur wieder besser zu werden. Vor jetzo aber thät auch diese Teufelshure, als wäre ihr das größete Herzeleid zugefüget, inmassen sie sich die rothen Haare bei ganzen Fluschen ausriße, wie sie von dem Grünspecht durch mein Töchterlein und den alten Paassch hörete und lamentirte, daß sie nunmehro auch eine arme Wittib sei, und wer sie in Zukunft verpflegen würd etc.

Hierzwischen feierten wir auch an dieser öden Küsten, so gut wir kunnten und mochten mit der ganzen protestantischen Kirchen den 25sten Tag mensis Junii, wo für nunmehro 100 Jahren die Stände des heil. Römischen Reichs dem großmächtigsten Kaiser Carolo V. ihre Confession zu Augsburg fürgeleget, und hielte ich die Predigt über Matth. 10, 32. von der rechten Bekenntnüß unsers Herrn und Heilandes Jesu Christi, worauf die ganze Gemeine zum Nachtmahl ging. Doch gegen den Abend desselbigen Tages, als ich mit meinem Töchterlein zur Sehe gespatziret war, sahen wir umb den Ruden viele hundert Masten von großen und kleinen Schiffen, höreten auch ein merklich Schießen und judicirten alsbald daß es der großmächtigste König Gustavus Adolphus sein möchte, so nunmehro, wie er versprochen, der armen bedrängeten Christenheit zur Hülf käme. Im währenden Judiciren aber segelte ein Boot von der Oie[7] heran, worinnen Käthe Berowsche ihr Sohn saß, so dorten ein Bauer ist und seine alte Mutter heimbsuchen wollte. Selbiger verzählete, daß es würklich der König wär, so diesen Morgen von Rügen mit seiner Flotten den Ruden angelaufen, allwo ein Paar Oier Leut gefischet und gesehen, daß er alsofort mit seinen Officirers an das Land gestiegen, und alldort mit geblössetem Haupt auf seine Knie gefallen sei.[8]

Ach du gerechter Gott, da hatte ich unwürdiger Knecht am lieben Abend noch eine größere Jubelfreude, denn am lieben Morgen, und kann man leichtlich bei sich selbsten abnehmen daß ich nicht angestanden, mit meim Töchterlein alsofort auch auf meine Kniee zu fallen, und es dem König nachzuthun. Und weiß Gott, ich hab in meinem Leben nicht so brünstig gebetet denn diesen Abend wo der Herr uns ein sollich Wunderzeichen fürstellete, daß der Retter seiner armen Christenheit gerade anlagen mußte an dem Tag, wo sie ihn aller Orten umb seine Gnad und Hülfe für des Pabstes und Teufels Mord und List auf ihren Knien angeschrieen

7 Rüden und Oie, zwei kleine Inseln zwischen Usedom und Rügen.

8 Man sehe auch das Theatrum Europaeum J. 226 fl.

hatte. Konnte auch die Nacht darauf für Freuden nicht schlafen, besondern ging schon zur frühen Morgenzeit nach der Damerow, wo Vithen seinem Jungen etwas angekommen war. Gläubete schon es würd auch Zauberei sein, aber es war dieses Mal keine Zauberei, angesehen der Junge in der Heiden etwas Schlimmes gefressen hatte. Was es für Beeren gewest, kunnte er nit mehr sagen, doch zog das Malum so ihm das Fell ganz roth wie Scharlach gemachet, alsbald fürüber. Als ich darumb bald hernacher den Heimweg antrate, begegnete ich einem Boten von Peenemünde so Ihro Majestät der großmächtigste König Gustavus Adolphus an den Amtshaubtmann gesendet, daß er ihme am 29 Juny um 10 Uhren Morgens sölle drei Wegweiser bei Coserow gestellen, um Sr. Majestät durch die Wälder nach der Swine zu geleiten, allwo die Kaiserlichen sich verschanzet hatten. Item verzählete er, daß Ihro Majestät schon gestern die Schanze zu Peenemünde eingenommen (was wohl das Schießen bedeutet, so wir den Abend zuvor gehöret) und hätten die Kaiserlichen gleich Allens verlaufen, und die rechten Buschreuter gespielet. Denn nachdeme sie ihr Lager in Brand gestecket, wären sie zu Busch gesprungen umb zum Theil nacher Wolgast, zum Theil nach der Swine zu entkommen.

Alsobald beschloß nun in meiner Freud Sr. Majestät so ich mit des Allmächtigen Gotts Hülf sehen sollte ein Carmen gratulatorium[9] zu fabriciren, welches mein Töchterlein ihme überreichen könnte.

Thät ihr alsogleich nach meiner Heimbkunft den Fürschlag, und fiele sie für Freuden mir davor umb den Hals, und fing alsdann an in der Stuben umbherzutanzen. Doch als sie sich ein wenig besunnen, meinete sie, daß ihr Kleid nicht gut genug wäre, umb Sr. Majestät darinnen aufzuwarten und möchte ich ihr noch ein blau seidin Kleid mit gelbem Schurzfleck kaufen, da dieses die schwedische Colör sei, und Sr. Majestät ohne Zweifel baß gefallen würd. Wollte aber lange nicht daran, anerwogen ich solch hoffärtig Wesen haßete, aber sie tribulirete so lange mit ihren guten Worten und Küßleins, daß ich alter Narre ja sagete und meinem Ackersknecht befahl, noch heute mit ihr nach Wolgast zu fahren umb sich den Zeug zu kauffen. Achte darumb, daß der gerechte Gott, so den Hoffärtigen widerstehet, und den Demüthigen Gnade giebt, mich von wegen solcher Hoffart mit Recht gestrafet. Denn ich hatte selbsten eine sündliche Freude, als sie mit zwo Weibern, so ihr sollten nähen helfen, zurücke kam, und mir den Zeug fürlegete.

9 Glückwünschungs-Gedicht.

Des andern Tages hub auch alsogleich das Nähen mit der Sonnen an, in Währendem ich mein Carmen fabricirete. War aber noch nit weit gelanget, als der junge Edelmann Rüdiger von Nienkerken vorgeritten kam, umb sich zu erkundigen, wie er sagte, ob Se. Majestät in Wahrheit über Coserow marschiren würd. Und als ich ihm hievon gesaget, was ich wußte, item unser Fürhaben mitgetheilet, lobete er solches gar sehr, und instruirete mein Töchterlein (die ihn heute freundlicher ansah, als mir recht war.) wie die Schweden das lateinisch sprächen als ratscho pro ratio, üt pro ut, schis, pro scis, etc. damit sie Sr. Majestät nit die Antwort schuldig blieb. Und hätte er sowohl in Wittenberge als in Griepswalde viel mit Schweden conversiret, wöllten dahero, so es ihr geliebte ein klein colloquium anstellen, und wölle er den König machen.

Hierauf setzte er sich vor sie auf die Bank, und hatten sie beide alsogleich ihr Geschwätze, was mich fast heftig verdroß, insonderheit als ich sahe, daß sie die Nadel wenig rührete, aber sage, Lieber, was kunnte ich dabei thun? – Ging also meiner Straßen und ließ sie schwätzen bis gegen den Mittag, wo der Junker endlich sich wieder aufmachete. Doch versprach eram Dienstag, wenn der König käm, sich auch einzustellen, gläube auch, daß die ganze Insel alsdann wohl bei Coserow zusammen laufen würde. Als er fort war, und mir die vena poetica[10] wie leicht zu erachten, noch verstopfet war, ließ ich meinen Wagen anspannen und fuhre im ganzen Kapsel umbher, in allen Dörfern das Volk vermahnende, daß sie am Dienstag umb 9 Uhren an dem Hühnenstein vor Coserow wären, und sollten sie alle niederfallen auf ihre Kniee, wenn sie sähen, daß der König käm, und ich auf meine Knie fallen würd, item gleich einstimmen, wenn die Glocken anhüben zu läuten und ich den ambrosianischen Lobgesang intonirete. Solches versprachen sie auch alle zu thun, und nachdeme ich am Sonntag in der Kirchen sie noch einmahl hiezu vermahnt und vor Se. Majestät von ganzem Herzen, zu dem Herrn gebetet, kunten wir kaum den lieben Dienstag vor großen Freuden erharren.

10 poetische Ader.

Capitel 15.

Von der Ankunft des großmächtigsten Königs Gustavi Adolphi, und was sonsten dabei fürgefallen.

Hierzwischen wurde nun auch mein carmen in metro elegiaco[1] fertig, so mein Töchterlein abschriebe, (inmassen ihre Handschrift trefflicher ist, denn die meine) und wacker memorirete, umb solches Sr. Majestät aufzusagen. Item wurden die Kleider fertig, so ihr fast lieblich stunden, und ginge sie den Montag zuvor in den Streckelberg unangesehen es eine so große Hitze war, daß die Krähe auf den Zaum jappte[2]. Denn sie wollte sich Blumen suchen zu einem Kranz, welchen sie aufzusetzen gedachte, und so auch blau und gelb sein söllten. Kam auch gegen Abend wieder mit einem Schurzfleck voll Blumen aller Art, doch waren ihre Haare ganz naß, und hingen ihr kladdrig[3] um die Schultern. (Ach Gott, ach Gott, so mußte mir armen Mann Alles zu meinen Verderben gereichen!) Fragete also wo sie gewest, daß ihre Haare so kladdrig aus sähen, worauf sie zur Antwort gab, daß sie von dem Kölpin[4] umb den sie sich Blumen gepflücket zum Strande gangen und sich dorten in der Sehe gebadet, dieweil es eine große Hitze gewest und sie Niemand nit gesehen. Könnte doch Sr. Majestät nun morgen, wie sie kurzweilig fortfuhre, duppelt als eine reine Jungfer unter die Augen treten. Mir gefiel solches gleich nit, und sahe ich ehrbar aus, doch sagete ich Nichtes.

Am andern Morgen ware das Volk schon umb 6 Uhren umb den Hühnenstein, Männer, Weiber, Kinder, Summa: was nur gehen kunnte, das hatte sich eingefunden. Auch war mein Töchterlein schon umb 8 Uhren ganz in ihrem Schmuck, nämblich eim blau seidin Kleid, gelbem Schurzfleck, gelbem Tüchlein und einer gelben Haarhauben, so genetzet ware, und worauf sie das Kränzlein von blau und gelben Blümeken setzte. Währete nit lange so war mein Junker auch wieder da, gleichfalls sauber und ausstaffiret, wie eim Edelmann zustehet. Hätte doch Kundschaft einziehen wöllen, wannenher ich mit meinem Töchterlein nach dem Stein ginge,

1 im elegischen Versmaaß.

2 plattdeutsch: nach Luft schnappen.

3 plattdeutsch: zottig, mit dem Nebenbegriff des feuchten.

4 Ein kleiner Landsee in der Nachbarschaft des Meeres.

angesehen sein Herr Vater, Hans von Nienkerken item Wittich Appelmann wie die Lepels vom Gnitze auch noch kämen, auch viel Volks überall auf der Landstraßen lief, als wenn es heute allhie Jahrmarkt hätte. Aber ich sahe sogleich, daß es ihme nur umb die Jungfer zu thun war, anerwogen er gleich wieder sein Wesen mit ihr hatte, und alsofort auch das lateinische Geschwätze, anhub. Sie mußte ihm ihr Carmen an Se. Majestät aufsagen, worauf erden König fürstellend, ihr antwortete: dulcissima et venustissima puella, quae mihi in coloribus coeli, ut angelus domini appares, utinam semper mecum esses, nunquam mihi male cederet[5], worauf sie roth wurd, und mir es nicht viel anders erging, doch aus Aerger, wie man leichtlich gießen mag. Bate dahero, Se. Gestrengen, wölle nur zum Stein sich aufmachen, angesehen mein Töchterlein mir noch meinen Chorrock umbhelfen müßte, worauf er aber zur Antwort gab: daß er so lange in der Stuben warten wölle und könnten wir ja zusammen gehen. Summa: ich gesegnete mich abermals für diesem Junker, aber was half es? da er nit weichen wollte, mußte ich schon ein Auge zuthun und wir gingen bald hernacher zusammen nach dem Stein, wo ich mir allerersten 3 tüchtige Kerls aus dem Haufen griff, daß sie auf den Thum gehen söllten, und anheben mit den Glocken zu läuten, wenn sie sähen, daß ich auf den Stein stiege und mein Schweißtüchlein schwenkete. Solliches versprachen sie auch zu thun, und gingen gleich abe, worauf ich mich mit mein Töchterlein auf den Stein setzte, und sicherlich gläubete, der Junker würd ein Ansehn gebrauchen, aber er thät es nicht, sondern satzte sich mit auf den Stein. Und saßen wir drei ganz allein daselbsten, und alles Volk sahe uns an, doch kam Niemand nit näher, umb meines Töchterleins Putz zu betrachten, auch die jungen Dirnens nicht, wie sie doch sonsten pflegeten, was mir nur nachhero beigefallen ist, als ich erfuhre, wie es schon darzumalen umb uns stund. Gegen 9 Uhren kam auch Hans von Nienkerken und Wittich Appelmann angegaloppiret und rief der alte Nienkerken sogleich seinen Sohn mit fast heftigem Ton ab, und da er nit gleich hörete, sprengete er zu uns an den Stein und schrie, daß alle Welt es hörete: »Kanstu Bub nit hören, wenn dein Vatter dir rufet!« worauf er ihm verdrüßlich folgete, und sahen wir aus der Fernen, daß er seinen Sohn bedreuete, und vor ihm ausspiee. Wußten noch nit, was solches bedeutete; sollten es aber

5 Du süßeste und anmuchigste Dirne, die du mir wie ein Engel des Herrn in den Farben des Himmels erscheinst, wärst du doch immer um mich, dann würde es mir niemals unglücklich ergehen!

leider Gotts bald erfahren. Bald darauf kamen auch von der Damerow her die beiden Lepele vom Gnitze[6] und salutirten sich die Edelleut auf einem grünen Brink dicht bei uns, doch ohne uns anzusehen. Und hörte ich, daß die Lepele sagten, so dieser Straßen gezogen waren, daß von Sr. Majestät noch nichtes zu sehen wär, aber die Scheerenflotte umb den Ruden würde schon unruhig und käme bei vielen hundert Schiffen angesegelt. Da solches nun Mehrere gehöret, lief alles Volk sogleich zur Sehe (so nur ein klein Endiken von dem Stein ist) und die Edelleute ritten selbsten hinan, ausgenommen Wittich, so von dem Pferde gestiegen war, und da er sahe, daß ich den alten Paassch seinen Jungen in eine hohe Eiche schickete umb nach dem König überzuschauen, sich alsofort wieder an mein Töchterlein gemacht hatte, die nunmehro ganz allein auf dem Stein saß. »Warumb sie seinen Jägersmann nicht genommen und ob sie sich nit besinnen wölle, und ihn noch nehmen, oder sonsten bei ihme (dem Amtshaubtmann) selbsten in Dienst treten, denn thäte sie dieses nicht, so achte er, daß es ihr leid werden müge.« Worauf sie ihm, wie sie sagete, zur Antwort gegeben: daß ihr nur eines leid thät, nämblich daß Se. Gestrengen sich so viel vergebliche Mühe umb sie gäbe. Somit wär sie eiligst aufgestanden, und zu mir an den Baum getreten, wo ich dem Jungen nachsahe, wie er droben kletterte. Unsere alte Ilse aber sagete, daß er einen großen Fluch gethan als ihm mein Töchterlein den Rücken gewendet, und alsobald in das Ellerholz getreten wäre, so dicht an der Landstraßen hinläuft, und wo die alte Hexe Lise Kolken auch gestanden.

Hierzwischen ging ich aber mit meinem Töchterlein auch zur Sehe, und war es wahr, daß die ganze Flotte von dem Ruden und der Oie herüber kam, und gen Wollin zu steuerte, auch gingen manche Schiffe so nah an uns fürüber, daß man kunnte die Soldaten darauf stehen, und die Waffen blitzen sehen. Item höreten wir die Pferde wiehern, und das Kriegsvolk lachen. Auf eim ging auch die Trummel und auf einem andern blöketen Schaafe und Rinder. In währendem Schauen aber wurden wir flugs einen Rauch von einem Schiff gewahr, und es folgete ein großer Knall, also daß wir bald auch die Kugel sahen auf dem Wasserspiegel rennen, so daß es ringsumbher schäumete und sprützete, und gerade auf uns zukam. Lief also das Volk mit großem Geschrei auseinander, und höreten wir deutlich darüber das Kriegsvolk auf den Schiffen lachen. Aber die Kugel hob sich alsbald in die Höhe, und schlug

6 Eine Halbinsel auf Usedom.

dicht bei Paassch seinem Jungen in eine Eiche, so daß gegen 2 Fuder Sträuch mit großem Rumor von dem Schlag zur Erden stürzeten und den Weg überschütteten, wo Sr. Majestät kommen mußte. Dannenhero wollte der Junge nit mehr oben im Baum bleiben, wie sehr ich ihn dazu vermahnete, schrie aber in währendem Niederklettern daß ein groß Haufen Kriegsvolk nunmehro bei Damerow aus der Heiden käm, und solches wohl der König sein möchte. Darum befahl der Amtshaubtmann geschwind den Weg aufzuräumen, und da solliches eine Zeitlang währete, inmassen sich die dicken Aest und Gezweige rechtes und linkes in den Bäumen umbher geklemmet hatten, wollten die Edelleut, als Allens fertig war, Sr. Majestät entgegenreuten, blieben aber auf dem kleinen Brink halten, dieweil man dicht vor uns in der Heiden es schon fahren, klappen und sprechen hörte.

Währete auch nit lange, als die Kanonen herfürbrachen, und saßen die drei Wegweiser oben darauf. Da ich nun den einen kannte, so Stoffer Krauthahn von Peenemünde war, ginge ich näher, und bat ihne, mir zu sagen, wann der König käm. Aber er antwortete: daß er weiter ginge mit den Kanonen, bis Coserow, und möcht ich nur Acht haben auf den langen schwarzen Mann, so einen Hut mit einer Feder trüg, und eine güldene Kettin umb seinen Hals, solliches wäre der König und ritte er alsbald hinter der Haubtfahnen, worauf ein gelber Löwe stünd. Observirete also genau den Zug, wie er aus der Heiden herfürbrach. Und kamen nach der Artollerie, zuvorauf die finnischen und lappischen Bogenmänner, so mitten im Sommer, was mich verwunderte, noch in Pelzen einhertrottireten. Darauf kam viel Volks, so ich nit erfahren, was es gewesen. Alsbald sah ich über den Haselbusch so mir im Wege stund, daß ich nit Allens gleich observiren kunnte, wenn es aus dem Busch kam, die große Haubtfahn mit dem Löwen und hintennach auch den Kopf von einem ganz schwarzen Mann mit güldiner Kettin umb seinen Hals, so daß ich gleich judicirete, dies müßte der König sein. Schwenkete dahero mein Schweißtüchlein gen den Thurm zu, worauf auch alsofort die Glocken anschlugen, und in Währendem uns der schwarze Mann näher ritte, zog ich mein Käpplein ab, fiel auf meine Kniee, und intonirete den ambrosianischen Lobgesang, und alles Volk folgete mir nach, riß sich auch die Hüte vom Haubt, und sank auf allen Seiten singend zur Erden; Männer, Weiber, Kinder, ausgenommen die Edelleut, so ruhig auf dem Brink halten blieben, und erst, als sie sahen, daß Se. Majestät dero Roß anhielt (war ein pechschwarzer Rapp und blieb gerade mit den Vorderfüßen auf mein Ackerstück stehen was ich für ein gut Zeichen nahm) zogen sie auch die Hüt und gebehrdeten sich aufmerksam. Nachdeme wir geendet, stiege der Amtshaubtmann rasch vom Roß, und wollte mit seinen drei Wegweisern, so hinter ihm gingen, zum König, item hatte ich mein Töchterlein bei der Hand gefaßt und wollte auch zum König. Winkete also Se. Majestät den Amtshaubtmann ab und uns hinzu, worauf ich Se. Majestät auf lateinisch beglückwünschte, und Ihr hochmüthiges Herze rühmete, daß sie der armen bedrängten Christenheit zu Schutz und Hilfe, hätte den deutschen Boden heimbsuchen wöllen, es auch vor ein göttlich Anzeichen priese, daß solliches gerade an diesem erschienen Jubelfest unserer armen Kirchen beschehen sei, und möchte Sr. Majestät es gnädiglich aufnehmen, wenn mein Töchterlein ihme was zu bescheeren gedächt, worauf Sr. M. sie lieblich lächelnde ansahe. Sollich freundlich Wesen machte sie wieder zuversichtlich, da sie vorhero schon merklich gezittert, und antwortete sie, ihm ein blau und gelbes Kränzlein überreichend, auf welchem das Carmen lag: accipe hanc vilem coronam et haec[7] worauf sie anfinge das Carmen herzubeten. Hierzwischen wurde Se. Majestät immer lieblicher, sahe bald sie an, und bald in das Carmen und nickete besondern freundlich mit dem Haubt als der Schluß kamb, und lautete selbiger also, wie ich annoch hersetzen will:

tempus erit, quo tu reversus hostibus ultor
intrabis patriae libera regna meae;
tunc meliora student nostrae tibi carmina musae
tunc tua, maxime rex, Martia faeta canam.
tu modo versiculis ne spernas vilibus ausum
auguror et res est ista futura brevi!
sis foelix, fortisque diu, vive optime princeps,
omnia, et ut possis vincere, dura. Vale![8]

7 Nimm diesen schlechten Kranz und dieses.

8 d.i.
Einst wird kommen die Zeit, wo du, siegfreudiger Rächer
Wirst heimkehren zur Flur meines befreieten Volks;
Dann, ein besseres Lied bringt dir die Muse des Sängers,
Denn sie preiset o Herr deine heroische That!
Drum verachte ihr heut nicht dies verwegene Stammeln:
Sie weissaget ja nur dein nachwaltendes Glück.
Geh, leb wohl, sei tapfer und stark, o bester der Fürsten,
Daß du alles besiegst, selber das harte Geschick!

Als sie nun schwiege, sprach Se. Majestät: proprius accedas patria virgo, ut te osculer[9], worauf sie, sich verfärbende ihm an das Roß trat. Und gläubete ich, er würde sie nur auf die Stirne küssen, wie sonsten die Potentaten zu thun pflegen, aber nein! er küßete sie also gerade auf den Mund daß es schmatzete und seine langen Hutfedern ihr umb den Nacken hingen, so daß mir abermal ganz bange vor sie wurd. Doch richtete er sich bald wieder in die Höhe, nahm die güldene Kette sich ab, an welcher unten sein Conterfett bummelte, und hing sie meinem Töchterlein mit diesen Worten umb ihren Hals: hocce tuae pulchritudini! et si favente deo redux fuero victor, prommissum carmen et praeterea duo oscula exspecto.[10]

Hierauf kam der Amtshaubtmann abermals mit seinen drei Kerls an, und verneigete sich vor Sr. Majestät zur Erden. Da er aber kein Lateinisch nit kunnte, item auch kein Italiänisch oder Französisch verstande, spielte ich alsobald den Dolmetscher. Denn es fragete I.M. wie weit es bis zur Swine wär, und ob es dorten noch viel fremd Kriegsvolk hätte? Und meinete der Amtshaubtmann daß annoch an die 200 Krabaten im Läger lägen, worauf Se. Majestät dem Roß die Spornen gab und freundlich nickende ausrief: valete[11]. Nun kam aber erst das andere Kriegsvolk, bei 3000 Mann gewaltig, aus dem Busch, so gleichfalls ein wacker Ansehn hatte, auch keine Narrentheidinge fürnahm, wie es sonsten wohl pfleget, als es bei unserm Häuflein und den Weibern vorbeizog, sondern fein ehrbar einhertrat, und begleiteten wir den Zug noch bis hinter Coserow an die Heiden wo wir ihn dem Schutz des Allmächtigen empfohlen, und ein Jeglicher wieder seiner Straßen heimbzog.

9 Komm näher, vaterländische Jungfrau, damit ich dich küsse.

10 Dies deiner Schönheit und, wenn ich mit Gottes Hülfe siegreich zurückkehre, erwarte ich das versprochene Gedicht und außerdem zwei Küsse.

11 Lebt wohl!

Capitel 16.

Wie die kleine Maria Paasschin vom Teufel übel geplaget wird, und mir die ganze Gemein abfällt.

Ehe ich weiters gehe, will ich zuvorab vermelden daß der durchläuchtigste König Gustavus Adolphus, wie wir alsbald die Zeitung bekommen auf der Swine an die 300 Krabaten niedergehauen, und darauf zu Schiff nacher Stettin gefahren ist. Gott wölle ihm ferner gnädig sein. Amen.

Nunmehro aber nahm meine Noth von Tage zu Tage zu, angesehen der Teufel bald so lustig wurde, wie er nie nicht gewesen. Gläubete schon, daß Gottes Ohren auf unser brünstig Gebet gemerket hätten, aber es gefiele ihm, uns noch härter heimbzusuchen. Denn etzliche Tage nach der Ankunft des durchläuchtigsten Königs G.A. kam das Geschreie, daß meiner Tochter ihre kleine Pate von dem leidigen Satan besessen sei und gar erbärmlich auf ihrem Lager haushalte, so daß sie niemand nit halten könne. Machte sich mein Töchterlein alsogleich auf nach ihrer kleinen Pate, kam aber alsobald weinend zurücke: daß der alte Paassch sie gar nit zu ihr gelassen, sondern sie fast hart angeschnauzet und gesaget, sie sölle ihm nie wieder in sein Haus kommen, immassen sein Kind es von dem Stuten[1] gekriegt so sie ihm am Morgen verehret. Und es ist wahr, daß mein Töchterlein ihr einen Stuten geschenket, indeme die Magd den Tag vorher nacher Wolgast gewesen war, und ein Tüchlein voll Stutens mitgebracht. –

Solche Botschaft verdroß mich fast heftig und nachdeme ich meinen Priesterrock angezogen, machte ich mich auf den Wegk zum alten Paasschen umb den leidigen Satan zu beschweren, und solchen Schimpf von meinem Kinde abzuwenden. Fand also den alten Mann auf der Dielen[2], wie er an der Bodenleiter stand und weinete, und nachdem ich den Frieden Gottes gesprochen, fragete ihn allererst, ob er in Wahrheit gläube, daß seine kleine Marie es von dem Stuten gekriegt, so ihr mein Töchterlein verehret? Er sagete: ja« und als ich darauf zur Antwort gab: daß denn ich selbsten es auch hätte kriegen müssen item Pagels sein klein Mädchen, angesehen wir auch von dem Stuten gessen, schwieg er stille, und sprach mit einem Seufzer: ob ich nit wölle in die Stube gehen und

1 plattdeutsch: für Semmel.

2 plattdeutsch: für Flur.

sehen, wie es stünd. Als ich dannenhero mit »dem Frieden Gottes« hereintrat, stunden an die sechs Menschen umb der kleinen Marie ihr Bette, und hatte sie die Augen zu und war so steif wie ein Brett, weshalben Stoffer Wels (als er dann ein junger und wähliger Kerl ist) das Kindlein bei eim Bein ergriff und es von sich reckete, wie einen Zaunpfahl, damit ich sähe, wie der Teufel es plagete. Als ich nun ein Gebet anhob und Satanas merkete, daß ein Diener Christi angekommen, fing er an so schröcklich in den Kindlein zu rumoren, daß es ein Jammer anzusehen war. Denn sie schlug also mit Händen und Füßen umb sich, daß sie kaum vier Kerls halten kunnten, item ging ihr das Bäucheken so auf und nieder, als wenn ein lebendiges Geschöpf darinnen säße, so daß letztlich die alte Hexe Lise Kolken sich oben auf das Bäucheken setzete. Als es nun ein wenig besser wurd, und ich das Kindlein aufforderte den Glauben zu beten, umb zu sehen ob es wirklich der Teufel sei so sie besessen[3] würd es noch ärger, denn zuvor, angesehen sie anhub mit den Zähnen zu knirschen, die Augen zu verkehren, und also gräulichen mit den Händen und Füßen zu schlagen, daß sie ihren Vater so auch einen Bein hielt, fast mitten in die Stuben wurf, und darauf sich den Fuß gegen das Bettholz zerquetschete, daß das Blut ihr herfürsprang, auch die alte Lise Kolken mit ihrem Bäucheken auf niederflog, als ein Mensch, so in einem Schockreep[4] sitzet. Und als ich hierauf nit müde wurd sondern den Satan beschwore, aus ihr zu fahren, finge sie allererst an zu heulen, und darauf wie ein Hund zu bellen, item zu lachen und sprach endlich mit grober Baßstimmen, als sie ein alter Kerl führet: »ik wieke nich[5].« Aber er hätte schon weichen sollen, wenn nicht Vater und Mutter mich bei Gotts Sacrament beschworen, ihr arm Kind in Frieden zu lassen, dieweil es ja nichts hülfe, sondern immer ärger mit ihr würd. Stunde also nothgedrungen von meinem Fürhaben ab, und vermahnete nur die Aeltern, daß sie wie das cananäische Weib sollten Hülfe suchen in wahrer Bußfertigkeit und unablässigem Gebet, auch mit ihr im beständigem Glauben seufzen: ach Herr, du Sohn Davids, erbarme dich mein, meine Tochter wird

3 Man nahm nämlich in jener schrecklichen Zeit an, daß wenn der Kranke die drei Artikel, und außerdem einige auf das Erlösungswerk bezügliche Bibelsprüche nachsprechen konnte, er nicht besessen sei, weil Niemand Jesum einen Herrn heißen könne ohne durch den heiligen Geist! 1 Cor. 12, 3.

4 plattdeutsch: für Schaukel.

5 ich weine nicht.

vom Teufel übel geplaget, Matth. am 15ten dem Heiland würde dann alsbald das Herze brechen, daß er sich ihres Töchterleins erbarmete und dem Satan zu weichen beföhle. Item versprach ich am Sonntag mit der ganzen Gemein für ihr armes Töchterlein zu beten, und möchten sie selbige, wo irgend möglich selbst zur Kirchen tragen, anerwogen ein brünstig Kirchengebet durch die Wolken drünge. Solliches versprachen sie auch zu thun, und ging ich nunmehro betrübt zu Hause, wo ich aber bald erfuhr, daß es etwas besser mit ihr worden wär, und war also wieder wahr, daß der Satan außer dem Herrn Jesu nichts mehr hasset, denn die Diener des Evangeliums. Aber harre, er bringet dich doch unter die Füße (Genes. am dritten) es wird dir Nichtes helfen!

Bevorab aber noch der liebe Sonntag kam, merkete ich, daß mir männiglich aus dem Wege ging, sowohl im Dorfe als im Kapsel, wo ich etzliche Kranken heimsuchete. Insonderheit als ich in Ueckeritze zu dem jungen Tittelwitz wollte, arrivirete es mir, wie folget: Clas Pieper, der Bauer, stund in seinem Hofe und klöbete Holz, wurf aber alsobald, als er mein ansichtig wurde, die Axt aus der Faust, daß sie in die Erde fuhr, und wollte in seinen Schweinestall laufen, indem er ein Kreuze schlug. Winkete ihm also, daß er bleiben sölle und warumb er für mir, als seinem Beichtvater liefe? Ob er vielleicht auch gläube, daß mein Töchterlein ihre kleine Pate behext? Ille[6]: ja so gläube er, dieweil es der ganze Kapsel gläube. Ego: warumb sie ihr denn vorhero so viel Guts gethan und in der schröcklichsten Hungersnoth sie wie ein Schwesterlein gehalten? Ille: sie hätte wohl schon mehr verwirket denn dieses. Ego: was sie denn verwirket hätte? Ille: das bliebe sich gleich. Ego: er sölle es mir sagen, oder ich müßte es dem Richter klagen. Ille: das sölle ich nur thun, worauf er trotziglich seiner Straßen ging. – Und kann man nunmehro leichtlich gießen, daß ich Nichtes versäumete überall Kundschaft einzuziehen, was man meinete, daß mein Töchterlein verwirket, aber es wollte mir Niemand Nichtes sagen, und hätte ich mich zu Tode grämen mügen über solchen bösen Leumund. Auch kam in dieser ganzen Wochen kein Kind zu meinem Töchterlein in die Schule, und als ich Ursachs halber die Magd ausschickete, brachte sie Botschaft, daß die Kinderken krank wären, oder auch die Aeltern sie zu ihrem Handwerk gebrauchten. Judicirete also und judicirete, doch half es mir Allens nicht, bis der liebe Sonntag in das Land kam, wo ich gläubte, ein groß Nachtmahl zu haben, angesehen sich schon

6 jener.

viele zu Gottes Tisch im vorab gemeldet. Doch kam es mir gleich seltsam für, daß ich Niemand, wie sie doch sonsten zu thun pflegeten, auf dem Kirchhof stehen sahe: meinete aber, sie wären in die Häuser getreten. Aber als ich endlich mit meim Töchterlein in die Kirche kam, waren nur bei sechs Menschen versammlet, unter welchen die alte Lise Kolken und sahe die vermaledeyete Hexe nit alsobald mein Töchterlein mir folgen, als sie ein Creuze schlug und wieder zur Thurmthüren hinaus rannte, worauf die übrigen fünf, benebst meinem einigen Fürsteher Claus Bulken (denn für den alten Seden hatte ich annoch keinen wieder angenommen) ihr folgeten. Ich entsatzte mich, daß mir das Blut geranne, und ich also zu zittern begunnte, daß ich mit der Achsel an den Beichtstuhl fiel. Fragete mein Töchterlein also, welcher ich noch Nichtes gesaget hatte, umb sie zu verschonen: »Vater was fehlet den Leuten, sind sie vielleicht auch besessen?« worauf ich wieder bei mir kam und auf den Kirchhof ging, umb nachzusehen. Aber sie waren alle wegk, bis auf meinem Fürsteher Claus Bulken, welcher an der Linden stand, und für sich ein Liedlein pfiff. Trat also hinzu und fragete, was den Leuten angekommen, worauf er zur Antwort gab: das wisse er nicht. Und als ich abermals fragete, warumb er selbsten denn auch gelaufen wär, sagte er: was er hätte allein in der Kirchen thun sollen, dieweil der Bedelt[7] doch nit hätte gehen können. Beschwure ihn also mir die Wahrheit zu sagen: welch gräulicher Verdacht gegen mich in die Gemein gekommen? aber er antwortete: ich würd es bald schon selbsten erfahren, und sprang über die Mauer, und ging in der alten Lisen ihr Haus, so dicht am Kirchehofe steht.

Mein Töchterlein hatte eine Kälbersuppen zum Mittag, vor die ich sonst Allens stehen lasse, aber ich kunnte keinen Löffel voll in den Hals bringen sondern saß und hatte mein Haupt gestützet und sanne, ob ich es ihr sagen wöllte oder nicht. Hierzwischen kam die alte Magd herein, ganz reisig und mit einem Tuch voll Zeug in der Hand und bat weinende, daß ich ihr den Abschied geben wölle. Mein arm Kind wurde blaß, wie ein Leich und fragete verwundert, was ihr angekommen? Aber sie antwortete blos: »nicks![8]« und wischete sich mit der Schürzen die Augen. Als ich die Sprache wieder gewunnen, so mir schier vergangen war, dieweil ich sahe, daß dies alte, treue Mensch mir auch abtrünnig worden, hub ich an, sie zu examiniren, warumb sie fort wölle, da sie doch

7 Klingbeutel.

8 Nichts.

so lange bei mir verharret, auch in der großen Hungersnoth uns nicht verlassen wöllen, besondern getreulich ausgehalten, ja mich selbsten mit ihrem Glauben gedemüthiget und ritterlich auszuhalten vermahnet, was ich ihr nie vergessen würd, so lange ich lebte. Hierauf finge sie an nur noch heftiger zu weinen und zu schluchzen und brachte endlich herfür: daß sie annoch eine alte Mutter bei 80 Jahren in der Liepen wohnende hätte, und wölle sie hin, selbige bis an ihr Ende zu pflegen. Worauf mein Töchterlein aufsprunge und weinend zur Antwort gab: »ach alte Ilse darumb willtu wegk, denn dein Mütterlein ist ja bei deinen Bruder; sage mir doch, warumb du mich verlassen wilt, und was ich gegen dich verwirket, damit ich es wieder gut machen kann?« Aber sie verbarg ihr Gesicht in der Schürzen und schluchzete nur ohne ein Wörtlein herfürzubringen, wannenhero mein Töchterlein ihr die Schürzen wegkziehen, und ihr die Wangen streicheln wollte, umb sie zum Reden zu bringen. Aber als sie solliches merkete, schlug sie mein arm Kind auf die Finger und rief: pfui! spiee auch vor ihr aus und ging alsobald aus der Thüren. Solliches hatte sie nie nit gethan, da mein Töchterlein ein klein Mädken war, und entsatzten wir beide uns also, daß wir kein Wörtlein sprechen kunnten.

Währete aber nit lange; so erhob mein arm Kind ein groß Geschrei, und worf sich über die Bank und lamentirete immerdar rufend: »Was ist geschehn, was ist geschehn?« Gläubete also daß ich ihr sagen müßte, was ich in Kundschaft gezogen, nämlich, daß man sie vor eine Hexe ansäh, worauf sie anfinge zu lächeln, anstatt noch mehr zu weinen, und aus der Thüren lief, umb die Magd einzuhohlen, so bereits aus dem Hause gangen war, wie wir gesehen hatten. Kehrete aber nach einer Glockenstunden mit großem Geschrei zurücke: daß alle Leute im Dorfe vor ihr gelaufen, als sie sich hätte von der Magd Kundschaft einziehen wöllen, wo sie geblieben. Item hätten die kleinen Kinder geschrieen, so sie in der Schulen gehabt, und sich vor ihr verkrochen, auch hätte ihr Niemand nit ein Wörtlein geantwortet, sondern wie die Magd vor ihr ausgespieen. Wäre jedoch auf dem Heimbwege gewahr worden, daß schon ein Boot auf dem Wasser sei, darauf eilends an das Ufer gelaufen, und der alten Ilsen aus vollen Kräften nachgeschrieen, so allbereits in dem Boot gesessen. Aber sie hätte sich an Nichtes gekehrt, sich auch gar nit einmal nach ihr umbgesehen, sondern sie mit der Hand fortgewinket. – Und nunmehro fuhr sie fort zu weinen und zu schluchzen den ganzen Tag und die ganze Nacht hindurch, daß ich elender war, denn zuvor in der großen Hungersnoth. Doch sollt es noch ärger kommen, wie man im folgenden Capite sehen wird.

Capitel 17.

Wie mein arm Kind als Hexe eingezogen und gen Pudgla abgeführet wird.

Tags darauf, Montag den 12ten July, morgens umb 8 Uhren, als wir in unserer Kümmerniß saßen und judicireten, wer uns wohl sollich Herzeleid bereitet, auch bald übereinkamen, daß Niemand anders nit, denn die vermaledeyete Hexe Lise Kolken es gewest, kame ein Wagen mit vier Pferden vor mein Haus gejaget, worauf sechs Kerls saßen, so alsogleich heruntersprungen. Und gingen zwo an der Vorder-, andere zwo an der Achterthüren stehen, und aber zwo worunter der Büttel Jacob Knake, kamen in die Stuben und geben mir ein offen Schreiben von dem Amtshaubtmann, daß mein Töchterlein, so als eine gottlose Hexe im gemeinen Geschrei stünde, vom peinlichen Rechts wegen sölle eingehohlet und inquiriret werden. Nun kann männiglich vor sich selbsten abnehmen, wie mir umb das Herze wurd, da ich solches lase. Stürzete zu Boden, wie ein umbgehauener Baum, und kam erst wieder bei mir, als mein Töchterlein sich mit großem Geschrei auf mich wurf und ihre Thränen mir warm über das Angesicht liefen. Als sie aber sahe, daß ich wieder bei mir kam, finge sie an mit lauter Stimmen Gott davor zu preisen, suchte mich auch zu trösten, daß sie ja unschuldig wär und ein gut Gewissen vor ihren Richter trüge, item recitirete sie mir das schöne Sprüchlein Matth. am 5ten Selig seid ihr, wenn euch die Menschen um meinetwillen schmähen und verfolgen, und reden allerlei Uebels wider euch, so sie daran lügen.

Und möchte ich nur aufstehen und meinen Rock über das Wammes überziehen und mit ihr kommen, denn ohne mich ließe sie sich nicht vor den Amtshaubtmann führen.

Hierzwischen nun aber war das ganze Dorf vor meiner Thüren zusammengestürzet, Weiber, Männer, Kinder; hielten sich aber geruhlich und sahen nur Alle nach den Fenstern, als wöllten sie uns durch das Haus schauen. Als wir uns beide fertig gemacht, und der Büttel, so mich anfänglich nicht mitnehmen gewollt, nunmehro aber ein Einsehen gebrauchte, vor ein gut Trinkgeld, so ihm mein Töchterlein verehrete, traten wir an den Wagen, aber ich ware so machtlos, daß ich nit hinaufkummen kunnte.

Kam also der alte Paassch, so es sahe, und half mir auf den Wagen, wobei er sagte: »Gott tröst Em, wat müt he an Sien Kind erlewen[1] und mir die Hand zum Abschied küßete.

Auch kamen noch mehr an den Wagen, so ihm folgen wollten, aber ich bate: sie söllten mir das Herze nicht noch schwerer machen und nur ein christlich Aufsehen auf mein Haus und meine Wirthschaft haben, bis ich wiederkäm. Möchten auch fleißig vor mich und mein Töchterlein beten, daß der leidige Satan, so lange Zeit wie ein brüllender Löwe in unserm Dorf umbhergangen, und nun mich selbsten zu verschlingen drohe, seinen Willen nicht vollenführete, sondern mich und mein Kind verlassen müßte, wie den unschuldigen Heiland in der Wüsten. Aber hiezu sagete Niemand nichts, besondern als wir wegk fuhren, hörete ich gar wohl, daß Viele hinter uns ausspieen und Einer sagte: (mein Töchterlein meinete, es wäre Berowsche ihre Stimme gewest) »wi willen di lewer Föhr unter dem Rock böten, as vör di beden[2]. Seufzeten noch über solche Reden, als wir gen den Kirchhof kamen, wo die vermaledeyete Hexe Lise Kolken in ihrer Hausthüren saß, ihr Gesangbuch für Augen und laut das Lied: »Gott der Vater wohn' uns bei« quäckete, als wir fürüberfuhren, welches mein arm Töchterlein also verdroß, daß sie unmächtig wurd, und mir wie todt auf den Leib fiel. Bat also den Gutscher zu halten, und schriee der alten Lisen zu, daß sie uns sölle einen Topf mit Wasser bringen; aber sie thät, als könne sie nit hören, und fuhr fort zu singen, daß es schallte. Dannenhero sprang der Büttel ab, und lief auf mein Begehr in mein Haus zurück, umb einen Topf mit Wasser zu hohlen, kam auch alsobald wieder mit dem Topf, und alles Volk hinter ihm, so nunmehro anhub, laut zu judiciren, daß es das böse Gewissen sei, so mein Kind geschlagen, und sie jetzunder sich schon selbsten verrathen. Dankete dahero Gott, als sie wieder ins Leben kam, und es aus dem Dorf ging. Aber in Ueckeritze war es nicht anders, inmassen dort auch alles Volk zusammengelaufen war, und vor Labahnen seinem Hof auf dem Brink stund, als wir ankamen.

Selbiges hielte sich aber ziemlich geruhsam, als wir fürüber fuhren, unangesehen Etzliche riefen: »wo ist 't möglich, wo ist 't möglich!« sonsten hörte ich nichtes. Aber in der Heiden an der Wassermühlen brach der Müller mit allen seinen Knappen herfür, und schriee lachend: »kiekt de Hex, kiekt de Hex!« worauf auch

1 Gott tröst Ihn, was muß Er an Seinem Kinde erleben.

2 Wir wöllen dir lieber Feuer unter dem Rock anlegen, als für dich beten.

ein Knappe, mit dem Staubbeutel, so er in den Händen hatte, also nach meim arm Kind schlug, daß sie ganz weiß wurd, und das Mehl wie eine Wolke umb den Wagen zoge. Auf mein Schelten lachete der arge Schalk und vermeinete: wenn sie nie keinen andern Rauch, denn diesen, in der Nasen kriegte, künnte es ihr nicht schaden. Item wurd es in Pudgla noch fast ärger, denn in der Mühlen. Das Volk stand also dicke auf dem Berg, vor dem Schloß, daß wir kaum durch kunnten, und ließ der Amtshaubtmann, wie zu einem Aviso, annoch das arme Sünderglöcklein auf dem Schloßthurm läuten, worauf auch aus dem Kruge und den Häusern noch immer mehr Volks herbeirannte. Etzliche schrieen: »iß dat de Hex!« Etzliche: »kiekt de Presterhex, de Presterhex!« und sonsten mehr, was ich aus Schaam nicht hieher setzen mag, rafften auch den Koth aus der Rönne, so aus der Schloßküchen läuft, und bewurfen uns damit, item mit einem großen Stein, der aber auf ein Pferd fiel, also, daß es scheu wurde, und vielleicht den Wagen umbgeworfen hätte, wenn nicht ein Kerl hinzugesprungen und es gehalten. Solches geschahe allens vor der Schloßpforten, in welcher der Amtshaubtmann lächelnd stund, eine Reiherfeder auf seim grauen Hut, und uns zusahe. Als das Pferd aber zur Ruhe gebracht, kam er an den Wagen, und sprach spöttisch zu meinem Töchterlein: »sieh! Jungfer, du wolltest nit zu mir kommen, und nun kommst du ja doch!« worauf sie zur Antwort gab: ja ich komme und möchtet Ihr einst zu Eurem Richter kommen, als ich zu Euch, worauf ich Amen sprach und ihn fragete, wie Se. Gestrengen es für Gott und Menschen verantworten wölle, was er an mir armen Mann und meim Kind thäte? Aber er antwortete: warumb ich mitgekommen? und als ich ihm von dem unartigen Volk hieselbst, item von dem argen Mühlenknappen sagte, vermeinete er: dieses wäre nicht seine Schuld, bedräuete auch das Volk umbher mit der Faust, so einen großen Rumor machte. Darauf befahl er meim Töchterlein abzusteigen, und ihme zu folgen, trat voran in das Schloß, winkete dem Büttel, so mitlaufen wollte, unten an der Treppe zu verharren, und hob an mit meim Kind allein den Windelstein in die obern Gemächer aufzusteigen.

Aber sie bliese mir heimlich zu: »Vater verlaßt mich nicht!« und folgete ich bald darauf ihnen sachte nach, hörete auch an der Sprach in welchem Zimmer sie waren, und legete das Ohr daran umb zu horchen. Und stellte der Bösewicht ihr für, daß, wenn sie ihn liebhaben wolle, sollt es ihr Allens Nichtes schaden, und hätt' er schon Macht in Händen, sie für dem Volk zu erretten, wölle sie aber nit; so käme morgen das Gericht, und möchte sie vor sich selbsten abnehmen, wie es ihr erginge, dieweilen sie, wie viel Zeugen gesehen, mit dem leidigen Satan selbsten Unzucht getrieben und sich von ihm küssen lassen. Hierauf schwieg sie stille, und schluchzete nur, was der Erzschalk vor ein gut Zeichen nahm und fortfuhr: hastu den Satan selbsten geliebt, kannstu mich auch schon lieben, und näher trat, umb sie zu umbhalsen, wie ich merkete. Denn sie stieß einen lauten Schrei aus, und wollte zur Thüren heraus, aber er hielt sie feste, und bate und dräuete, wie der Teufel es ihm eingab. Und wollte ich schon hineintreten, als ich hörete, daß sie ihm mit den Worten: »weiche von mir Satan!« also in das Gesichte schlug, daß er sie fahren ließ. Worauf sie unversehens aus der Thüren sprang, so daß sie mich zur Erden stieß, und mit einem lauten Schrei selbsten über mir hinfiel. Hievor erstarrete der Amthaubtmann, so ihr gefolget war, hub aber alsobald wieder an zu schreien: »wachte Pfaffe, ich werde dir horchen lehren!« und lief hinzu und winkete, dem Büttel, so unten an der Treppen stund. Selbigen hieß er, mich die Nacht in ein Loch stecken, weilen ich ihn behorchet, worauf er wiederkommen sölle, umb mein Töchterlein in ein ander Loch zu stecken. Aber er besunne sich wieder, als wir den Windelstein halb hernieder gestiegen waren, und sprach, er wölle es mir noch einmal schenken, der Büttel sölle mich nur laufen lassen und mein Töchterlein in ein fest Verwahrsam bringen, ihme nachhero auch die Schlüssel übergeben, angesehen sie eine verstockte Person seie, wie er aus dem ersten Verhör gemerket, so er mit ihr angestellet.

Hierauf wurde denn mein arm Kind von mir gerissen, und ward ich unmächtig auf der Treppen, weiß auch nit, wie ich herniederkommen, sondern, wie ich wieder bei mir kam war ich in des Büttels seiner Stuben, und sein Weib sprützete mir Wasser unter der Nasen. Alldorten blieb ich auch die Nacht auf eim Stuhl sitzen, und sorgete mehr, denn ich betete, angesehen, mein Glaube fast schwach worden war, und der Herr kam nit, ihn mir zu stärken.

Capitel 18.

Vom ersten Verhör und was daraus erfolget.

Am andern Morgen, als ich auf dem Vorhof auf- und niederginge, dieweil ich den Büttel vielmahls umbsonst gebeten mich zu meinem Töchterlein zu geleiten (er wollte mir aber nit einmal sagen, wo sie säß) und letzlich für Unruhe dorten umbher lief, kam gegen sechs Uhren auch schon ein Wagen von Uzdom[1] auf welchem Se. Edlen, Herr Samuel Pieper Consul dirigens[2] item der Camerarius Gebhard Wenzel und ein Scriba[3] saßen, so ich zwar erfahren wie er geheißen es aber wieder vergessen hab. Auch mein Töchterlein hat es wieder vergessen, angesehen sie sonst ein fast trefflich Gedächtnüß hat, mir auch das Meiste von dem, was nunmehro folget, vorgesagt, alldieweil mein alter Kopf fast bersten wollte, so daß ich selbsten wenig mehr davon behalten. Trat also gleich an den Wagen und bate, daß Ein ehrsam Gericht mir erlauben wölle, bei dem Verhör zugegen zu sein, inmassen mein Töchterlein noch unmündig wär, welches mir aber der Amtshaubtmann nicht zugestehen wollte, so inzwüschen auch an den Wagen getreten war von dem Erker, wo er übergeschauet. Doch Seine Edlen, Herr Samuel Pieper, so ein klein, kurz Männeken war mit einem feisten Bäuchlein und eim Bart, grau mengeliret und ihme bis auf den Gürtel herabhängende, reichte mir gleich die Hand und condolirete mich als ein Christ, in meiner Trübsale: sölle nur in Gottes Namen in das Gerichtszimmer kommen und wünschte er von Herzen, das Allens erstunken und erlogen wär, so mañ gegen mein Töchterlein fürgebracht. Aber ich mußte noch wohl bei zween Glockenstunden ausharren, ehe denn die Herren wieder den Windelstein herabkamen. Endlich gegen neun Uhren hörete ich, daß der Büttel die Stühl und Bänken im Gerichtszimmer rückete, und da ich vermeinete, daß nunmehro die Zeit gekommen, trat ich hinein und setzte mich auf eine Bank. Es war aber noch Niemand nicht da, außer dem Büttel und sein Töchterken, so den Tisch abwischte und ein Röslein zwischen den Lippen hielt. Selbige ließ ich mir verehren, umb daran zu riechen, und meine ich auch, daß man mich heute todt aus der Stuben getragen, wenn ich sie nicht gehabt. So weiß der Herr uns selbst durch ein schlecht Blümlein das Leben aufzuhalten, wenn es ihm geliebt! –

Endlich kamen die Herren und satzten sich umb den Tisch, worauf Dn. Consul[4] auch allererst dem Büttel winkete, mein Töchterlein zu hohlen. Hierzwischen aber fragete er den Amtshaubt-

1 oder Usedom, ein Städtchen, von dem die ganze Insel den Namen führt.

2 d.i. erster Bürgermeister.

3 Protokollführer.

4 d.i. dominus Consul oder der Herr Bürgermeister.

mann, ob er Ream[5] habe schließen lassen, und als er nein! sagete, gab er ihm einen Verweis, so daß es mir durch das Mark zog. Aber der Amtshaubtmann entschuldigte sich, daß er, angesehen ihres Standes solches nit gethan, sie aber in ein fest Gewahrsam habe bringen lassen, aus dem es unmüglich sei zu entkommen, worauf Dn. Consul zur Antwort gab, daß dem Teufel viels möglich sei, und sie nachhero würden die Verantwortung haben, wenn Rea fortkäme. Das verdroß den Amtshaubtmann und er vermeinete, wenn der Teufel sie könne durch das Gemäure führen, so bei sieben Fuß Dicke, und drei Thüren vor hätte, könne er ihr auch gar leichte die Ketten abreißen, worauf Dn. Consul antwortete: daß er sich nachhero selbsten die Gefängnüß besehen wölle. – Und meine ich, daß der Amtshaubtmann blos darum so gütig gewest, weil er noch immer in Hoffnung gestanden (wie man solches auch nachmals erfahren wird) mein Töchterlein zu seinem Willen zu beschwatzen.

Nunmehro aber ging die Thüre auf, und mein arm Kind trat herein mit dem Büttel aber rücklings[6] und ohne Schuhe so sie draußen mußte stehen lassen. Es hatte sie der Kerl bei ihren langen Haaren gegriffen, und leitete sie also vor den Tisch, worauf sie sich erst umbkehren und die Richter ansehen mußte. Dabei hatte er ein groß Wort und war in alle Wege ein dreuster und muthwilliger Schalk, wie man bald weiters hören wird. Nachdeme nun Dn. Consul einen großen Seufzer gelassen und sie von Kopf bis zu den Füßen sich angesehen, fragete er erstlich, wie sie heiße, und wie alt sie wär, item ob sie wüßte, warumb sie hieher gefordert? Auf letzten Punkt gab sie zur Antwort: daß der Amtshaubtmann solches ja bereits ihrem Vater vermeldet, und wölle sie Niemand Unrecht thun, gläube aber, daß der Amtshaubtmann selbsten ihr zu dem Geschrei einer Hexen verholfen umb sie zu seinem unkeuschen Willen zu bringen. Hierauf verzählete sie, wie er es vom Anfang an mit ihr getrieben, und sie durchaus zu einer Ausgeberschen verlanget. Da sie aber solches nicht hätte thun wöllen, obgleich er selbsten unterschiedliche Malen zu ihrem Vater ins Haus gekommen, hätte er einsmals als er aus der Thüren gegangen für sich in den Bart gemummelt: »ich will sie doch wohl kriegen!« wie solches

5 Die Verklagte.

6 Dies lächerliche Verfahren schlug man in der Regel bei dem ersten Verhör einer Hexe ein, weil man in dem Wahne stand, sie bezaubere sonst von vorne herein die Richter mit ihren Blicken. Hier wäre der Fall nun allerdings gedenkbar gewesen.

ihr Ackersknecht Claus Nels im Pferdestall, wo er gestanden, mit angehöret. Und solches habe er alsobald zu vollenführen gesucht indeme er viel mit einem gottlosen Weibe, so Lise Kolken hieße, und früher bei ihme im Dienst gestanden, conversiret. Selbige möchte wohl die Zauberstückchen gespielet haben, so man ihr andichte, sie wisse von keinem Zauber. Item verzählete sie: wie der Amtshaubtmann es gestern Abend mit ihr gemacht, als sie kaum angekommen, und wäre er nunmehro auch zum erstenmale frisch mit der Sprache herfurgerückt, weil er gläube, sie in seiner Gewalt zu haben. Ja er wäre selbsten dieser Nacht wieder ins Gfängnüß zu ihr kommen und hätte ihr abermals die Unzucht angetragen, und wölle er sie schon frei machen, wenn sie seinen Willen thäte. Da sie ihn aber abgestoßen, habe er mit ihr gerungen, wobei sie ein laut Geschrei erhoben, und ihne an der Nasen gekratzet, wie annoch zu sehen wäre, worauf er sie verlassen. Darumb könne sie den Amtshaubtmann nicht vor ihren Richter anerkennen, und hoffe zu Gott, daß er sie retten würd aus der Hand ihrer Feinde wie weiland er die keusche Susanna gerettet. –

Als sie hierauf mit lautem Schluchzen schwiege, sprang Dn. Consul auf nachdem er den Amtshaubtmann, wie wir alle, nach der Nasen gesehen, und alldorten auch die Schramme befunden und rief wie verstürzet: Sprech Er, umb Gotteswillen, sprech Er, was muß ich von Sr. Gestrengen hören? worauf der Amtshaubtmann, ohne sich zu verfärben, also zur Antwort gab: daß er zwar nicht nöthig habe vor Sr. Edlen zu sprechen, angesehen er das Oberhaupt vom Gericht wäre, und aus zahllosen indiciis herfürgehe, daß Rea eine boshafte Hexe sei, und darumb kein Zeugnüß gegen ihn oder männiglich ablegen könne, daß er aber dennoch sprechen wölle umb dem Gericht keine Aergernüß zu geben. Alle Anschuldigungen so diese Person gegen ihn herfürgebracht wären erstunken und erlogen. Doch hätte er sie in alleweg vor eine Ausgebersche miethen wöllen, in massen er umb eine solche sehr benöthigt gewest, da seine alte Dorte schon schwach würde. Auch hätte er sie zwar gestern gleich insgeheimb fürgenommen, umb sie im Guten zum Geständnüß, und dadurch zur Milderung ihrer Strafe zu persuadiren, angesehen ihn ihre große Jugend gejammert, hätte aber kein unartiges Wort zu ihr gesaget, noch wäre er in der Nacht zu ihr kommen, besondern die Schramme hätte ihm sein klein Schooßhündlein, Below geheißen, gekratzet, mit dem er heute Morgen gespielet. Solliches könne seine Dorte bezeugen, und hätte die schlaue Hexe dieses gleich benutzet, umb das Gericht uneinig zu machen und dadurch mit des Teufels Hülfe ihren Vortheil zu gebrauchen, alldieweil sie fast eine verschmitzte Creatur wäre, wie das Gericht auch bald weiters ersehen würde.

Nunmehro aber faßete ich mir auch ein Herze und stellte für, daß Alles so wahr sei, wie es mein Töchterlein ausgesaget, und ich gestern Abend selbsten vor der Thüren mitangehöret, daß Se. Gestrengen ihr einen Antrag gethan und Narrentheidinge mit ihr zu treiben versucht, item daß er sie schon in Coserow einmal hätte küssen wöllen, item, was Se. Gestrengen mir sonsten für Herzeleid von wegen dem Mistkorn zugefüget.

Aber der Amthaubtmann überschriee mich alsobald und sprach: wenn ich ihne, als einen unschuldigen Mann in der Kirchen von der Kanzel verläumbdet, wie die ganze Gemeinde sein Zeuge wär, würd es mir ein Leichtes sein, solches auch hier für Gericht zu thun, unangesehen ferner, daß kein Vater für sein Kind ein Zeugnüß ablegen könne.

Aber Dn. Consul wurde ganz wie verstöret und schwiege und stützete darauf sein Haupt in tiefen Gedanken auf den Tisch. Hiezwischen fing aber der dreuste Büttel an ihm zwischen den einen Arm durch an seinen Bart zu fingeriren und gläubete Dn. Consul wohl, es wäre eine Fliege, und schlug ohne empor zu schauen, mit der Hand darnach. Als er aber auf den Büttel seine Hand traf, fuhr er in die Höhe und fragete ihn was er wölle? worauf der Kerl zur Antwort gab: O Em kröp da man ehne Luus de ick griepen wollde[7].

Solche Dreustigkeit verdroß Se. Edlen also heftig, daß er dem Büttel eine Maultasche stach und ihm bei harter Strafe befohl aus der Thüren zu reisen.

Hierauf wendete er sich an den Amtshaubtmann und schriee für Zorn: was, alle zehn Teufel, wie hält Se. Gestrengen den Büttel in Respeckt? Und überhaupt ist das Allens ein seltsam Ding, woraus ich nicht klug werden kann. – Aber es antwortete der Amtshaubtmann: »nicht also? sollte Er nit klug daraus werden, wenn er an die Aale gedenkt? –

Hierauf wurde Dn. Consul mit eim Mal ganz blaß, also daß er zu zittern begunnte, wie es mir fürkam, und er den Amtshaubtmann abseiten in ein ander Zimmer rief. Habe niemals erfahren können, was solches zu bedeuten gehabt, so er von den Aalen sagte. – –

Hierzwischen saß aber Dominus Camerarius Gebhard Wenzel und käuete eine Feder, und schauete dabei mit viel Grimm bald

7 O ihm kroch da nur eine Laus, die ich greifen wollte.

auf mich, bald auf mein Töchterlein doch ohne ein Wörtlein zu sagen, auch antwortete er dem Scriba nicht, der ihm oft etwas ins Ohr bliese, denn daß er brummete. Endlich kamen die zwo Herren wieder zur Thüren herein, und begunnte Dn. Consul, nachdem er sich mit dem Amtshaubtmann wieder gesetzet, mein arm Kind fast heftig anzufahren, daß sie Ein löblich Gericht zu turbiren versuchet, inmaßen Se. Gestrengen ihme das Hündlein selbsten gezeiget so ihm die Schramme gekratzet, und dieses auch von seiner alten Ausgeberschen bezeuget wurde. (Ja, die wollte ihn auch wohl nicht verrathen, denn die alte Vettel hat es Jahre lang mit ihm gehalten, und auch einen gadlichen[8] Jungen von ihm, wie man noch weiters erfahren wird!)

Item sagete er, daß so viel indicia ihrer Uebelthat fürhanden, daß es, unmöglich sei ihr Glauben zu stellen, sie sölle dannenhero Gott die Ehre geben und in allen Stücken aufrichtig bekennen, umb ihre Strafe zu mildern. Möchte alsdann noch, ihrer Jugend halben, mit dem Leben davon kommen etc.

Hierauf setzte er sich die Brille auf die Nase und hube an sie bei vier Stunden zu verhören aus eim Papier, so er in Händen hielte. Und waren solches etwan die Haubtstücke, so wir Bede davon behalten haben

Quaestio[9]. Ob sie zaubern könne?

Responsio[10]. Nein, sie wisse von keinem Zauber nicht.

Q. Ob sie denn böten[11] könne?

R. Wär ihr ingleichen unbekannt.

Q. Ob sie wohl mal auf den Blocksberg gewest?

R. Der wäre vor sie zu weit, und kenne sie wenig Berge mehr, denn den Streckelberg, wo sie öftermalen gewest.

Q. Was sie denn dorten fürgenommen?

R. Sie hätte zur Sehe überschauet oder sich Blümleins gepflücket, item sich auch wohl eine Schürze dürres Reiswerk gehohlet.

Q. Ob sie dorten wohl den Teufel angerufen?

R. Wäre ihr niemalen in den Sinn gekommen.

Q. Ob der Teufel ihr denn ohne Anrufen dorten erschienen?

R. Davor solle sie Gott bewahren.

Q. Also sie könne nit zaubern?

8 Plattdeutsch für: halberwachsen.

9 Frage

10 Antwort

11 entzaubern.

R. Nein!

Q. Was denn Stoffer Zuter seiner bunten Kuh angekommen, so plötzlich in ihrem Beisein verrecket?

R. Das wisse sie nicht, und wäre das eine seltsame Frag.

Q. Dann wäre es auch wohl eine seltsame Frag, warumb Käthe Berowschen ihr klein Ferkelken verrecket?

R. Allerdings, sie verwundre sich, was man ihr zur Last lege.

Q. Also hätte sie dieses auch nit behexet?

R. Nein, da sei Gott vor.

Q. Warumb sie denn aber der alten Käthen wenn sie unschuldig wär, ein Ferkelken wieder versprochen, wenn ihre Sau werfen würd?

R. Das hätte sie aus gutem Herzen gethan. Hiebei aber hube sie an, fast heftig zu weinen und sagte: sie sehe wohl, daß sie dieses Alles der alten Lise Kolken verdanke, welche ihr oftmalen gedrohet, wenn sie ihr Unbegehren nicht hätte erfüllen wöllen, denn sie verlange Allens, was ihren Augen fürkäme zu eim Geschenk. Selbige wär auch zu den Leuten gangen, als das Vieh im Dorf bezaubert gewest, und hätte ihnen zugeredet, daß, wenn nur eine reine Jungfer dem Vieh ein Paar Haare aus dem Schwanz griffe, es mit selbigem besser werden würde. So habe sie sich denn erbarmet und wäre hingangen, weilen sie sich eine reine Jungfer gefühlet, und hätt es auch etzliche Male geholfen, letzlich aber nicht mehr.

Q. Weme es denn geholfen?

R. Zabels rother Kuh, item Witthanschen ihrem Schwein, auch der alten Lisen ihrer eignen Kuh.

Q. Warumb es denn nachmalen nit mehr geholfen?

R. Das wisse sie nit, vermeine aber, wiewohl sie Niemand nit beschweren wölle, daß die alte Lise Kolken so lange Jahre im gemeinen Geschrei als Hexe gewest, dieses alles angerichtet und unter ihrem Namen das Vieh bezaubert und auch wieder ungebötet, wie ihr geliebet, blos umb sie in das Elend zu stürzen.

Q. Warumb die alte Lise denn auch ihre eigene Kuh bezaubert, item ihr eigen Ferkelken verrecken lassen, wenn sie den Rumor im Dorf gemacht und wirklich böten könne

R. Das wisse sie nicht; es möchte wohl einer sein, (wobei sie den Amtshaubtmann ansahe) der ihr allens doppelt erstatte.

Q. Sie suche vergebens die Schuld von sich zu wenden, denn ob sie auch nicht dem alten Paasschen, ja ihrem eignen Vater die Saat bezaubert, und durch den Teufel umbstürzen lassen, item die Raupen in ihres Vaters Baumgarten gemacht?

R. Die Frage wäre bald so ungeheuer, denn die That. Da säße ihr Vater, Se. Edlen müge ihne selbsten fragen, ob sie sich jemals als ein ruchlos Kind gegen ihn gezeiget. Hier wollte ich aufstehen und das Wort nehmen, aber Dn. Consul ließ mich nit zu Worte kommen, sondern fuhr fort zu examiniren, weshalben ich verstürzet stille schwieg.

Q. Ob sie denn auch leugne, daß sie daran Schuld gewest, daß die Witthahnsche einen Teufelsspök zur Welt gebracht, so gleich sich aufgenommen und durchs Fenster gefahren, auch nachhero als die Wehemutter nachgesehen, verschwunden gewesen.

R. Jawohl, sie hätte eher denen Leuten Gutes gethan ihr Lebelang, denn ihnen geschadet, und sich oft selbsten in der grausamen Hungersnoth den Bissen vom Munde wegkgezogen, und ihn Andern, insonderheit den kleinen Kindleins abgetheilet. Solches müge ihr auf Befragen die ganze Gemeind bezeugen. Da nun aber die Zauberer und Hexen den Menschen Böses und nicht Gutes thäten, wie unser Herr Jesus Matth. am 12ten lehre, allwo die Pharisäer ihn auch gelästert, daß er durch Beelzebub die Teufel austriebe; so möge Se. Edlen sich abnehmen, ob sie in Wahrheit eine Hexe sein könne.

Q. Er werde ihr die Gotteslästerungen alsbald zeigen; er sähe schon daß sie ein groß Maul hätte, und sölle sie nur antworten, auf was sie gefraget würd. Denn es käme nit darauf an, *was* sie denen Armen für Gutes gethan, sondern *womit* solches beschehen. Möchte dahero anzeigen, wie sie benebst ihrem Vater plötzlich zu solchem Reichthumb gelanget, daß sie in seidinen Kleidern einherstolzire, da sie vorhero doch ganz arm gewest?

Hiebei schauete sie auf mich und sprach: Vater soll ichs sagen? worauf ich antwortete: ja mein Töchterlein, jetzunder mußt du alles fein aufrichtig sagen, wenn wir dadurch auch wieder blutarme Leut würden. Sie bezeugete also wie sie zuerst in unserer großen Noth den Birnstein gefunden, und was für ein Gewinn uns daraus herfürgegangen durch die beiden holländischen Kaufleut.

Q. Wie diese Kaufleut geheißen?

R. Dieterich von Pehnen und Jakob Kiekebusch, wären aber, wie wir durch einen Schiffer in Erfahrung gezogen in Stettin an der Pest verstorben.

Q. Warumb wir solchen Fund verschwiegen?

R. Aus Furcht für unserm Feind, dem Amtshaubtmann, so dem Anschein nach uns zum Hungerstode verdammet, indeme er der Gemeind verboten, uns nichts mehr bei harter Pön zu verabreichen, und wölle er ihr schon einen bessern Priester zuweisen.

Hierauf sahe Dn. Consul wieder den Amtshaubtmann scharf ins Angesicht, welcher zur Antwort gab: daß er solches in alleweg gesaget, angesehen der Priester ihn fast abscheulich abgekanzelt, daß er aber auch gar wohl gewußt, es sei noch weit mit ihm vom Hungerstod.

Q. Woher so viel Birnstein in den Streckelberg käm? Sie sölle nur gestehn, daß ihr der Teufel solchen zugetragen.

R. Davon wisse sie nichts. Doch hätte es alldorten eine große Ader von Birnstein, wie sie männiglich noch heute zeigen könnte, und hätte sie ihn daraus gebrochen, das Loch aber wieder mit tännin Zweigen wohl verwahret, daß man es nit finden müge.

Q. Wann sie in den Berg gangen wäre, des Tags oder des Nachts?

Hierauf verfärbete sie sich und hielt einen Augenblick inne, gab aber alsobald zur Antwort: daß solches bald des Tages bald in der Nacht beschehen sei.

Q. Warumb sie stöttere, sie sölle nur frei bekennen, daß ihre Straf geringer würd. Ob sie nit den alten Seden dorten dem Satan übergeben, daß er ihn durch die Luft geführet, und nur sein Hirn und Haare noch zum Theil oben in der Eichen geklebet?

R. Sie wisse nit, ob es sein Haar und Hirn gewest, auch nit, wie es dorten hinkommen. Weilen ein Grünspecht eines Morgens so jämmerlich geschrieen, wäre sie an den Baum getreten; item, der alte Paasch, so das Geschrei auch gehöret, wäre ihr alsobald gefolget mit seiner Holzaxt.

Q. Ob der Grünspecht nicht der Teufel gewesen, so den alten Seden selber gehohlet?

R. Das wisse sie nicht. Er müsse aber schon lange todt gewest sein, dieweil das Hirn und Blut so der Junge vom Baum gehohlet, schon betrucknet gewesen.

Q. Wie und wann er denn zu Tode kommen?

R. Das wisse der allmächtige Gott. Es hätte wohl Zutern sein klein Mädchen ausgesaget, daß sie eins Tages als sie Nessel vor das Vieh an Seden seinem Zaun gepflücket, vernommen, daß der Kerl sein gluderäugigt Weib bedräuet: er wölle es dem Priester sagen, daß sie, wie er nunmehro gewißlich in Erfahrung gezogen, einen Geist habe, worauf der Kerl auch alsbald verschwunden sei. Doch wären solches Kinderreden, und wölle sie Niemand nit damit beschweren.

Hierauf sahe abermalen Dn. Consul dem Haubtmann steif ins Angesicht, und sagte: die alte Lise Kolken müsse noch heute eingehohlet werden, worauf aber der Haubtmann keine Antwort gab, und er fortfuhre:

Q. Sie verbleibe also dabei, daß sie Nichtes vom Teufel wisse?

R. Dabei verbliebe sie und werde sie verbleiben bis an ihr selig Ende.

Q. Und doch hätte sie sich, wie Zeugen gesehen, von ihm an hellem Tage in der Sehe umbtaufen lassen. Hier verfärbete sie sich aber eins und hielt ein wenig inne.

Q. Warumb sie sich wiederumb verfärbe? sie sölle doch umb Gottes willen an ihre Seligkeit gedenken und die Wahrheit bekennen.

R. Sie hätte sich in der Sehe gebadet, angesehen der Tag sehr heiß gewesen, das sei die reine Wahrheit.

Q. Welche keusche Jungfer sich wohl in der Sehe bade? du leugst oder wiltu etwan auch leugnen, daß du den alten Paassch sein klein Mägdlein durch einen Stuten behext?

R. Ach wohl, ach wohl! Sie liebte das Kindlein wie ihr eigen Schwesterken, hätte sie nit blos mit allen andern umbsonst informiret, besondern auch in der großen Hungersnoth sich den Bissen oftmalen aus dem Munde gezogen und ihr denselben eingestecket. Wie sie darumb ihr solch Leid hätte zufügen mügen?

Q. Wiltu noch immer leugnen? Ehre Abraham wie verstockt ist sein Kind! – Schaue denn her, ist das keine Hexensalbe[12] so der Büttel diese Nacht aus deinem Koffer gehohlet? Ist das keine Hexensalbe, he?

R. Wäre nur eine Salbe vor die Haut, so darnach fein weiß und weich werden sölle, wie der Apotheker in Wolgast ihr gesaget, bei dem sie solche gekaufet.

Q. Hierauf fuhr er kopfschüttelnd fort: Was? Wiltu denn auch endlich noch leugnen, daß du diesen verschienen Sonnabend den 10ten July, Nachts umb 12 Uhren den Teufel deinen Buhlen auf dem Streckelberg mit gräulichen Worten angerufen, er dir darauf als ein großer und haarigter Riese erschienen und dich umbhalset hab, und geherzet?

Bei diesen Worten wurd sie blasser denn ein Leich, und fing an also heftig zu wanken, daß sie sich an einen Stuhl halten mußte. Als ich elender Mensch, der ich wohl vor sie mich in den Tod geschworen, solches sah und hörete, vergingen mir die Sinnen,

12 Man glaubte, der Teufel gäbe den Hexen eine Salbe, um sich durch deren Gebrauch unsichtbar zu machen, in Thiere zu verwandeln, durch die Luft zu fahren u.s.w.

also daß ich von der Bank stürzete und Dn. Consul den Büttel wieder hereinrufen mußte, umb mir aufzuhelfen.

Als ich mich in etwas wieder vermündert[13] und der dreuste Kerl unsere gemeine Verstürzung sahe, schrie er greinende das Gericht an: Ist't rut, ist't rut, hett se gebichtet[14]? worauf Dn. Consul ihme abermals die Thüre wies mit vielen Scheltworten, wie man sich selbsten abnehmen kann, und will dieser Bub genug dem Amtshaubtmann immer die Vetteln zugeführet haben, wie es heißt, denn sonsten achte ich, wär er nicht so dreust gewesen.

Summa: ich wäre fast umbkommen in meim Elend, wenn ich nicht das Röslein gehabt, so mit des barmherzigen Gotts Hülf mich wacker hielt, als nunmehro das ganze Gericht aufsprange, und mein hinfällig Kind bei dem lebendigen Gott und ihrer Seelen Seligkeit beschwore, nit ferner zu leugnen, sondern sich über sich selbsten, wie über ihren Vater zu erbarmen, und die Wahrheit zu bekennen.

Hierauf thät sie einen großen Seufzer, und so blaß sie gewesen, so roth wurde sie, inmaßen selbsten ihre Hand auf dem Stuhl wie ein Scharlaken anzusehen war, und sie die Augen nit von dem Boden hube.

R. Sie wölle auch jetzunder die reine Wahrheit bekennen, da sie wohl sähe, daß böse Leute sie des Nachts beschlichen. Sie hätte Birnstein vom Berge gehohlt, und bei der Arbeit nach ihrer Weiß, und umb sich das Grauen zu vertreiben, das lateinische Carmen gerecitiret, so ihr Vater auf den durchlauchtigsten König Gustavum Adolphum gesetzet, als der junge Rüdiger von Nienkerken der oftermalen in ihres Vaters Haus gekommen und ihr von Liebe vorgesaget, aus dem Busch getreten wäre, und da sie für Furcht aufgeschrieen, sie auf lateinisch angeredet und in seinen Arm genommen. Selbiger hätte einen großen Wulfspelz angehabt, damit die Leute ihn nit erkennen möchten, so sie ihme etwan begegneten und es seinem Herrn Vater wieder verzählen, daß er des Nachts auf dem Berg gewest.

Auf solch ihr Bekenntnüß wollte ich schier verzweiflen und schriee für Zorn: o du gottlos ungehorsamb Kind, also hastu doch einen Buhlen? Habe ich dir nicht verbotten des Nachts auf den Berg zu steigen? was hastu des Nachts auf den Berg zu thun? und hub an also zu klagen und zu winseln und meine Hände zu ringen, daß es Dn. Consulem selbsten erbarmete, und er näher trat, umb

13 plattdeutsch: d.i. ermuntert.

14 Ists heraus, ists heraus, hat sie gebeichtet?

mir Trost einzusprechen. Hierzwischen aber trat sie auch selbsten heran und hub an mit vielen Thränen sich zu vertheidigen: daß sie wider mein Verbot des Nachts auf den Berg gestiegen, umb so viel Birnstein zu gewinnen, daß sie mir heimblich zu meinem Geburtstag die Opera Sancti Augustini so der Cantor in Wolgast verkaufen wölle anschaffen müge. Und könne sie nicht davor, daß der Junker ihr eines Nachts aufgelauert, doch schwöre sie mir bei dem lebendigen Gott, daß dorten nichts Ungebührliches fürgefallen, und sie annoch eine reine Jungfer sei.

Und hiemit wurde nunmehro das erste Verhör beschlossen denn nachdem Dn. Consul denen Schöppen etwas ins Ohr gemürmelt, rief er den Büttel wieder herein, und befahle ihm: auf Ream ein gut Augenmerk zu haben, item sie nunmehro nit mehr los im Gefängnüß zu belassen sondern anzuschließen. Solches Wort stach mir abermals durch mein Herze, und beschwur ich Se. Edlen angesehen meines Standes und meiner altadlichen Abkunft, mir nicht solchen Schimpf anzuthun und mein Töchterlein schließen zu lassen. Ich wölle mich vor Eim achtbaren Gericht mit meinem Kopf verbürgen daß sie nit entrinnen würde worauf Dn. Consul, nachdem er hinausgangen und sich die Gefängnüß angesehen, mir auch willfährig war, und dem Büttel befahl es mit ihr zu lassen, wie zeithero.

Capitel 19.

Wie der leidige Satan unter des gerechten Gottes Zulassung uns ganz zu unterdrücken beflissen, und wir alle Hoffnung fahren lassen.

Selbigen Tages, wohl umb 3 Uhren Nachmittags, als ich zu dem Krüger Conrad Seep gangen war, umb doch etwas zu genüßen, anerwogen ich nunmehro in 2 Tagen Nichtes nicht in meinen Mund bekommen, denn meine Thränen, er mir auch etwas Brod und Wurst benebst einer Kannen Bier fürgesetzet, tritt der Büttel ins Zimmer, und grüßete von dem Amtshaubtmann doch ohne daß er seine Küffe[1] anrührete: Ob ich nicht wölle bei Sr. Gestrengen das Mittagsmahl speisen, S.G. hätt es nicht gleich beachtet, daß ich wohl noch nüchtern wär, dieweil das Verhör so lange gezögert. Ich gab hierauf dem Büttel zur Antwort: daß ich mir allbereits,

1 wahrscheinlich Mütze.

wie er wohl einsäh, mein Mittagsbrod hätte verabreichen lassen und mich bei Sr. Gestrengen bedanket. Darüber verwunderte sich der Kerl und gab zur Antwort: ob ich nicht säh, wie gut es Se. Gestrengen mit mir vermeinete, wiewohl ich ihn, wie einen Juden abgekanzelt. Söllte doch an mein Töchterken denken, und nachlässig[2] gegen Sr. Gnaden sein, so könnte vielleicht noch allens gut ablaufen. Denn Sr. G. wäre nicht ein so grober Esel als Dn. Consul, und hätt es gut mit mir und meim Kind im Sinn, als einer rechtschaffenen Obrigkeit geziemete.

Als ich nun mit Mühe den dreusten Fuchs loos worden, versuchete ich ein wenig zu genüßen, aber es wollte nicht herunter, bis auf das Bier. Saß dahero bald wieder und sanne, ob ich mich bei Conrad Seep einmiethen wöllte, umb immer umb mein Kind zu sein, item, ob ich M. Vigelio dem Pfarrherrn zu Benz, nicht wöllte meine arme und verführte Gemeind übergeben, so lange mich der Herr noch in Versuchung hielte. Da wurd ich wohl nach einer Stunden durchs Fenster gewahr, daß ein lediger Wagen für das Schloß gefahren kam, auf welchen alsobald der Amtshaubtmann und Dn. Consul mit meinem Töchterlein stiegen, item der Büttel, so hinten aufhackte. Ließ dannenhero Allens stehn und liegen und lief zu dem Wagen, demüthig fragende: wohin man mein arm Kind zu führen gesonnen? Und als ich hörete, daß sie in den Streckelberg wöllten, umb nach dem Birnstein zu sehen, bat ich, daß man mich müge mitnehmen, und bei mein Kind sitzen lassen, wer wüßte, wie lange ich noch bei ihr säß. Solches wurde mir auch verstattet, und bote mir der Amtshaubtmann unterweges an, daß ich könnte im Schloß meine Wohnung aufschlagen, und an seinem Tisch speisen, so lange mir geliebte, wie er auch meim Töchterlein alle Tage von seinem Tisch schicken würd. Denn er hätte ein christlich Herze und wüßte ganz wohl, daß wir sollten unserm Feinde verzeihen. Vor solche Freundschaft bedankete mich aber unterthänigst, wie mein Töchterlein auch that, anerwogen, es uns jetzunder noch nit so arm erginge, umb uns nicht selbsten unterhalten zu können. Als wir vor der Wassermühlen vorbeikamen, hatte der gottlose Knappe wieder den Kopf durch ein Loch gestecket, und schnitt meinem Töchterlein ein schiefes Maul. Aber Lieber, es sollt ihm aufgedruckt werden! Denn der Amtshaubtmann, winkete dem Büttel, daß er den Buben heraushohlen mußte, und nachdeme er ihm seinen duppelten Schabernack, so er gegen mein Kind bewiesen fürgehalten, mußte der Büttel den Kutscher seine

2 nachgebend.

neue Peitsche nehmen, und ihme 50 Prügel aufzählen, die weiß Gott nicht aus Salz und Wasser waren. Er brüllete letzlich wie ein Ochse, welches aber Niemand vor dem Rumor der Räder in der Mühlen hörete, und da er sich stellete, als könnte er nicht mehr gehen, ließen wir ihn auf der Erden liegen und fuhren unsrer Straßen. –

In Ueckeritze lief auch viel Volks zusammen, als wir durchkamen, so sich aber ziemlich geruhsam hielte ohn allein einen Kerl, so salva venia in den Weg hoffirete, als er uns kommen sah[3]. Der Büttel mußte auch wieder abspringen, kunnte ihn aber nicht einhohlen, und die Andern wollten ihn nicht verrathen, sondern gaben für: sie hätten nur auf unsern Wagen gesehen und es nicht beachtet. Kann auch immer wahr sein! und will es mir dahero fürkommen, daß es der leidige Satan selbsten gewest, umb über uns zu spotten, denn merke, umb Gottes willen, was uns im Streckelberg gearriviret! Ach, wir kunnten durch Verblendung des bösen Feindes die Stelle nit wiederfinden, wo wir den Birnstein gegraben. Denn wo wir vermeineten, daß sie sein mußte, war ein großer Berg Sand wie von eim Sturmwind zusammengeblasen, und auch die tännin Zweige, so mein Töchterlein hingedecket, waren wegk. Sie ward fast unmächtig, als sie solches sahe, und range die Hände und schriee mit ihrem Erlöser: mein Gott, mein Gott, warumb hastu mich verlassen!

Hierzwischen jedoch mußten der Büttel und der Kutscher graben. Aber es befand sich kein Stücklein Birnstein bei eines Körnleins Größe, worauf Dn. Consul das Haubt schüttelte und mein arm Kind fast hart anschnauzete. Und als ich zur Antwort gab, daß der leidige Satan wie es den Anschein hätte, uns wohl die Kuhle verschüttet, umb uns ganz in seine Gewalt zu überkommen, mußte der Büttel aus dem Busch einen hohen Staken hohlen, umb damit noch tiefer zu stoßen. Aber es war nirgends ein hart Objectum zu fühlen, obgleich der Amtshaubtmann wie Dn. Consul und ich selbsten in meiner Angst überall mit der Stangen probireten.

Dannenhero bat mein Töchterlein das Gericht mit gen Coserow zu kommen, wo sie annoch vielen Birnstein in ihrem Koffer hätte, so sie allhier gefunden. Denn wär es damit Teufelswerk, so würde selbiger auch wohl verwandelt sein, dieweil sie in Erfahrung gezogen, daß alle Geschenke so der Teufel denen Hexen zu verehren pflege, sich alsobald in Koth oder Kohlen umbwandelten.

3 Entweder wohl um seine Verachtung auszudrücken, oder aus einem abergläubischen Bewegungsgrund.

Aber Gott erbarm's, Gott erbarm's, als wir in Coserow zu gemeiner Verwunderung wieder ankamen, und mein Töchterlein an ihren Kasten trat, war alles Zeug darinnen umbgerissen und der Birnstein fort. Sie schriee hierauf so laut, daß es hätte einen Stein erbarmen mögen und rief: das hat der böse Büttel gethan! Als er die Salbe aus meinem Koffer gehohlet, hat er mir elenden Magd auch den Birnstein gestohlen. Aber der Büttel, so dabei stund, wollte ihr in die Haare fahren und schriee: du Hexe, du vermaledeiete Hexe ist es nit genug, daß du meinen Herrn verleumbdet, willtu mich nun auch noch verleumbden? aber Dn. Consul wehrete ihm, daß er sie nicht anfassen durfte. Item war all ihr Geld fort, so sie sich für heimblich verkauften Birnstein gespaaret, und wie sie vermeinete, schon an die 10 Fl. betragen.

Aber ihr Kleid, welches sie bei der Ankunft des durchläuchtigsten Königs Gustavi Adolphi getragen, wie die güldene Kettin mit dem Conterfett, so er ihr verehret, hatte ich wie ein Heiligthumb in meinem Kirchenkasten bei denen Altar- und Kanzeltüchern verschlossen, und fanden wirs auch noch für. Doch als ich solches entschuldigte, und sagete: daß ich es ihr hier bis auf ihren Hochzeitstag aufhegen wöllen, sahe sie mit starren Augen in den Kasten und rief: »ja wenn ich gebrennet werd, o Jesu, Jesu, Jesu!« – Hier schudderte sich Dn. Consul, und sprach: sieh, wie du immerdar dich mit deinen eigenen Worten schlägest. Umb Gottes und deiner Seligkeit willen bekenne, denn wenn du dich unschuldig befindest, wie kannstu daran denken, daß du brennen sollt. Aber sie schauete ihm noch immer starr in die Augen, und hube an auf lateinisch auszurufen: innocentia, quid est innocentia? ubi libido dominatur innocentiae leve praesidium est[4].

Hier schudderte sich Dn. Consul abereins also, daß ihm der Bart wackelte und sprach: was, kannstu in Wahrheit lateinisch? Wo hastu das Lateinische gelernet? und als ich solche Frage ihm beantwurtet, soviel ich für Schluchzen dazu im Stande war, schüttelte er sein Haubt und sprach: habe im Leben nicht vernommen, daß ein Weibsbild lateinisch kann. Hierauf fiel er vor ihrem Kasten auf die Kniee, und suchete alles darinnen durch, rückete ihn darauf von der Wand, und als er Nichtes gefunden, ließ er sich ihr Bette zeigen und machte es damit auch so. Solches verdroß letzlich den Amtshaubtmann und fragete ihn: ob sie nicht wieder fahren wöll-

4 Unschuld, was ist Unschuld? Wo die Begierde gebietet, da hat die Unschuld eine schwache Schutzwehr. – Worte des Cicero, wenn ich nicht irre.

ten, inmaßen es sonsten Nacht würde? Aber er gab zur Antwort: nein, ich muß erst den Packzeddul[5] haben, so ihr der Satan gegeben, und fuhr fort überall umbherzusuchen, bis es fast tunkel war. Aber sie fanden Nichtes nicht, wiewohl Dn. Consul sammt dem Büttel in der Küchen wie im Keller kein Plätzlein verschoneten. Darauf stiege er brummend wieder auf den Wagen, und befahl, daß mein Töchterlein sich so setzen mußte, daß sie ihne nicht ansäh.

Und hatten wir jetzunder mit der vermaledeieten Hexen der alten Lise Kolken wieder dasselbige spectaculum, angesehen sie wieder in ihrer Thüren saß, als wir vorbeifuhren und aus voller Kehlen: »Herr Gott dich loben wir!« anstimmte. Quäkete aber wie ein angestochen Kalb, so daß es Dn. Consul verwunderte, und nachdem er vernommen, wer sie wäre, fragete er den Amtshaubtmann, ob er sie nicht gleich wölle durch den Büttel aufgreifen und hinten an den Wagen binden lassen, umb nachzulaufen da wir keinen Platz mehr vor sie hatten. Denn er hätte nun schon oftmalen in Erfahrung gezogen daß alle alte Weiber, so rothe Gluderaugen und eine sinnige Kehle hätten, auch Hexen wären, unangesehen, was Rea Verdächtiges gegen sie aussaget. Aber er gab zur Antwort: daß er solches nit thun könne, dieweil die alte Lise ein unbescholten und gottesfürchtig Weibsbild wäre, wie Dn. Consul anjetzo auch selbsten hören kunnte. Doch hätte er sie auf morgen mit den andern Zeugen fordern lassen. –

Ja, wahrlich, ein schön, gottesfürchtig Weibsbild! – denn wir waren kaum aus dem Dorf, als ein also schwer Wetter einbrach mit Donner, Blitze, Sturm und Hagel, daß rund umb uns das Korn zu Boden geschlagen wurde, wie von eim Drescher, und die Pferde fast wild für dem Wagen wurden; währete aber nit lange. Doch mußte mein arm Töchterlein auch wieder die Schuld tragen[6] inmaßen Dn. Consul vermeinete, daß nicht die alte Lise, wie es doch so klar, wie die Sonne ist, sondern mein arm Kind dies Wetter gemacht. Denn, Lieber sage, was hätt es ihr nutzen können, wenn sie auch die Kunst verstanden? Aber solches sahe Dn. Consul nicht ein, und der leidige Satan sollte unter des gerechten Gottes Zulassung es alsobald noch ärger mit uns machen. Denn wir waren al-

5 Man stand nämlich in dem Wahn, daß, wie der Mensch dem Teufel, so der Teufel dem Menschen sich *handschriftlich* verpflichte.

6 Denn die Entstehung von dergleichen plötzlichen Ungewittern schrieb man auch den Hexen zu.

lererst an den Herrendamm[7] kommen, als er wie ein Aderbar[8] über uns angefahren kam und eine Pogge also exact von oben nieder warf, daß sie mein Töchterlein in den Schooß fiel. Selbige schriee hell empor, aber ich bliese ihr ein, stille zu sitzen und wollte die Pogge heimblich bei eim Fuß vom Wege werfen.

Aber der Büttel hatte es gesehen und rief: Herr Je, Herr Je, kiekt de verfluchte Hex, wat schmitt ehr de Düwel in den Schoot? worauf sich der Amtshaubtmann und Dn. Consul umbsahen, und befunden, wie ihr eine Pogge in den Schooß kroch, so der Büttel aber zuvor erst dreimal anbliese, ehe er sie aufhub und den Herren zeigete. Davor bekam Dn. Consul das Speien und befahl, nachdem es fürüber, dem Gutscher stille zu halten, stieg vom Wagen und sagete: wir söllten nur nach Hause fahren, ihm wäre übel und wölle er zu Fuß nachlaufen, ob es besser werden möchte. Zuvor aber bliese er noch dem Büttel heimblich ein (wie wir aber deutlich verstanden) er sölle alsogleich wenn er zu Haus käm, mein arm Kind, jedoch menschlich anschließen, worauf weder sie noch ich für Thränen und Schluchzen antwurten konnten. Aber der Amtshaubtmann hatte es auch gehöret, was er sagte, und als wir ihn nit mehr sehen konnten, hub er an meim Töchterlein von hinten zu die Wangen zu streicheln: sie sölle nur zufrieden sein, er hätte auch ein Wörtlein dazwischen zu reden und der Büttel solle sie noch nicht schließen. Sie möge aber doch aufhören, gegen ihn sich alsohart zu gebährden, wie bishero, und übersteigen bei ihm aufsein Bund sitzen gehen damit er ihr heimblich einen guten Rath geben könne, was zu thun wäre. Hierauf gab sie mit vielen Thränen zur Antwort: sie wölle nur bei ihrem Vater sitzen bleiben inmaßen sie nit wüßte, wie lange sie noch bei ihm säß, und bäte sie um Nichtes mehr, denn daß Seine Gestrengen sie möge in Frieden lassen. Aber solches that er nicht sondern druckete sie mit seinen Knieen in den Rücken und in die Seiten und da sie solches litte, weilen es nicht zu ändern stund, wurd er dreuster und nahm es für ein gut Zeichen.

Hierzwischen schriee aber Dn. Consul dicht hinter uns: (denn dieweilen ihn grauete, trottirete er dicht hinter dem Wagen) »Büttel, Büttel, kommt geschwinde her: allhier liegt ein Schweinsigel mitten im Weg!« worauf der Büttel auch vom Wagen sprang.

7 führt bis auf den heutigen Tag diesen Namen und ist eine Viertelmeile von Coserow entfernt.

8 Storch; Pogge, plattdeutsch: Frosch.

Solches aber machte den Amtshaubtmann noch dreuster, und stund letztlich mein Töchterlein auf und sprach: »Vater, wir wollen auch zu Fuß gehen ich kann mich vor ihme hier hinten nit mehr bergen!« Aber er riß sie beim Kleid wieder nieder und rief zornig: »wachte du boshafte Hex, ich werde dir helfen zu Fuß gehen, wiltu also, so solltu in Wahrheit noch diese Nacht an den Block«, worauf sie zur Antwort gab: »thu Er was Er nicht lassen kann; der gerechte Gott wird hoffentlich auch einst mit Ihm thun, was er nicht lassen kann.

Hierzwischen aber waren wir beim Schloß ankommen und kaum vom Wagen niedergestiegen, als Dn. Consulso sich einen guten Schwitz gelauffen, auch mit dem Büttel anlangete, und diesem sogleich mein Kind übergab, so daß ich ihr kaum noch valediciren konnte. Blieb also händeringend im Tunklen auf der Dielen stehn und horchete wohin sie gingen, alldieweil ich nicht das Herz hatte nachzufolgen, als Dn. Consul so mit dem Amtshaubtmann in ein Zimmer getreten war, wieder aus der Thüren schauete und dem Büttel nachrief Ream noch einmal wieder anherzubringen. Und als er solches thät, und ich mit in das Zimmer trate, hielt Dn. Consul einen Brief in der Hand, und nachdem er dreimal ausgespucket, hube er an: »willstu noch leugnen du verstockte Hex? horch mal zu, was der alte Ritter Hans von Nienkerken an das Gerichte schreibt!« Und hierauf las er uns für: daß sein Sohn also verstürzt sei, über die Sage so die vermaledeiete Hexe auf ihn gethan, daß er von Stund an krank worden wäre, und ihme, dem Vater ginge es auch nicht besser. Sein Sohn Rüdiger, wäre wohl einige Mal, wenn es der Weg so gefüget, beim Pastore Schweidler eingekehret mit dem er auf einer Reise Kundschaft gemachet, schwüre aber, daß er schwarz werden wölle, wenn er jemalen mit der verfluchten Teufelshuren, seiner Tochter, irgend eine Kurzweil oder Narrentheiding betrieben, geschweige Nachts auf dem Berg gewest wäre, und sie dort umbhalset hätte.

Auf solche erschröckliche Botschaft fielen wir Beide (verstehe mein Töchterlein und ich) zu gleicher Zeit in Unmacht, angesehen wir auf den Junker annoch unsere letzte Hoffnung gesetzet, und weiß ich nicht, was man weiters mit mir fürgenommen. Denn als ich wieder bei mir kam, stund der Krüger Conrad Seep über mir, und hielt mir einen Trichter zwüschen den Zähnen in welchen er mir eine Biersuppen einkellete, und hatte ich mich niemalen elender in meinem Leben befunden, wannenhero Meister Seep mich auch wie ein klein Kindlein ausziehen und zu Bette bringen mußte.

Capitel 20.

Von der Bosheit des Amtshaubtmanns und der alten Lisen, item vom Zeugenverhör.

Am andern Morgen waren meine Haare so bis dato grau mengliret gewest, ganz weiß wie ein Schnee, wiewohlen mich der Herre sonsten wunderlich gesegnet. Denn umb Tagesanbruch kam eine Nachtigall in den Fliederbusch vor mein Fenster und sange also lieblich, daß ich gleich gläubte sie sei ein guter Engel gewest. Denn nachdeme ich sie eine Zeitlang angehöret, kunnte ich mit einem Mal wieder beten, was ich seit dem Sonntag nit mehr können. Und da nun der Geist unsers Herrn Jesu Christi anhub in meinen Herzen zu schreien: »Abba lieber Vater!«[1] nahm ich daraus eine gute Zuversicht: Gott wölle mich sein elendig Kind wieder zu Gnaden annehmen, und nachdem ich ihm für so viel Barmherzigkeit gedanket, gewann ich nach langer Zeit wieder eine so erquickliche Ruhe, daß die liebe Sonne schon hoch am Himmel stund, als ich aufwachte.

Und dieweil mir noch also zuversichtlich umbs Herze war, richtete ich mich im Bette empor und sang mit heller Stimmen: »Verzage nicht du Häuflein klein!« worauf Meister Seep in die Kammer trat, vermeinende ich hätte ihn gerufen. Blieb aber andächtig stehen, bis ich fertig war, und nachdem er sich anfänglich über meine schloweißen Haare verwundert, verzählete er, daß es schon bei sieben Uhren wär, item wäre meine halbe Gemein schon allhier bei ihme versammlet, um heute Zeugniß abzulegen, worunter auch mein Ackersknecht Claus Neels. Als ich solches vernommen, mußte der Krüger selbigen alsofort aufs Schloß schicken, umb zu fragen, wann das Verhör anhübe, worauf er die Botschaft brachte: daß man es nit wisse, inmassen Dn. Consul schon heute gen Mellenthin zu dem alten Nienkerken gefahren, aber noch nicht wieder zurücke wär. Diese Botschaft gab mir wieder einen guten Muth und fragete ich den Burschen: ob er auch kommen wär, umb gegen mein arm Kind zu zeugen? Darauf sagete er: nein, ich weiß Nichtes von ihr denn Gutes, und wollte ich den Kerls wohl was brauchen, aber –

Solche Rede verwunderte mich und drang ich fast heftig in ihn mir sein Herze zu offenbaren. Aber er hub an zu weinen und

1 Galat. 4, 6.

sagte letzlich: er wisse nichtes. Ach er wußte nur zu viel und hätte jetzunder mein arm. Kind retten können, so er gewollt. Aber aus Furcht vor der Marter schwieg er stille, wie er nachgehends bekannte. Und will ich hier gleich einrücken, was ihm diesen Morgen geariviret:

Er gehet, umb allein mit seiner Braut zu sein, welche ihm das Geleit geben (sie ist Steffen seine Tochter von Zempin, verstehe aber nicht den Bauern, sondern den lahmen Gicht-Steffen seine) heute in guter Frühzeit von Haus, und gelanget schon gegen 5 Uhren in Pudgla an, wo er aber noch Niemand im Kruge fürfindet, denn die alte Lise Kolken, welche aber auch alsobald auf das Schloß wackelt. Und dieweil seine Braut wieder heimgekehret, wird ihm die Zeit lang und er steiget über den Krügerzaun in den Schloßgarten, allwo er hinter eim Buschwerk sich auf den Bauch wirft umb zu schlafen. Währet aber nit lange, so kömmt der Amtshaubtmann mit der alten Lisen an und nachdem sie sich überall umbgeschauet und Niemand befunden, gehen sie in eine Laube dicht vor ihm, worauf sie ein solch Gespräch geführet:

Ille. Jetzunder wären sie beide allein, was sie nun von ihm wölle?

Illa. Sie käme, umb sich das Geld zu hohlen vor die Zauberei, so sie im Dorf angerichtet.

Ille. Was ihm alle diese Zauberei genützet? Mein Töchterlein ließe sich nicht schröcken, sondern würde immer trutziger, und gläube er nicht, daß er sie jemalen zu seinem Willen bekäm.

Illa. Sölle sich nur Zeit lassen, wenn es erst zur Angstbank ginge, würde ihr schon das Brusen[2] ankommen.

Ille. Das wäre möglich aber ehe bekäme sie auch kein Geld?

Illa. Was? Ob sie ihm vor sein Vieh auch was brauchen sölle?

Ille. Ja, wenn ihr der podex früre, möge sies thun. Im Uebrigen gläube er, daß sie ihm selbsten schon was gebrauchet, angesehen er eine Brunst zu der Pfaffentochter hätte, wie er vormals nie verspüret

Illa. (lachende) Dasselbige hätt er vor 30 Jahren gesagt, als er sich allererst an sie gemacht.

Ille. Pfui du alte Vettel, hilf mir nicht darauf, sondern siehe nur zu, daß du drei Zeugen bekömmst wie ich dir letzlich gesaget, denn sonsten, sorge ich, recken sie dir doch noch die alten lahmen Lenden.

2 Niedriger, plattdeutscher Ausdruck.

Illa. Sie hätte die drei Zeugen und verliesse sich im Uebrigen auf ihn. Denn wenn sie gerecket würde, würde sie Allens offenbaren, was sie wüßte.

Ille. Sie sölle ihr großes Maul halten und zum Teufel gehen.

Illa. Ja, aber zuerst müßte sie ihr Geld haben.

Ille. Sie kriegte kein Geld nicht ehbevor er mein Töchterlein zu seinem Willen bracht.

Illa. So möge er ihr doch allererst ihr Ferkelken bezahlen, so sie sich selbsten umb nicht in Mißgunst zu kommen zu Tode gehext.

Ille. Sie könne sich wieder eines aussuchen, wenn seine Schweine trieben und sölle nur sagen sie hätt es ihm bezahlt. Hiemit, sagte mein Ackersknecht, wären auch schon die Schweine getrieben und eines in den Garten gelaufen, da die Pforte aufgestanden, und weil der Säuhirt ihm gefolget, wären sie beide auseinander gangen, doch hätte die Hexe noch für sich gemurmelt: Nu help Düwel help, datt ick – aber ein Mehreres hätte er nicht verstanden.

Solches Alles verschwieg mir aber der furchtsame Knabe wie oben bemeldet und sagete nur mit Thränen: er wisse Nichts. Gläubete ihm also und satzte mich vor das Fenster umb auszuschauen, wenn Dn. Consul wieder heimkehren würde. Und als ich solches gesehen, hub ich mich alsogleich empor und ging auf das Schloß, wo mir der Büttel auch schon mit meim Töchterlein, so er bringen sollte, vor dem Gerichtszimmer begegnete. Ach, sie sahe so froh aus, wie ich sie lange nit gesehen und lächelte mich an mit ihrem lieblichen Mündlein; da sie aber mein schloweiß Haar erblickte, thät sie einen Schrei, also daß Dn. Consul das Gerichtszimmer offen schlug und heraus rief: »ha, ha, du merkest wohl schon, welche Zeitung ich dir bringe, komm nur herein du verstockt Teufelskind!« worauf wir zu ihm in das Zimmer traten und er anhube seine Worte an mich zu richten, nachdem er sich mit dem Amtshaubtmann, so bei ihm war, niedergesetzet.

Als er mich gestern Abend vor einen Todten hätte zu Meister Seep tragen lassen, (sagte er) und dies mein verstockt Kind, wieder wär ins Leben bracht, hätt er sie abereins aus allen Kräften beschworen nicht länger dem lebendigen Gott zu lügen sondern die Wahrheit zu bekennen, worauf sie sich aber fast ungeberdig gestellet, die Hände gerungen, geweint und geschluchzet und letzlich zur Antwort geben: daß der junge Nobilis solches unmüglich könne gesaget haben, besondern sein Vater hätte dieses geschrieben, welcher ihr abhold wäre, wie sie wohl gemerket, als der schwedische König in Coserow gewest wäre. Diese ihre Sag hätte er, Dn. Consul, zwar gleich in Zweifel gezogen, wäre aber als ein gerechter Richter heute Morgen zu guter Zeit mit dem scriba nacher Mellenthin gefahren, umb den Junker zu verhören.

Und könne ich nun selbsten abnehmen, welch erschröckliche Bosheit in meim Kind stecke. Denn der alte Ritter hätte ihn an das Bett seines Sohnes geführet, so noch für Aerger krank läge, und selbiger hätte Allens, was der Vater geschrieben, bestättiget, und die schändliche Unholdin (wie er mein Kind genennet) verfluchet, daß sie ihm wölle seine adliche Ehre rauben. »Was sagstu nun« fuhr er fort, »wiltu noch deine große Uebelthat leugnen. Sieh hier das Protokollum so der Junker manu propria unterschrieben?« Aber die elendige Magd war hierzwischen schon wieder umbgefallen, und der Büttel hatte solches nicht alsobald gesehen, als er nach der Küchen lief, und mit einem brennenden Schwefelfaden zurücke kam, den er ihr unter der Nasen halten wollte.

Aber ich wehrete es ihm und sprützete ihr einen Topf mit Wasser über das Gesicht, so daß sie auch wieder die Augen aufschlug und sich an einen Tisch in die Höhe richtete. Stand aber jetzo eine ganze Zeit, ohne ein Wörtlein zu sagen, noch meines Jammers zu achten, bis sie anhub freundlich zu lächeln und also zu sprechen: Sie sähe wohl, wie wahr der heilige Geist gesaget, verflucht ist, der sich auf Menschen verläßt[3] und hätte die Untreue, so der Junker an ihr bewiesen, gewißlich ihr armes Herze gebrochen, wenn der barmherzige Gott ihme nicht gnädig zuvorgekommen und ihr in dieser Nacht einen Traum eingegeben, so. sie erzählen wölle, nicht umb den Richter zu persuadiren, sondern umb das weiße Haubt ihres armen Vaters wieder aufzurichten.

Nachdeme ich die ganze Nacht gesessen und gewachet (sagete sie) hörte ich gegen den Morgen eine Nachtigall gar lieblich in dem Schloßgarten singen, worauf mir die Augen zufielen und ich entschlief. Alsbald kam es mir für, als wäre ich ein Lämmlein, und weidete in Coserow ruhig auf meiner Bleichen. Da sprang der Amtshaubtmann über den Zaun, wandelte sich aber in einen Wulf umb, der mich in sein Maul nahm, und mit mir auf den Streckelberg zulief, allwo er sein Nest hatte. Ich armes Lämmlein zitterte und blökete vergeblich und sahe meinen Tod für Augen, als er mich vor sein Nest niedersetzete, allwo die Wülfin mit ihren Jungen lag. Aber siehe, alsobald reckete sich eine Hand, wie eines Mannes Hand durch das Gebüsche, und ergriff die Wülfe, einen jeglichen unter ihnen mit eim Finger und zerscheiterte sie also, daß Nichtes von ihnen übrig blieb, denn ein grau Pulver. Darauf nahm die

3 Jeremias 17, 5.

Hand mich selbsten auf und trug mich wieder zu meiner Bleichen. –

Lieber, wie ward mir anjetzo zu Muthe, als ich dies Allens und auch von der lieben Nachtigallen hörete, woran du nunmehro auch nicht mehr zweifeln wirst, daß sie Gottes Dienerin gewest. Ich umbhalsete mein Töchterlein sogleich mit tausend Thränen und verzählete ihr, wies mir gangen, und gewunnen wir Beide einen solchen Muth und Zuversicht, als wir noch nie gehabt, so daß sich Dn. Consul verwunderte, wie es den Anschein hatte, der Amtshaubtmann aber blaß wurde wie ein Laken, als sie anjetzo auf die beiden Herrschaften hinzutrat und sprach: »jetzo machet mit mir, als euch geliebet, das Lämmlein erschröcket nicht, denn es stehet in der Hand des guten Hirten!« Hierzwischen trat nun auch Dn. Camerarius mit dem Scriba ein, entsatzte sich aber, als er ungefährlich mit dem Rockzipf meim Töchterlein an die Schürzen stieß und stund und schrapete, an seim Rock, als ein Weib, so Fische schrapet. Endiglich, nachdem er zuvor zu dreien Malen ausgespieen, redete er das Gerichte an: ob sie nicht anheben wöllten, den Zeugeneid abzunehmen, angesehen alles Volk schon längstens im Schloß und Kruge versammblet wäre. Solches ward angenehm aufgenommen, und erhielt der Büttel Befehl, mein Kind so lange in seinem Zimmer aufzubewahren, bis das Gericht sie wieder rufen würd. Ging also mit ihr; hatten aber viel Plage von dem dreusten Schalk, inmaßen er nicht blöde war, den Arm meinem Töchterlein umb die Schulter zu legen, und in mea praesentia[4] von ihr ein Küßeken zu verlangen. Aber ehbevor ich noch kunnte zu Worte kommen, riß sie sich loß und rief: ei du böser Schalk, soll ichs dem Gerichte klagen, hastu vergessen, was du schon aufgeladen? worauf er aber lachend zur Antwort gab: »kiek, kiek, wo oet[5]« und nunmehro fortfuhr, sie zu persuadiren, daß sie sich sölle williger finden lassen, und ihren eignen Vortheil nicht vergessen. Denn er hab es eben so gut mit ihr im Sinn, als sein Herr, sie möge es gläuben oder nicht, und was er weiters skandalisirte und ich überhöret hab. Denn ich nahm mein Töchterlein auf meinen Schooß und legte mein Haubt in ihren Nacken und so saßen wir stille und weineten.

4 In meiner Gegenwart.

5 Sieh, sieh, wie spröde!

Capitel 21.

De confrontatione testium.[1]

Als wir wieder vorgefordert wurden, war die ganze Stuben voll Menschen, und schudderten sich etzliche, als sie uns sahen, etzliche aber greineten. Und war meines Töchterleins Sage ganz so, wie hiebevor vermeldet worden. Als aber unsre alte Ilse fürgerufen ward, so hinten auf einer Bank gesessen, also daß wir sie nit sehen kunnten, war die Kraft, womit sie der Herr angethan wieder zu Ende, und wiederhohlete sie des Heilands Worte: der mein Brod isset, tritt mich mit Füssen, und hielt sich an meim Stuhl fest. Auch die alte Ilse kunnte vor Jammer nit gerade gehn, weder vor Thränen zu Worte kommen, sondern sie rang und wand sich wie eine Gebärerin für dem Gerichte. Als sie aber Dn. Consul bedräuete, daß der Büttel ihr gleich sölle zu Wort helfen, bezeugete sie, daß mein Kind gar oft zu nachtschlafender Zeit heimblich aufgestanden, und den bösen Feind laut angerufen hätte.

Q. Ob sie gehöret, daß Satanas ihr Antwort geben?

R. Hätte sie niemalen nit gehöret.

Q. Ob sie gewahr worden, daß Rea einen Geist gehabt und in welcher Gestalt? Sie sölle an ihren Eid gedenken und die Wahrheit reden.

R. Hätte sie niemalen nit verspüret.

Q. Ob sie wohl gehöret, daß sie zum Schornstein heraus gefahren?

R. Nein, sie wäre immer heimblich aus der Thüren gangen.

Q. Ob sie nie am Morgen einen Besenstiel oder Ofengabel vermisset?

R. Einmal wäre ihr Besen fortgewest, sie hätte ihn aber hinter dem Backofen wiederfunden, und möchte sie selbsten ihn wohl in Gedanken dort hingesetzet haben.

Q. Ob sie nie gehöret, daß Rea einen Zauber vorgehabt, oder diesen und jenen verwünschet.

R. Nein, niemalen, sondern sie hätte ihrem Nächsten nur Gutes angewünschet, auch in der bittern Hungersnoth sich selbsten den Bissen aus dem Mund gezogen und ihn Andern abgetheilet.

Q. Ob sie denn auch nicht diese Salbe kenne, so man in Rea Koffer fürgefunden?

1 Von der Confrontation der Zeugen.

R. O ja, die Jungfer hätte sie sich vor die Haut aus Wolgast mitgebracht, auch ihr abgetheilet, als sie einmal spröde Hände gehabt, und hätte solches wacker angeschlagen.

Q. Ob sie sonsten noch was zu sagen wisse?

R. Nein, nichtes, den alles Gute.

Hierauf wurde mein Ackersknecht Claus Neels aufgerufen. Selbiger trat auch weinend hinzu, antwortete aber auf alle Fragen mit Nein, und bezeugete endlich daß er nie Unrechtes von meinem Töchterlein gesehn noch gehöret, auch von ihrem nächtlichen Wandel nichts vernommen, angesehen er im Stall bei den Pferden schliefe, und auch sicher gläube, daß böse Leute, wobei er auf die alte Lise sah, ihr dies Herzeleid bereitet, und sie ganz unschuldig sei.

Als nunmehro auch an dies alte Satanskind die Reihe kam, so ein Hauptzeugniß ablegen sollte erklärete mein Töchterlein abermalen, daß sie das Gezeugniß der alten Lisen nit annehmen müge und das Gericht umb Gerechtigkeit anriefe, denn sie wäre ihr von Jugend auf gramm und länger in dem Geschrei der Zauberei gewest, denn sie selbsten.

Aber die alte Vettel rief: Gott vergebe dir deine Sünden. Das ganze Dorf weiß, daß ich ein fromm Weib bin, und meinem Gott diene, wie sich gebühret, worauf sie den alten Zuter Witthahn und meinen Fürsteher Claus Bulk aufrief, welche auch für sie Zeugniß ablegeten. Aber der alte Paassch stund und schüttelte das Haubt, doch als mein Töchterlein sagte: Paassch warumb schüttelt Ihr mit dem Kopf? verzufzete[2] er sich und gab zur Antwort: »i, nicks[3]!«

Dieses wurde aber auch Dn. Consul gewahr und fragete ihn: ob er etwas Unartiges wider die alte Lise fürzubringen habe, so möge er Gott die Ehre geben und solches bekennen; item stünde es einem Jeglichen erlaubt, solches zu thun, ja das Gericht beföhl es ihme an, zu sprechen, so er etwas wüßte.

Aber aus Furcht vor dem alten Drachen, schwiegen sie Alle so mäuseken stille, daß man die Fliegen kunnte brummen hören umb das Dintenfaß. Da stund ich Elender auf, und streckete meine Arme über mein verzagt und verstürztes Volk aus und sprach: könnet ihr mich also kreuzigen mit mein arm Kinde, hab' ich das umb euch verdienet? Sprecht doch, ach will Niemand sprechen? – Aber ich hörete wohl Etzliche heulen, doch Niemanden sprechen,

2 plattdeutsch: für zusammenfahren.

3 ei nichts.

und jetzunder mußte sich mein arm Töchterlein wohl zufrieden geben.

Und war die Bosheit der alten Vettel so groß, daß sie meinem Kinde nicht nur die erschröcklichste Zaubereien fürhielt, besondern auch die Zeit ausrechnen wollte, wann sie sich dem leidigen Satan ergeben, umb ihr zugleich ihre jungfräuliche Ehr zu rauben, inmaßen sie behauptete, daß dazumalen Satanas ihr sonder Zweifel wohl die Jungfrauschaft genommen, als sie nit mehr hätte das Viehe heilen mügen, sondern es gestorben wär. Hiezu sagte mein Töchterlein aber Nichtes, denn daß sie die Augen niederschlug und verschamrothete über solche Unfläterei und auf die andere Lästerung, so die Vettel mit vielen Thränen ausstieß, daß sie nämblich ihren Mann lebendig dem Satanas übergeben antwortete sie, wie oben gedacht worden. Doch als die Vettel auf ihre Umtaufe in der Sehe kam, und fürgab, daß sie im Busch nach Erdbeeren gesuchet, worauf sie alsbald meines Töchterleins Stimm erkannt, und herangeschlichen wäre, und so das Teufelswerk gewahret, fiel selbige ihr lächelnd in die Rede, und gab zur Antwort: »ei du böses Weib, wie kannstu meine Stimm, wenn ich an der Sehe spreche, oben auf dem Berg in der Heiden hören. Du leugst ja, denn das Mürmeln der Wellen macht es dir unmüglich!« Solches verdroß den alten Drachen, und wollt' ers besser machen, macht es aber noch ärger, indem er sprach: »du rührtest ja das Maul, wie ich sehen kunnte, und daraus habe ich abgenommen, daß du den Teufel deinen Buhlen angerufen!« Denn mein Töchterlein versetzte alsobald: O du gottlos Weib du sagst ja, du wärst in der Heiden gewest, als du meine Stimm gehöret; wie magstu denn in der Heiden sehen, ob ich unten am Wasser das Maul rühre, oder nit? –

Solche Widersprechung verwunderte auch Dn. Consulem und hub er andie alte Vettel zu bedräuen, daß sie doch noch am Ende würde gerecket werden, wenn sie solche Lügen fürbrächte, worauf selbige aber zur Antwort gab: »so sehet denn ob ich lüge!« Als sie nacket ins Wasser ginge, hatte sie noch kein Zeichen an ihrem Leib, als sie aber wieder daraus herfürstieg, sahe ich, daß sie zwischen den beiden Brüsten ein Zeichen bei eines Wittens Größe hatte, woraus ich abnahm, daß der Teufel ihr solches geben, obwohl ich ihn nicht umb sie gesehen, noch sonst einen Geist oder Menschenkind, sondern es den Anschein hatte, daß sie ganz allein war.

Hierauf sprang der Amtshaubtmann von seinem Sessel und rief: daß solchem gleich müßte nachgeforschet werden, worauf Dn. Consul zur Antwort gab: ja, aber nit durch uns, sondern durch ein Paar ehrsame Weiber. Denn er achtete nit, daß mein Töchterlein sagte: solches wäre ein Muttermaal, und hätte sie es von ihrer Jugend aufgehabt. Dannenhero mußte den Büttel seine Frau kommen, welcher Dn. Consul etwas ins Ohr mürmelte, und als kein Bitten und Weinen helfen wollte, mußte mein Töchterlein mitgehen. Doch erhielt sie es, daß die alte Lise Kolken ihr nicht folgen durfte, wie sie es zwar gewollt, sondern unsre Magd, die alte Ilse. So ging ich auch mit in meinem Gram, weilen ich nicht wissen kunnte, was die Weibsbilder mit ihr fürnehmen würden. Sie weinete heftig, als selbige sie auszogen, und hielt sich für Schaam die Hand für die Augen.

Ach Gott, sie war gerade so weiß auf ihrem Leibe, wie meine Seelige, da sie doch in ihrer Jugend wie ich mich erinnere, fast gelb gewest, und sah ich mit Verwundrung den Fleck zwischen ihren Brüsten, von dem ich vorhero auch nie was in Erfahrung gezogen. Aber alsobald schriee sie heftig auf und sprang zurücke, angesehen den Büttel sein Weib, wie Niemand gewahr worden, ihr eine Nähenadel in den Fleck gestoßen, also daß das rothe Blut ihr über die Brüste lief. Darob erzürnete ich heftig, aber das Weib gab für, daß sie solches auf Geheiß des Richters gethan[4], wie es auch nicht anders war. Denn als wir wieder in das Gerichtszimmer kamen und der Amtshaubtmann fragete wie es stünd, bezeugete sie, daß alldorten zwar ein Maal bei eines Guldens Größe und gelblich anzusehen fürhanden, daß aber Gefühl in selbigem wäre, angesehen Rea laut aufgeschrieen als sie unvermerkt mit einer Nadel hineingestochen. Hierzwischen Sprung aber Dn. Camerarius plötzlich auf und trat für mein Töchterlein ihr die Augenlieder auseinanderschiebend, worauf er zu zittern begunnte, und ausrief: sehet hier, das Zeichen welches nimmer treugt[5] worauf das ganze Gericht aufsprung, und ihr das kleine Maalein beschauete so sich unter dem rechten Liede wies, was von eim Gerstenkorn gekommen, aber Niemand nit gläuben wollte. Besondern Dn. Consul sprach: Sieh, der Satan hat dich gezeichnet an Leib und Seelen? und du fährest dennoch fort, dem heiligen Geist zu lügen, aber es wird dir nichtes helfen, und machstu dein Urtel nur schwerer. O du schaamlos Weibsbild, willtu der alten Lisen ihr Gezeugniß nit annehmen, willtu es dann auch nicht dieser Leute Zeugniß, so

4 Man nahm nämlich an, daß dergleichen Maale bei den Hexen alsdann unzubezweifelnde Zeichen des Teufels wären, wenn sie kein Gefühl hatten, und wurde diese Procedur mit jedem, der Zauberei Verdächtigen, vorgenommen.

5 Man sehe u.a. Delrio disquisit. magicae lib. v. Tit XIV. No. 28.

dich sämmtlich haben auf dem Berge mit ihr deinen Buhlen, den Teufel, anrufen hören, worauf er dir als ein haarigter Riese erschienen und dich geherzet und geküsset?

Hierauf traten der alte Paassch, Witthahnsche und Zuter hierfür und bezeugeten, daß solches umb Mitternacht geschehen und sie auf solch Bekenntnüß leben und sterben wollten. Die alte Lise hätte sie in der Sambstagsnacht bei 11 Uhren gewecket, ihnen einen Krug Bier fürgesetzet, und sie persuadirt der Priestertochter heimblich nachzugehen umb zu sehen, was sie in dem Berg thäte. Und hätten sie zu Anfang nit gewollt, aber umb der Zauberei im Dorf auf den Grund zu kommen, hätten sie sich endlich nach einem andächtigen Gebet willig finden lassen und wären ihr in Gottes Namen gefolget.

Hätten die Hexe auch bald durch das Buschwerk im Mondschein gesehen, wo sie gethan, als wenn sie gegraben und laut in einer absonderlichen Sprachen geredet, worauf der grimmige Erzfeind plötzlich erschienen, und ihr umb den Hals gefallen. Nunmehro wären sie verstürzet fortgerannt und mit des allmächtigen Gottes Hülfe, auf den sie von Anbeginn ihr Vertrauen gesetzet, auch erhalten und beschützet worden vor der Macht des bösen Feindes. Denn wiewohlen er sich nach ihnen umbgesehen, als es im Busch gerustert, hätte er ihnen doch nit schaden mögen.

Endlich wurde es meim armen Töchterlein auch noch als ein Crimen ausgelegt, daß sie unmächtig worden, als man sie von Coserow nacher Pudgla abgeführet und wollte es abereins ihr Niemand gläuben, daß solches vor Verdruß über der alten Lisen ihren Gesang geschehen sei und nicht aus eim bösen Gewissen, wie der Richter fürgab.

Als nunmehro sämmtliche Zeugen verhöret waren befragete Dn. Consul sie noch, ob sie letzlich das böse Wetter gemacht, item was die Pogge zu bedeuten gehabt, so ihr in den Schooß gefallen item der Schweinsigel, so vor ihm mitten im Wege gelegen, worauf sie zur Antwort gab: daß sie so wenig das Eine gethan, als sie umb das Andre wisse, worauf aber Dn. Consul abermals mit dem Kopf schüttelte und sie dann letzlich fragete, ob sie wölle einen Advocaten haben, oder Allens der besten Einsicht des Gerichtes anheimstellen, worauf sie zur Antwort gab: daß sie; in alle Wege einen Advocaten wölle, und schickete ich dannenhero des nächsten Tages meinen Ackersknecht Claus Neels nach Wolgast umb den Syndicus Michelsen zu hohlen, der ein frommer Mann ist und bei dem ich etzliche Male eingekehret bin, wenn ich zur Stadt gefahren, dieweil er mich höflichst invitiret.

Auch muß ich noch notiren, daß meine alte Ilse nunmehro wieder bei mir zog, denn nachdeme die Zeugen fortgangen waren blieb sie annoch allein im Zimmer und trat muthiglich für mich bittend, daß ihr müge vergönnt werden, ihren alten Herrn und ihr liebe Jungfer wieder zu pflegen. Denn nunmehro hätte sie ihre arme Seel gerettet und Allens geoffenbaret was sie wüßte. Darum könnte sie es nit länger mit ansehen, daß es ihrer alten Herrschaft so traurig ginge, und sie nicht einmal einen Mund voll Essen hätten, angesehen sie in Erfahrung gezogen, daß die alte Seepsche, so die Kost vor mich und mein Kind bis dato bereitet, oftermalen die Grütze hätte anbrennen lassen, item die Fische und andere Kost versalzen. Auch wäre ich vor Alter und Gram ja also schwach, daß ich Beistand haben müßte, und wölle sie mir solchen getreulich leisten auch gerne im Stall schlafen, wo es sein müßte. Lohn verlange sie nicht dafür, und sölle ich sie nur nicht verstoßen. Solche Gutheit erbarmete mein Töchterlein zu Thränen, und sprach sie zu mir: siehe Vater die guten Menschen kommen schon wieder zu uns, sollten uns die guten Engel denn auf immer verlassen? Ich danke dir alte Lise, ja du sollt mir die Kost bereiten, und sie mir immer bis an die Gefängnißthür tragen, wenn du nit weiter gehen darfst, und letzlich darauf achten, was der Büttel damit fürnimmt, hörstu?

Solches versprach die Magd zu thun, und nahm sie von jetzo an in einem Stall ihre Herberge. Gott lohn es ihr am jüngsten Gerichte, was sie für mich und mein arm Kind gethan!

Capitel 22.

Wie der Syndicus Dn. Michelsen gearriviret und seine Defension für mein arm Töchterlein eingerichtet.

Des andern Tages umb drei Uhren Nachmittags kam Dn. Syndicus angekarret und stieg bei mir im Kruge ab. Er hatte einen großen Sack mit Büchern bei sich, war aber nicht so freundlich, als ich sonsten an ihme gewohnt gewest, besondern ehrbar und geschweigsam. Und als er mich in mein Zimmer salutiret und gefraget, wie es müglich wäre, daß mein Kind zu solchem Unglück kommen, verzählete ich ihm den ganzen Fürgang, wobei er aber nur mit dem Kopf schüttelte. Auf meine Frag ob er heute noch wölle zu meinem Töchterlein gehen, antwortete er Nein! sondern daß er zuvor erst die Akta studiren wölle. Nachdem er also ein wenig von einer wilden Enten gessen, so meine alte Ilse, vor ihm gebraten, hielt er sich auch nit auf, sondern ging alsofort aufs Schloß, von wannen er erst des andern Nachmittags heimkehrete. Er war aber nicht freundlicher, denn er bei seiner Ankunft gewest, und folgte ich ihm mit Seufzen, als er mich invitirete, nunmehro ihn zu meinem Töchterlein zu geleiten. Als wir mit dem Büttel eintraten, und ich mein arm Kind, so in ihrem Leben niemalen ein Würmlein gekränket zum erstenmal in Ketten vor mir sahe, hätte ich aufs Neu für Jammer vergehen mögen. Doch sie lächelte und rief Dn. Syndico entgegen: »Ist Er der Engel der mich, wie St. Petrum von meinen Ketten befreien will[1]?« worauf er mit einem Seufzer zur Antwort gab: »das gebe der allmächtige Gott!« Und da weiter kein Stuhl im Gefängnüß fürhanden (so ein garstig und stinkend Loch war, und worinnen es so viele Kellerwürmer hatte, als ich in meinem Leben nicht gesehn) als der Stuhl worauf sie an der Wand saß, setzeten Dn. Syndicus und ich uns auf ihr Bette, welches man ihr auf mein Bitten gelassen, und befahl selbiger dem Büttel nunmehro wieder seiner Straßen zu gehen, bis er ihn rufen würd. Hierauf fragete er mein Töchterlein, was sie zu ihrer Entschuldigung herfürbringen wölle, und war sie noch nit weit in ihrer Defension gekommen, als ich an dem Schatten, so sich an der Thüren rührete, abnahm daß Jemand vor selbiger stehen mußte. Trat also eiligst in die Thüre welche halb offen stund, und betraf den dreusten Büttel, welcher hiervor stehen geblieben umb zu horchen. Solches verdroß Dn. Syndicum dermaßen, daß er seinen Stock ergriff umb ihm das Kehraus zu geben; aber der Erzschalk lief alsobald von dannen, als er solches merkete. Dieses benützete mein Töchterlein umb ihrem Herrn Defensori zu erzählen, was sie von diesem dreusten Kerl ausgehalten, und daß ihr müge ein anderer Büttel geben werden inmaßen er in vergangener Nacht noch wieder in böser Absicht bei ihr gewest, so daß sie letzlich laut geschrieen und ihn mit den Ketten aufs Haubt geschlagen, worauf er endlich von ihr gewichen. Solches versprach Dn. Syndicus zu besorgen, aber ihre Defension anlangend, die sie nunmehro fortsetzte, so vermeinete er, daß es besser geschähe, wenn des impetus[2] nicht weiter gedacht würde, so der Amtshaubtmann auf ihre Keuschheit versuchet. Denn, sprach er, dieweil das fürstliche Hofgericht in Wolgast dein Urtel spricht, würde dir solches Fürgehen mehr schaden denn nützen, angesehen der Praeses desselbigen ein Vetter

1 Apostelgeschichte 12, 7.

2 Angriff.

von dem Amtshaubtmann ist, und häufig mit ihme auf der Jagd conversiret. Dazu kömmt daß du, als einer so großen Uebelthat gerüchtiget, nicht fidem hast, zumalen du keine Zeugen wider ihn stellen kannst. Es würde dannenhero nimmer zu Recht wider dich erkannt werden, daß du solche Sag in der Urgicht[3] solltest bekräftigen, als von welcher ich dich durch meine Defension zu lösen, doch anhero kommen bin. Solche Gründe schienen letzlich uns beiden vernünftig und beschlossen wir, die Rache dem allmächtigen Gott zu überlassen, der in das Verborgene siehet, und dem wir alleine unsere Unbill klagen wollten, da wir sie denen Menschen nicht klagen durften. Was mein Töchterlein aber sonst fürbrachte, von der alten Lisen, item in dem guten Leumuth, in welchem sie ehedem bei männiglich gestanden, wöllte er Allens zu Papier bringen, und von dem Seinen hinzufügen so viel und so gut es ihm müglich, umb sie von der Marter mit des allmächtigen Gottes Hülfe zu erlösen. Sie söllte sich nur geruhsam halten, und sich demselbigen empfehlen. Binnen zweener Tagefrist hoffe er mit seiner Defension fertig zu sein, umb ihr solche fürlesen zu können. – Als er nunmehro den Büttel wieder rief, kam selbiger aber nit, sondern schickete sein Weib, umb die Gefängnüß zuzuschließen, und nahm ich mit vielen Thränen von meim Kind Abschied, unterdeß Dn. Syndicus auf ihren dreusten Kerl schalt und ihr verzählete, was fürgefallen, umb es ihm wieder zu sagen. Doch schickete er das Weib noch einmal wegk, und kehrete alsdann wieder umb, sagende, er hätte vergessen gewisse Kundschaft einzuziehen, ob sie wirklich die lateinische Sprach verstünde. Sie möge also ihre Defension einmal auf lateinisch sagen, so es ihr müglich. Und hob sie nunmehro an, eine Viertelstunde lang und darüber, selbige also zu führen, daß nit bloß Dn. Syndicus, sondern ich selbsten mich über sie verwundern mußte, angesehen ihr kein einzig Wörtlein fehlte, denn das Wörtlein »Schweinsigel« so wir beide in der Eile aber auch nit wußten, als sie uns darumb befragete. Summa: Dn. Syndicus wurde ein groß Theil freundlicher als sie ihre Oration beendiget, und valedicirete[4] ihr mit dem Versprechen, sich alsofort an die Arbeit zu machen.

Und sahe ich ihn nunmehro nit wieder bis auf den dritten Tag morgens umb 10 Uhren, angesehen er im Schloß auf einem Zimmer arbeitete, so ihm der Amtshaubtmann gegeben, allwo er auch

3 Auf der Folter.

4 Nahm Abschied.

gessen, wie er mir durch die alte Ilse sagen ließ, als sie ihm des andern Tages die Frühkost bringen wollte.

Um vorbemeldete Zeit aber ließ er mich durch den neuen Büttel rufen, so allbereits aufsein Fürwort aus Uzdom angekommen. Denn der Amtshaubtmann hätte sich fast sehr erzürnet, als er vernommen, daß der dreuste Kerl mein Kind im Gefängnüß wäre angangen und im Zorn gerufen: »potz Element, ich werde dich caressiren helfen!« ihm darauf auch mit einer Hundepeitschen, den Buckel wacker abgebläuet, so daß sie jetzunder wohl Friede vor ihm haben sölle.

Aber der neue Büttel war fast ärger denn der alte, wie man leider bald weiters hören wird. Er hieß Meister Köppner und war ein langer Kerl mit eim grausamen Antlitz, und einem also großen Maul, daß ihm bei jeglichem Wort der Speichel zur Seiten herausfuhr, und an seim langen Bart, wie ein Seifenschaum bekleiben blieb, also daß mein Töchterlein für ihn eine absonderliche Angst hatte. Auch that er bei jeglicher Gelegenheit, als wenn er hohnlachete, welches auch beschah als er uns die Gefängnüßthüre aufgeschlossen, und mein arm Kind in ihrem Jammer sitzen sah. Ging aber alsbald ungefordert seiner Straßen, worauf Dn. Syndicus seine Defension aus der Taschen zog, umb uns solche fürzulesen. Und haben wir nur die fürnehmsten Stücke davon behalten, so ich hier anführen will, die Autores aber größtentheils vergessen:

1) hub er an daß mein Töchterlein bishero immer in eim guten Geschrei gewesen, wie »nicht nur das ganze Dorf, sondern auch meine Dienstleute bezeugeten, ergo könne sie keine Hexe sein, inmaßen der Heiland gesaget: ein guter Baum kann nicht arge Früchte bringen Matth am siebenten.

2) was die Zauberei im Dorf anbelangte, so möchte solche wohl die alte Lise angerichtet haben, angesehen sie einen Haß gegen Ream trüge, und schon lange in eim bösen Geschrei gewest und hätte nur die Gemein aus Furcht für dieser alten Hexen nit sprechen wöllen. Darumb müsse noch Zutern ihr klein Mädchen verhöret werden, als welche es gehört, daß ihr Ehekerl zu der alten Lisen gesaget: sie hätte einen Geist, und wölle ers dem Priester sagen. Denn wiewohl selbige annoch ein Kind wäre, stünde doch geschrieben Ps. 8: Aus dem Munde der jungen Kinder und Säuglinge hastu dir eine Macht zugerichtet, und hätte der Heiland selbsten Matth. 21 auf das Gezeugniß derer Kinder sich berufen.

3) Dannenhero möchte die alte Lise auch wohl die Ackerstücke item die Obstbäume bezaubert haben, anerwogen nicht anzunehmen stünde, daß Rea so sich bishero als eine artige Tochter bezeuget, ihrem eigenen Vater sölle das Korn behexet, oder ihm Raupen gemacht haben. Denn Niemand sage die Schrift könne zween Herrn dienen.

4) item möchte sie auch wohl der Grünspecht gewesen sein, so Reae wie dem alten Paasschen im Streckelberg begegnet wäre, und selbsten ihren Ehekerl aus Furcht vor dem Priester dem bösen Feind übergeben haben, anerwogen wie Spitzel de expugnatione Orci beibrächte, item der malleus maleficarum[5] außer Zweifel setzete, die leidigen Kinder des Satans sich oftermalen in allerlei Thiere verkehreten, nicht minder als es der garstige Unhold selbsten schon im Paradiese gethan, da er unsere ersten Aeltern unter der Gestalt einer Schlangen verführet. Genes am 3ten.

5) Hätte die alte Lise auch wohl das böse Wetter gemacht, als Dn. Consul mit Rea vom Streckelberg gekommen, alldieweil es unmüglich wäre, daß dieses Rea gewest, indem sie auf dem Wagen gesessen und die Hexen, wenn sie Wetter macheten, immer im Wasser stünden, und sich solches rücklings über den Kopf würfen, item die Steine mit eim Stock weidlich abklopfeten, wie Haunold fürbringe. Selbige möge denn auch wohl am besten um die Pogge und den Schweinsigel wissen.

6) Würde Reae irrthümlich als ein crimen ausgeleget, was doch zu ihrer Rechtfertigung deihen müßte, nämlich ihr plötzlicher Reichthumb. Denn der malleus maleficarum besage ausdrücklich, daß nie eine Hexe nicht reich würde, besondern Satanas zur Unehre Gottes sie immer umb ein Spottgeld kaufe, damit sie nit durch solchen Reichthumb sich verriethen[6], dieweil nun aber Rea reich worden wäre, könne sie ihr Gut nicht durch den leidigen Erzfeind gewonnen haben, besondern es wäre wahr, daß sie Birnstein im

5 Der berühmte Hexenhammer Innocentius VIII. welcher 1489 erschien und das bei den Hexenprozessen zu beobachtende Verfahren vorschrieb.

6 Die Originalworte des Hexenhammers Tom. I. quaest. 18. lauten auf die Frage cur maleficae non ditentur: ut juxta complacentiam daemonis in contumeliam creatoris, quantum possibile est, pro vilissimo pretio emantur, et secundo, ne in divitiis notentur.

Berg gefunden. Daß solche Ader aber nachmalen nit zu finden gewest, möge auch wohl durch den Zauber der alten Lisen beschehen sein, oder die Sehe hätte auch den Berg unten abgespühlet, wie oftermalen geschähe, also daß er oben nachgeschossen, und die Stätte verschüttet wäre; so daß hierbei nur ein miraculum naturale[7] sich ereugnet. Den Beweis so er aus der Schrift beibrachte haben wir vergessen, da er auch nur gadlich[8] war.

7) Ihre Umtaufe anlangend; so hätte die alte Vettel selbsten gesaget, daß sie weder den Teufel noch irgend einen Geist oder Menschen umb Ream gesehen, und möge sie sich dannenhero immer natürlich gebadet haben, umb des andern Tages den schwedischen König zu begrüßen, angesehen es heißes Wetter gewesen und solches nicht geradezu die Schaamhaftigkeit einer Jungfer turbire.

Denn daß sie Einer sehen würd, hätte sie wohl so wenig vermuthet, als die Bathseba die Tochter Eliams das Weib Uriae des Hethiters, so sich auch gebadet, wie 2 Sam. 11,2 geschrieben stünd, ohne zu wissen, daß David ihrer ansichtig worden. Auch könne ihr Maal kein Satansmaal sein, dieweil ein Gefühl darinnen vorhanden gewest; ergo wäre es ein natürlich Maal, und erlogen, daß sie es vor ihrem Bade noch nicht gehabt. Ueberdieß wär in diesem Punkt der alten Vettel gar nit zu trauen, da sie dabei von einer Wiedersprechung in die andere gerathen, wie Acta besagten.

8) Auch die Zauberei mit Paasschen seim klein Töchterlein müge Reae nit mit Recht zugemuthet werden. Denn da die alte Lise auch in der Stuben aus und eingegangen, ja sich auf das Bäucheken des kleinen Mägdleins gesetzet, als Pastor sie besuchet, möge dieses böse Weib, so einmalen einen großen Groll auf Ream trüge solches Zauberwerk mit der Macht des bösen Feindes und unter Zulassung des gerechten Gottes auch wohl fürgenommen haben. Denn der Satanas sei ein Lügner und ein Vater der Lügen wie unser Herr Christus sage, Johannes am achten.

9) Anlangend nun den Spök des leidigen Bösewichts, so in Gestalt eines haarigten Riesen auf den Berg erschienen; so wäre dieses freilich das schwerste Gravamen, anerwogen nit blos die alte Lise sondern auch drei achtbare Zeugen sein ansichtig worden. Allein wer wüßte, ob die alte Lise auch nit diesen Teufelsspök herfürge-

7 natürliches Wunder.

8 plattdeutsch: für mittelmäßig.

bracht umb ihren Feind ganz zu verderben. Denn wiewohlen solcher Spök der Junker nit gewest, wie Rea fürgegeben, wäre es gar leichtlich müglich, daß sie dennoch nit gelogen, besondern den Satanas, der die Gestalt des Junkers angenommen, für selbigen angesehen. Exemplum gäbe die Schrift selbsten. Denn alle Theologi der gesammten protestantischen Kirchen stimmeten darinnen überein, daß der Spök, so die Hexe von Endor dem Könige Saul gewiesen, nicht Samuel selbsten, besondern der leidige Satanas gewest. Nichts destoweniger hätte Saulus ihn für den Samuel gehalten. Also möge die alte Vettel Reae auch wohl den leidigen Teufel herfürgezaubert haben, ohne daß sie es gemerket, daß es nicht der Junker, sondern Satanas gewest, der nur des Junkers Gestalt angenommen, umb sie zu verführen. Denn da Rea ein schön Weib sei, wäre es nicht zu verwundern, daß der Teufel sich mehr Müh umb sie gäbe, denn umb eine alte trockene Vettel, angesehen er von jehero nach schönen Weibern getrachtet umb sie zu beschlafen. Genes. 6, 2.

Endelich brachte er für: daß Rea auch nicht als eine Hexe gezeichnet und weder eine krumme Nase noch rothe Gluderaugen hätte. Wohl aber hätte die alte Lise beides, so Theophrastus Paracelsus als ein sicher Merkzeichen der Zauberei angäbe, sprechende: »die Natur zeichnet Niemands also, es sei denn ein Mißgeräth, und seind dies die Hauptzeichen so die Hexen an ihnen haben, wenn sie der Geist Asiendens überwunden hat.« –

Als Dn. Syndicus nunmehro mit seiner Defension fertig war, war mein Töchterlein so erfreut darüber, daß sie ihm wollte die Hand küssen; allein er riß seine Hand zurücke, und pustete dreimal darüber, so daß wir leichtlich vermuthen kunnten, es wäre ihme mit solcher Defension annoch selbsten kein Ernst. Brach auch alsobald mürrisch auf, nachdem er sie dem Schutz des Höchsten empfohlen, und bat mich, meinen Abschied kurz zu machen, da er heute noch wieder nach Hause wölle, was ich denn auch leider thun mußte.

Capitel 23.

Wie mein arm Töchterlein soll mit der peinlichen Frag beleget werden.

Als nunmehro Akta an Ein lobsam Hofgericht verschicket worden, währete es wohl an die 14 Tage bevorab Antwort kam. Und war Se. Gestrengen der Amtshaubtmann sonderlich freundlich gegen mich, erlaubte auch, da das Gericht wieder heimbgekehret, daß ich mein Töchterlein so oft sehen kunnte, als ich begehrete, wannenhero ich den größten Theil des Tages umb sie war. Und, wenn dem Büttel die Zeit zu lange währete, daß er auf mich passen mußte gab ich ihm ein Trinkgeld, und ließ mich von ihm mit meim Kind einschließen. Auch war der barmherzige Gott uns gnädig, daß wir oft und gerne beten mugten. Denn wir hatten wieder eine steife Hoffnung und vermeineten, daß das Creuz, so wir gesehen, nun bald wäre fürübergezogen und der grimmige Wulf schon seinen Lohn bekommen würde, wenn ein lobsam Gericht Acta einsähe, und an die fürtreffliche Defension gelangete, so Dn. Syndicus vor mein Kind gefabriciret. Darumb fing ich auch wieder an aufzuheitern, zumalen als ich sahe, daß meinem Töchterlein die Wangen sich gar lieblich rötheten. Doch am Donnerstag den 25sten mensis Augusti umb Mittag fuhr Ein ehrsam Gericht abereins auf den Schloßhof, als ich mit meim Kind nach meiner Weis' wieder im Gefängnüß saß und die alte Ilse uns die Kost brachte, so aber für Thränen uns die Nachricht nicht geben kunnte. Aber der lange Büttel schauete lachend zur Thüren herein und rief: »ho ho, nu sind se da, nu wadd dat Ketteln wohl los gahn[1]« worüber mein arm Kind sich schudderte[2] doch mehr über den Kerl denn über die Botschaft. Selbiger war auch kaum fortgangen, als er schon wieder kam, umb ihr die Ketten abzunehmen und sie abzuhohlen. Folgete ihr also in das Gerichtszimmer, wo Dn. Consul die Sentenz Eines lobsamen Gerichtes fürlas, daß sie über die gefaßten Artikul noch einmal in Güte sölle gefraget werden, und bliebe sie verstockt, wäre sie der peinlichen scharfen Frag zu unterwerfen, denn die beigebrachte Defension haue nicht aus,

1 ho, ho, nun sind sie da, nun wird das Kitzeln wohl anfangen.

2 plattdeutsch: für schauderte.

besondern es wären, indicia legitima praegnantia et sufficientia ad torturam ipsam[3] fürhanden als:

1) mala fama[4]
2) maleficium, publice commissum[5]
3) apparitio Daemonis in monte[6]

wobei Ein Hochlobsam Hofgericht an die 20 Autores citiret, wovon wir aber wenig behalten. Als Dn. Consul solches meinem Töchterlein fürgelesen, hub er wiederumb an, sie mit vielen Worten zu vermahnen, daß sie müge in Güte bekennen, denn die Wahrheit käme jetzunder doch an den Tag.

Hierauf gab sie standhaft zur Antwort: daß sie nach der Defension Dn. Syndici zwar ein besser Urtel gehoffet; allein, da es Gott gefiele, sie annoch härter zu prüfen, beföhle sie sich ganz in seine gnädige Hand und könne sie nicht anders bekennen, denn sie vorhero gethan, daß sie nämblich unschuldig sei und böse Menschen sie in dies Elend geführet. Hierauf winkete Dn. Consul dem Büttel, welcher aus der andern Stuben Pastorem Benzensem[7] in seinem Chorrock hereinließ, so von dem Gericht bestellet war, umb sie noch besser aus Gottes Wort zu vermahnen. Selbiger thät einen großen Seufzer und sprach: »Maria, Maria, wie muß ich dich wiedersehen!« worauf sie anhub gar heftig zu weinen, und ihre Unschuld abermals zu betheuern. Aber er kehrete sich nicht an ihren Jammer, besondern nachdem er sie hatte das »Vaterunser, Aller Augen und Gott der Vater wohn uns bei« beten lassen, hub er an ihr den Gräuel fürzustellen, den der lebendige Gott an allen Zauberern hätte, angesehen ihnen nicht nur im alten Testamente die Strafe des Feuers wäre zuerkannt worden, sondern auch der heilige Geist im N. Testament ausdrücklich sage, Gall. am fünften: daß die Zauberer nimmer würden das Reich Gottes erben, sondern ihr Theil würde sein in dem Pfuhl, der mit Feuer und Schwefel brennet, welches ist der andere Tod Apocal. 21. Sie möge also nicht trotziglich sein, noch dem Gericht die Schuld geben, wenn

3 rechtmäßige überwiegende und hinreichende Gründe zur Tortur.

4 böses Gerücht.

5 öffentlich begangene Zauberei.

6 die Erscheinung des Teufels auf dem Berge.

7 Den Prediger zu Benz, einem unsern von Pudgla belegenen Kirchdorfe.

sie also geplaget würde, denn das Alles geschähe aus christlicher Liebe und umb ihre arme Seele zu retten. So müge sie denn umb Gottes und ihrer Seeligkeit willen nicht länger ihre Buße verschieben, ihren Leib martern lassen, und ihre arme Seele dem leidigen Satan übergeben, welcher ihr doch nicht in der Höllen halten würde, was er ihr hier auf Erden versprochen, denn er wäre ein Mörder von Anfang und ein Vater der Lügen Joh. am 8ten. O, Maria rief er aus mein Kindlein, die du so oft auf meinem Schooß gesessen und für die ich jetzunder alle Morgen und Abend zu meinem Gotte schreie, wiltu mit dir und mir kein Erbarmen tragen, so trage Erbarmen mit deinem rechtschaffenen Vater, den ich für Thränen nicht ansehen kann, da sein Haar in wenig Tagen schlooweiß geworden, und rette deine Seele mein Kind, und bekenne! Siehe dein himmlischer Vater betrübet sich anjetzo nicht minder über dich, denn dein leiblicher Vater, die heiligen Engel verhüllen für dir ihre Augen daß du, die du einst ihr lieblich Schwesterlein warest, nunmehro eine Schwester und Braut des leidigen Teufels worden bist. Darumb kehre umb und thue Buße! Dein Heiland rufet dich verirrtes Lämmelein heute wieder zurück zu seiner Heerden. Sollte nicht gelöset werden diese, die doch Abrahams Tochter ist, von den Banden, welche Satanas gebunden hat, lautet sein barmherzig Wort Lukas am dreizehnten; item: kehre wieder zu abtrünnige Seele, so will ich mein Antlitz nicht gegen dich verstellen, denn ich bin barmherzig, Jeremias am dritten. So kehre denn wieder du abtrünnige Seele zu dem Herrn deinem Gotte! – Der eines abgöttischen Manasses sein bußfertiges Gebet erhöret 2. Chronika 33. der die Zäuberer zu Ephese durch Paulum zu Gnaden aufgenommen Act. 19, Derselbige dein barmherziger Gott rufet dir anjetzo zu, wie dorten dem Engel der Gemein zu Epheso gedenke wovon du gefallen bist und thue Buße Apocal. 2. O, Maria, Maria, gedenke wovon du gefallen bist mein Töchterlein und thue Buße! –

Als er hierauf stille schwieg, währete es eine fast große Zeit, ehebevor sie für Thränen und Schluchzen ein Wörtlein herfürbringen konnte, bis sie endlich zur Antwort gab: wenn Lügen Gott nicht minder verhaßt seind, als die Zauberein; so darf ich auch nicht lügen, sondern muß umb Gottes willen bekennen, wie ich immer bekennet, daß ich unschuldig bin.

Hierauf ergrimmete Dn. Consul in seinen Mienen und fragete den langen Büttel, ob Alles in Bereitschaft sei item die Weiber bei der Hand wären, umb Ream auszukleiden, worauf er nach seiner Weise lachend zur Antwort gab: »hoho an mir hat's noch niemalen gefehlt und soll's auch heute nicht fehlen, ich will sie schon kitzeln, daß sie bekennen soll.«

Als er solches gesaget, redete Dn. Consul wieder mein Töchterlein an und sprach: du bist ein dumm Ding, und kennest die Pein nit, so dir bevorstehet, darumb bist und bleibst du verstockt. Aber folge mir anjetzo in die Marterkammer, daß der Angstmann die Instrumenta zeige, ob du vielleicht noch einen andern Sinn bekömmst, wenn du erst gesehen, was die peinliche Frag bedeutet.

Hierauf ging er voran in ein ander Zimmer und folgete ihm der Büttel mit meim Kind. Doch als ich nachgehen wollte, hielt mich Pastor Benzensis fest und beschwor mich mit vielen Thränen solches nicht zu thun, besondern hier zu verbleiben. Aber ich hörete nicht auf ihn sondern riß mich los und schwur dagegen, so lange sich noch eine Ader und Sehne in meinem armen Leib rührete, wollte ich mein Kind nicht verlassen. Kam also auch in das andere Zimmer, und von dannen in einen Keller nieder, wo die Marterkammer war, in der es aber keine Fenstern hatte, damit Niemand das Geschrei derer Geängsteten von draußen hören müge. Darumb brenneten hier bereits zween Fackeln, als ich eintrat, und wiewohlen Dn. Consul mich gleich zurückweisen wollte, ließ er sich letzlich doch erbarmen, daß ich bleiben durfte.

Und trat nun dieser höllische Hund der Büttel her für und zeigte meinem armen Kind mit Frohlocken, zuerst die Leiter sprechende:

sieh! darauf wirst du zuerst gesetzet und die Hände und Füße dir angebunden. Darauf bekommst du hier die Daumschrauben an, wovon dir gleich das Blut aus den Fingerspitzen herfürsprützet, wie du sehen kannst, daß sie annoch roth sind vom Blut der alten Gust Biehlkschen, welche vor einem Jahr gebrennet wurde, und anfänglich auch nit bekennen wollte. Wiltu dann noch nit bekennen, so ziehe ich dir hier die spanischen Stiefeln an, und seind sie dir zu groß, so klopfe ich dir einen Keil dazwischen, daß die Wade so hinten ist sich nach vorne zeucht und das Blut dir aus den Füßen herausscheußt, als wenn du Brummelbeeren durch einen Beutel preßest.

Wiltu dann noch nit bekenne – holla! brüllete er anjetzo und stieß mit dem Fuß an eine Thür hinter ihme, daß das ganze Gewelbe erbebete, und mein arm Kind für Schreck in die Kniee fiel. Währete auch nit lange, so brachten zween Weiber einen Kessel in welchem glühend Pech und Schwefel proddelte[8] ließ also der

8 brodelte

Höllenhund den Kessel zur Erden setzen, hohlete unter seim rothen Mantel, so er umbhatte, eine Fledderwisch hierfür, woraus er an die sechs Posen zog und selbige alsdann in den glühenden Schwefel tunkete. Als solches geschehen, und er sie eine Zeitlang im Kessel gehalten, wurf er sie auf die Erden, worauf sie hin und herfuhren, und den Schwefel wieder von sich sprützeten. Nunmehro rief er wieder meim armen Kind zu: sieh! diese Posen werf ich dir alsdann auf die weißen Lenden, und frißt der glühende Schwefel dir sogleich das Fleisch bis auf die Knochen durch, damit du einen Vorschmack gewinnest von der Lust der Höllen, die dein harret.

Als er soviel mit Hohnlachen gesprochen, überkam mich ein so großer Jachzorn, daß ich aus der Ecken herfürsprang, wo ich mein zitternd Gebein an einer alten Tonnen gestützet, und schriee: »o du höllischer Hund sprichstu das aus dir selbsten, oder haben es dich Andere geheißen«, wofür der Kerl aber mir einen Stoß auf die Brust gab, daß ich an die Wand zurücke fiel, und Dn. Consul im großen Zorn rief: Alter Narre, da Er ja durchaus allhier verbleiben will; so lasse Er mir den Büttel in Frieden, wo nicht, so lasse ich Ihn alsogleich aus der Kammer bringen. Was der Büttel gesaget, ist seine Schuldigkeit, und wird es Seiner Tochter also ergehen, wenn sie nicht bekennet, und zu vermuthen steht, daß der höllische Feind ihr was gegen die Pein gebrauchet[9]. Hierauf fuhr der höllische Hund wieder zu meim armen Töchterlein fort, ohne mein weiters zu achten, als daß er mir in das Angesicht lachete »sieh! wenn dir nunmehro deine Wolle genommen ist, ho ho ho, ziehe ich dich durch diese zwo Ringe unten an der Erden und oben am Boden in die Höhe, recke dir die Arme aus und binde sie oben an die Decken, worauf ich diese beiden Fackeln nehme und solche dir unter den Achseln halte, daß deine Haut gleich wird als die Schwarte von einem Schinken, so im Rauch gehänget. Alsdann soll dir dein höllischer Buhler nit mehr beistehen und du sollt die Wahrheit schon bekennen. Nunmehro hast du Allens gesehen und gehöret, was ich mit dir im Namen Gottes und der Oberkeit fürnehme.

Jetzunder trat wiederumb Dn. Consul für und vermahnete sie nochmals die Wahrheit zu bekennen. Als sie aber bei ihrer Sag

9 Denn man wähnte, wenn die Hexe die Marter mit ungewöhnlicher Geduld ertrug, oder gar dabei einschlief, wie unbegreiflicher Weise öfter vorkam, der Teufel hätte diese Gefühllosigkeit ihnen durch ein Amulet verliehen, das sie an geheimen Theilen des Körpers verborgen hielten. Zedlers Universallexicon Bd. 44 unter dem Artikel Tortur.

verharrete, übergab er sie denen beiden Weibern so den Kessel gebracht, daß sie sie nackend ausziehen sollten, wie sie von Mutterleib kommen, und ihr darauf das schwarze Marterhemd anziehen, nachgehends aber noch einmal und zwar baarfuß, die Treppe hinaufleiten vor Ein ehrsam Gericht. Aber da die eine von diesen Weibsbildern des Amtshaubtmanns seine Ausgebersche war (die andere war den dreusten Büttel seine Frau) sagte mein Töchterlein, daß sie sich nur wölle von ehrsamen Weibern angreifen lassen, nicht aber von der Ausgeberschen und müge Dn. Consul ihre Magd rufen lassen, so wohl annoch in ihrem Gefängnüß säße und in der Bibel läse, wenn er sonsten kein ehrsam Weibsbild in der Nähe wüßte. Hierauf erhub die Ausgebersche ein groß Maul und ein gewaltig Schimpfen, was ihr aber Dn. Consul verbott, und meinem Töchterlein zur Antwort gab: daß er auch dieses ihr nachsehen wölle und müge nur den dreusten Büttel seine Frau die Magd aus dem Gefängnüß anhero rufen. Nachdem er solches gesaget griff er mich unter meinen Arm und flehete mich also lange mit ihm gen Oben zu kommen, dieweil meinem Töchterlein annoch kein Leides geschehen würde, bis ich seinen Willen thate.

Währete aber nit lange, so kam sie selbsten baarfuß und in dem schwarzen Marterhemde mit den beiden Weisbildern heraufgestiegen, doch also blaß, daß ich sie kaum selbsten kennen kunnte. Der abscheuliche Büttel aber so dicht hinter ihr ging, griff sie an die Hand, und stellete sie vor Ein ehrsam Gericht.

Nachdem solches geschehen, ging das Vermahnen wieder los und sagte Dn. Consul: sie sölle einmal niedersehen auf die braunen Flecken, so in dem Hemde wären. Dieses wäre auch noch das Blut der alten Biehlkschen, und müge sie bedenken, daß umb wenig Minuten ihr eigen Blut auch daraus herfürsprützen würde. Hierauf gab sie aber zur Antwort: dieses bedenke ich gar wohl, doch hoffe ich, daß mein treuer Heiland, der mir unschuldig diese Pein hat auferleget, selbige mir auch wird tragen helfen, wie den heiligen Märtyrern. Denn haben diese mit Gottes Hülfe die Pein im rechten Glauben überwunden, so ihnen die blinden Heiden anthaten, kann ich auch die Pein überwinden, welche mir blinde Heiden anthun, so zwar Christen sein wöllen, aber grausamer seind, denn die alten. Denn die alten Heiden haben die heiligen Jungfrauen doch nur von denen grimmigen Bestien zureißen lassen, ihr aber, welche ihr das neue Gebot habet: daß ihr euch untereinander lieben sollt, wie Euer Heiland euch geliebet hat, damit Jedermann daran erkenne, daß ihr seine Jünger seid, Johannes am dreizehnten, ihr wollet selbsten diese grimmigen Bestien spielen und den Leib einer unschuldigen Jungfrauen, so eure Schwester ist, und euch nie was Leides gethan lebendig zureißen. So thut denn, was euch geliebet, doch sorget, wie ihr es für eurem höchsten Richter verantworten wöllet. Ich sage nochmals: das Lämmlein erschröcket nicht, denn es stehet in der Hand des guten Hirten.

Als mein unvergleichlich Kind also geredet, stund Dn. Consul auf, und nahm seine schwarze Kappen ab, so er immer trug, dieweile ihm die Haare auf dem Scheitel schon ausgefallen, verneigte sich auch vor dem Gericht und sprach: Eim ehrsamen Gericht wird angezeiget, daß nunmehro die Urgicht und peinliche Frag der verstockten und gotteslästerlichen Hexen Maria Schweidler anheben soll, im Namen Gottes des Vaters, des Sohnes und des heiligen Geistes. Amen.

Hierauf stund das ganze Gericht auf bis auf den Amtshaubtmann, so schon vorhero aufgestanden, und unruhig in der Stuben auf- und abgegangen war. Doch weiß ich von Allem, was nunmehro erfolget und ich selbsten gethan hab, kein Wörtlein mehr, will es aber getreulich berichten, wie es mir mein Töchterlein und andere testes vermeldet. Und zwar verzählen sie also:

Als Dn. Consul nach solchen Worten die Sanduhr genommen, so auf dem Tische stund und vorauf getreten, habe ich durchaus nit wöllen, worauf erstlich Pastor Benzensis mit vielen Worten und Thränen mich gebeten von meinem Fürhaben abzulassen, darauf aber, wie es nichtes verfangen, mein Töchterlein selbsten mir die Wangen gestreichelt, und gesprochen: Vater habt Ihr auch gelesen, daß die heilige Jungfrau dabei gewest als man ihren unschuldigen Sohn gegeißelt? Darumb gehet nunmehro auch zur Seiten. An meinem Scheiterhaufen aber sollet Ihr stehen, das verspreche ich Euch, wie die heilige Jungfrau unter dem Creuze gestanden hat, doch anjetzo gehet, gehet, denn Ihr werdet es nicht ertragen, und ich auch nicht! –

Als solches aber auch nit verschlagen, hat Dn. Consul dem Büttel Befehl geben mich mit Gewalt zu greifen und in ein Zimmer einzusperren, worauf ich mich aber losgerissen, ihme zu Füssen gefallen und ihn beschworen bei den Wunden Jesu Christi, er wölle mich nit von meinem Töchterlein reißen. Solche Gnade und Gutthat würde ich ihm nimmermehr vergessen, besondern Tag und Nacht für ihn beten, auch am jüngsten Gericht vor Gott und den heiligen Engeln sein Fürbitter sein, wenn er mich mitgehen ließe. Ich wölle mich auch ganz geruhsam verhalten, und kein einzig Wörtlein sagen, nur mitgehen müßte ich, etc.

Solches hat den guten Mann also erbarmet, daß er in Thränen ausgebrochen und also gezittert hat für Mitleid mit mir, daß die Sanduhr ihm aus der Hand gefallen, und dem Amtshaubtmann für die Füße getründelt[10] ist, als hätt ihm unser Herr Gott selbsten ein Zeichen gegeben, daß seine Uhr bald abgelaufen wär. Hat es auch gar wohl verstanden; denn er ist blaß worden, wie ein Kalk, als er sie aufgenommen, und Dn. Consuli wiederumb zugestellet. Selbiger hat endlich nachgegeben, indeme er gesaget, daß dieser Tag ihm an die zehn Jahre älter machen würd, doch dem dreusten Büttel befohlen, welcher auch mit gangen ist, mich alsogleich wegkzuführen, so ich in währender Marter rumor machen söllte. Und ist nun das ganze Gericht niedergestiegen doch, ohne den Amtshaubtmann, der gesaget, daß ihm der Kopf wehe thät, und er gläube, daß sein alt malum, die Gicht, wiederkäme weshalben er in ein ander Zimmer gangen ist. Item ist Pastor Benzensis auch von dannen gegangen.

Drunten im Keller hätten allererst die Büttel Tische und Stühle gebracht, worauf sich das Gericht gesetzet, und Dn. Consul mir auch einen Stuhl hingeschoben; doch wäre ich nit darauf niedergesessen, besondern hätte mich in einer Ecken auf meine Kniee geworfen. Als solches beschehen, wäre das leidige Vermahnen wieder losgangen, doch da mein Töchterlein wie ihr unschuldiger Heiland für seinen ungerechten Richtern kein einzig Wörtlein Antwort geben, wäre Dn. Consul aufgestanden und hätte dem langen Büttel Befehl gegeben sie nunmehro auf die Marterbank zu setzen.

Sie hätte gezittert wie ein Espenlaub, als er ihr die Füße und Hände festgebunden, und als er nunmehro ein alt garstig und köthigt Tuch, worin er den Tag Fische getragen, wie meine Magd gesehen, und worauf noch die hellen Schuppen bei Haufen gesessen, ihr umb ihre lieblichen Aeugeleins binden wöllen, wäre ichs gewahr worden und hätte mein seidin Halstuch abgelöset, bittende, er wölle dieses nehmen, welches er auch gethan. Hierauf wären ihr die Daumschrauben angeleget und sie nochmals im Guten befraget; doch sie hätte nur ihr blindes Haupt geschüttelt und mit ihrem sterbenden Heiland geseufzet: Eli, Eli, lama sabachthani, und hierauf griechisch: δεέ με, δεέ με, ϊνα τί με εγκατέλιπεζ.[11] Darauf wäre Dn. Consul zurückgeprallet, und hätt ein Creuz geschlagen (denn dieweil er kein Griechisch verstunde, hätte er ge-

10 plattdeutsch: für gerollet.

11 Mein Gott, mein Gott, warum hast du mich verlassen. Matth. 27, 46.

gläubet, wie er nachgehends selbsten sagte, sie hätte den Teufel angerufen ihr zu helfen) und nunmehro mit lauter Stimmen dem Büttel zugeschriien: *schraubet!*

Als ich aber solches gehöret, hätte ich einen erschröcklichen Schrei herfürgestoßen, daß das ganze Gewelbe gezittert, worauf mein, für Angst und Verzweiflung sterbendes Kind da sie meine Stimme erkennet, ernstlich mit ihren gebundenen Händen und Füßen gerucket, wie ein Lämmlein auf der Schlachtbank, so verscheiden will, und darauf gerufen: »lasset mich los, ich will Allens bekennen, was ihr wollet.« Dieses hätte Dn. Consulem also erfreuet, daß er in währender Zeit der Büttel sie losgebunden, auf seine Kniee gefallen und Gott gedanket hätte, daß er ihme von dieser Qual geholfen. Doch wäre mein verzweifelt Kind nicht alsobald abgebunden und hätte ihre Dornenkron (verstehe mein seidin Halstuch) abgelegt, als sie von der Leiter gesprungen und sich auf mich gestürzet, der ich wie ein Todter in tiefer Unmacht in der Ecken gelegen.

Solches hätte Ein ehrsam Gericht verdroßen, und nachdem die beiden Büttel mich wegkgetragen, wäre Rea vermahnet nunmehro, wie sie versprochen, ihre Urgicht zu thun. Wäre aber zu schwach gewest, um auf ihren Füssen zu stehen, und wiewohlen Dn. Camerarius gebrummet, hätte Dn. Consul ihr dennoch einen Stuhl geben, auf welchem sie sich gesetzet. Und seind dieses die hauptsächlichsten Fragen gewest, so ihr auf Befehlich Eines Hochlobsamen Hofgerichtes wie Dn. Consul gesaget, fürgeleget worden, und ad protocollum genommen sind:

Q. Ob sie zaubern könne?

R. Ja sie könne zaubern.

Q. Wer ihr solches gelehret?

R. Der leidige Satan selbsten.

Q. Wieviel Teufel sie habe?

R. Sie hätte an einem genug.

Q. Wie dieser Teufel hieße?

Illa. (sich besinnende) hieße Disidaemonia[12].

Hierauf hätte sich Dn. Consul geschuddert und gesaget: das müßte ein recht erschröcklicher Teufel sein, dieweil er niemalen solchen Namen gehöret. Sie sölle selbigen buchstabiren, damit der Scriba keinen error mache, welches sie auch gethan, und ist hierauf fortgefahren wie folget:

12 griechisch und nach der Erasmusschen Aussprache: Deisidaimonia, d.i. der Aberglaube. Welch bewundernswürdiges Weib! –

Q. In welcher Gestalt ihr selbiger erschienen?

R. In der Gestalt des Amtshaubtmanns, oftmalen auch wie ein Bock mit grimmigen Hörnern.

Q. Ob und wo sie Satan umgetaufet?

R. In der Sehe.

Q. Welchen Namen er ihr geben?

R.[13]

Q. Ob auch Etzliche aus der Nachbarschaft bei ihrer Umtaufe gewest und welche?

Hier hat mein unvergleichlich Kind ihre Aeugelein gen Himmel geschlagen, eine Zeitlang stille geschwiegen, als besünne sie sich, ob sie die alte Lise angeben sölle, oder nicht und dann endlich gesaget: nein!

Q. Müßte doch Paten gehabt haben! Welches diese gewesen und was sie ihr eingebunden zum Pathengeld?

R. Wären nur Geister dabei gewest, weshalben die alte Lise auch nichtes gesehen, als sie über die Umtaufe hinzugekommen.

Q. Ob der Teufel ihr beigewohnet?

R. Sie hätte nirgend anders denn bei ihrem Vater ihre Wohnung gehabt.

Q. Sie wölle wohl nit verstehen. Ob sie mit dem leidigen Satan Unzucht getrieben, und sich fleischlich mit ihm vermischet?

Hier ist sie also verschaamrothet, daß sie sich mit beiden Händen die Augen zugehalten, und darauf angehoben zu weinen und zu schluchzen, und da sie nach vielen Fragen keine Stimme von sich geben, ist sie vermahnet worden, die Wahrheit zu reden, widrigenfalls sie der Angstmann wieder auf die Leiter heben würd. Hat jedoch endlich »nein!« gesaget, welches aber Ein ehrsam Gericht nicht gegläubet, sondern sie dem Angstmann abermals befohlen, worauf sie mit ja geantwortet.

Q.[14] –

Q. Ob sie von dem Satan in Wochen gekommen, oder einen Wechselbalg erzeuget und in welcher Gestalt?

R. Nein wäre nie geschehen.

13 Dieser Name ist durchaus nicht im Manuscript zu enträthseln.

14 Diese abscheuliche Frage kann ich nur lateinisch hersetzen: »num semen Daemonis calidum fuerit aut frigidum« – »ob denn der Same des Teufels warm oder kalt gewesen sei?«, worauf sie geantwortet, daß sie sich darauf nicht mehr besinnen könne. Uebrigens kommt diese Frage in *allen* Hexenprocessen vor, und wird unbegreiflicher Weise *immer* mit »frigidum« beantwortet.

Q. Ob ihr der böse Geist kein Zeichen oder Maal an ihrem Leib geben und wo?

R. Die Maale hätte Ein ehrsam Gericht ja allbereits gesehen.

Nunmehro seind wieder die Zaubereien im Dorf fürgekommen, so sie alle eingestanden. Doch hat sie Nichtes wissen wöllen umb den alten Seden seinen Tod, item umb der kleinen Paaschen ihre Krankheit, wie letzlich, daß sie mit der Macht des bösen Feindes mein Ackerstück umgehaket, und mir Raupen in meinem Kohlgarten gemacht. Und wiewohlen sie abermals mit der Folter bedräuet worden, der Angstmann sie auch zum Schein hat wieder auf die Bank setzen müssen und ihr die Daumschrauben anlegen, ist sie doch standhaft verblieben, und hat gesprochen: was wöllet Ihr mich martern, da ich doch weit schwerere Dinge bekennet, denn diese sind, so mir nicht das Leben aufhalten werden wenn ich sie leugne.

Dieses hat auch Ein ehrsam Gericht letzlich eingesehen und sie wieder von der Marterbank heben lassen, zumalen da sie den articulum principalem[15] eingestanden, daß ihr Satan wahrhaftiglichen als ein Riese wäre auf dem Berg erschienen. Von dem Wetter und der Poggen, item dem Schweinsigel ist aber nichts mehr fürgekommen, alldieweilen Ein ehrsam Gericht nunmehro wohl selbsten die Unsinnigkeit eingesehen, daß sie hätte Wetter machen söllen, da sie ruhig auf dem Wagen gesessen. Schließlich hat sie noch gebeten, daß ihr müge vergönnt werden, in demselbigen Kleid dereinst ihren Tod zu erleiden, welches sie angehabt, als sie den schwedischen König salutiret, item ihrem elenden Vater zu vergönnen, daß er mit zum Scheiterhaufen führe, und dabei stünde, wenn sie gebrennet würde, wie sie ihm solches in Gegenwärtigkeit Eines ehrsamen Gerichtes versprochen.

Darauf ist sie dem langen Büttel wieder überliefert und selbigem anbefohlen worden, sie in ein ander und schwerer Gefängnüß zu setzen. Doch ehe er mit ihr aus der Kammer gangen, ist den Amtshaubtmann sein Hurenbalg, so er mit der Ausgeberschen gezeuget, mit einer Trummel in den Keller kommen, hat immerzu getrummelt und geschrieen: kamt tom Gosebraden, kamt tom Gosebraden[16] so daß Dn. Consul in einen schweren Zorn gerathen, und hinter ihm her geloffen. Aber er hat ihne nicht kriegen mögen, dieweil er in dem Keller guten Bescheid gewußt. Und hat mir der Herr sonder Zweifel meine Unmacht geschicket, daß ich dieses

15 Hauptartikel.

16 Kommt zum Gänsebraten!

neue Herzeleid nicht mehr haben söllte. Darumb sei ihm allein die Ehre. Amen.

Capitel 24.

Wie der Teufel in meiner Gegenwärtigkeit die alte Lise Kolken hohlet.

Als ich mich nach meiner obgedachten Unmacht wiederumb verhohlet, stand den Krüger sein Weib über mir mit meiner alten Magd und kelleten mir eine Biersuppen ein. Die alte getreue Person schriee laut auf für Freuden, als ich meine Augen wieder aufschlug, und erzählete mir darauf auf meine Erkundigunge, daß mein Töchterlein sich nit hätte recken lassen, besondern freiwillig ihre Uebelthat bekennet, und sich für eine Hexe ausgegeben. Solche Kundschaft war mir in meinem Jammer fast erquicklich, angesehen ich das Feuer für eine geringere Strafe erachtete, denn die Marter. Aber als ich anheben wollte zu beten, wollt' es nicht gehen, worüber ich abereins in großen Mißmuth und Verzweiflung kam, und gläubete, daß der heilige Geist gänzlich sein Angesicht von mir elenden Menschen abgewendet hätte. Und wiewohlen die alte Magd, als sie solches merkete, sich für mein Bette stellete, und anhub mir vorzubeten, war es doch umbsonst, und war und blieb ich ein verstockter Sünder. Doch erbarmete der Herr sich mein ohne mein Verdienst und Würdigkeit, maßen ich bald in einen tiefen Schlaf verfiele, und am andern Morgen umb Betglockenzeit erstlich wieder aufwachete, wo ich auch wieder beten kunnte, und über solche Gnade Gottes annoch in meinem Herzen jubilirete, als mein Ackersknecht Claus Neels zur Thüren hereintrat, und verzählete, daß er schon gestern gekommen wäre umb mir Kundschaft zu geben von wegen meinem Hafer, dieweil er nunmehro Allens eingeaustet[1], Und wäre auch der Büttel mit ihm kommen, so die alte Lise Kolken eingehohlet, inmaßen Ein lobsam Hofgericht, wie der Büttel fürgegeben, solches befohlen. Und wäre das ganze Dorf darüber in Freuden gewest, aber auch Rea hätte gesungen und jubiliret und unterwegs zu ihnen und dem Büttel gesaget, (denn der Büttel hätte sie ein wenig hinten aufhacken lassen) das sölle dem Amtshaubtmann was Schönes bedeuten. Sie sölle nur für Gericht kommen, dann werde sie wahrhaftig kein Blatt vor

1 eingeärndtet, plattdeutsch.

ihren Mund nehmen, und männiglich sich verwundern was sie herfürbringen würde. Solch ein Gericht wäre ihr ja was Lächerlichs, und hofirete sie salva venia in die ganze Brüderschaft, et caet.

Als ich solches gehöret, faßte ich wieder eine steife Hoffnung und stund auf, umb zu der alten Lisen zu gehen. Hatte mich aber noch nicht ganz verkleidet[2], als sie selbsten schon den dreusten Büttel schickete, daß ich doch ganz eilends zu ihr kommen und ihr das Nachtmahl geben müge, dieweil sie diese Nacht fast schwach worden. Dachte dabei mein gut Theil und folgete dem Büttel in Hast, wiewohl nicht, umb ihr das Nachtmahl zu geben wie männiglich vor sich selbsten abnehmen kann. Dabei vergaß ich alter schwacher Mann aber, mir Zeugen mitzunehmen. Denn aller Jammer, so ich zeithero gelitten, hatte mir meine Sinne also umbschattet, daß mir solches gar nicht in die Gedanken kam. Nur der dreuste Büttel folgete mir und wird man weiters hören, wie dieser Bube dem Satan Leib und Seele übergeben, umb mein Kind zu opfern, da er sie doch hätte retten mügen. Denn als er die Gefängnüß aufgeschlossen (es war dasselbe Loch wo mein Töchterlein zeithero gesessen) sahen wir die alte Lise auf der Erden liegen in eim Bund Stroh und einen Besen zum Kopfküssen (als wöllte sie jetzunder damit zur Höllen fahren, da sie nit mehr darauf zum Blocksberg fahren kunnte) so daß ich mich schudderte als ich ihr ansichtig wurde.

Und war ich kaum eingetreten als sie ängstlich schriee: »ick bin ene Hex, ick bin ene Hex, erbarm he sich un geb he mi fix[3] dat Nachtmal, ick will Em uck Allens bekennen!« Und als ich ihr zurief: so bekenne! sprach sie: daß sie selbsten allen Zauber mit dem Amtshaubtmann im Dorf angerichtet, und mein Kindlein so unschuldig daran wäre, als die Sonne am Himmel. Doch hätte der Amtshaubtmann mehr schuld, angesehen er ein Hexenpriester wäre, und einen weit stärkeren Geist denn sie hätte, welcher Dudaim[4] hieße, und sie die Nacht in das Genicke gestoßen, also daß

2 angekleidet.

3 schnell.

4 Dieses merkwürdige Wort kommt schon 1 Mos. 30, 15. ff. als der Name einer Pflanze vor, welche die weibliche Fruchtbarkeit erregt; doch sind die Ausleger von jeher über das Wesen und die Natur derselben uneins gewesen. Die LXX geben es durch mandragoras und ist von den zuverläßigsten altern und neuern Theologen angenommen, daß es die in der Geschichte der Zauberei so berüchtigte Alraunwurzel gewesen sei. Sonst führen seltsamer Weise die Teufel

sie es nimmer hohlen würd. Selbiger Geist hätte das Ackerstück umgepflüget, den Birnstein verschüttet, das Wetter gemachet, meinem Töchterlein die Pogge auf ihren Schooß geworfen item ihren alten Ehekerl durch die Luft von dannen geführt.

Und als ich fragete, wie solches müglich gewesen, da ihr Kerl doch bis fast nahe an sein Ende ein Kind Gottes gewest, und gerne hätte beten mögen, wiewohl ich mich gewundert, daß er plötzlichen in seiner letzten Krankheit andere Gedanken gekriegt, gab sie zur Antwort, daß derselbige eines Tages ihren Geist gesehen, so sie in Gestalt einer schwarzen Katzen in ihrem Koffer gehabt und Stoffer hieße und dieweil er gedrohet, solches mir zu verzählen, wäre ihr bange worden, und hätte sie ihn durch ihren Geist also krank machen lassen, daß er an seiner Aufkunft verzaget wäre. Nunmehro hätte sie ihn vertröstet, daß sie ihn alsobald wieder heilen wölle, wenn er Gotte absagete, der ihn doch nit helfen könnte wie er wohl einsäh. Solches hätte er zu thun versprochen, und da sie ihn alsobald wieder wacker gemacht, wären sie mit dem Silber, so ich vor ihn von dem neuen Abendmahlskelch abgeschrapet hätte, zur Nachtzeit an den Strand gangen wo er selbiges mit den Worten in die Sehe hätte schütten müssen: so wenig dieses Silber wieder an seinen Kelch kömmt, komme meine Seele wieder zu Gott, worauf ihn der Amtshaubtmann so auch da gewest umgetaufet im Namen des Satans und ihne Hans genannt. Päthen hätte er nit mehr gehabt, denn sie, (verstehe die alte Lise) allein. Da er aber in der Johannesnacht zum ersten Male mit ihnen auf dem Blocksberg gewest (es wäre aber der Herrenberg[5] ihr Blocksberg) wäre auch von meim Töchterlein die Rede gewest. Und hätte Satanas dem Amtshaubtmann es selbsten zugeschworen, daß er sie haben sölle. Er wölle dem Alten (womit der Bösewicht Gott gemeinet) wohl zeigen was er könne, und solle der Zimmermannsjunge vor Aerger was Schönes in seinen Hosen finden (pfui du Erzbösewicht, daß du solches von meinem Erlöser geredet!) Hierüber hätte ihr alter Kerl gemurmelt, und da sie ihme niemalen recht

immer christliche Namen, wie auch bald darauf der Geist der alten Lise Stoffer d.i. Christoph genannt wird.

5 Berg in der Nähe von Coserow. In fast allen Hexenprozessen kommen berge dieser Art in der Nähe des Wohnorts der betheiligten Personen vor, wo der Teufel in der Walpurgis- und Johannesnacht mit ihnen schmauset, tanzet und Unzucht treibt, auch von den Hexenpriestern die satanischen Sacramente ausgeübt werden, welche eine Nachäfferei der göttlichen sind.

getrauet, hätte der Geist Dudaim ihn eines Tages auf des Amthaubtmanns Befohl durch die Luft geführet, dieweil ihr Geist Stoffer geheißen, zu schwach gewest, umb ihn zu tragen. Selbiger Dudaim wäre auch der Grünspecht gewesen, so mein Töchterlein und nachgehends den alten Paasschen mit seinem Geschrei herbeigelocket, umb sie zu verderben. Doch wäre der Riese so auf dem Streckelberge erschienen kein Teufel gewest, sondern wie ihr Geist Stoffer gesagt, der Junker von Mellenthin selbsten.

Und wäre dies Allens die reine Wahrheit, worauf sie leben und sterben wölle. Bäte dahero umb Gottes Willen, ich wölle mich ihrer erbarmen und ihr auf solch ihr bußfertig Bekenntnüß die Vergebung ihrer Sünden sprechen und das Nachtmahl reichen, denn ihr Geist stünde dort am Ofen und lachete wie ein Spitzbube, daß es nunmehro mit ihr aus wäre. Aber ich gab zur Antwort: ich wollte ja lieber einer alten Sau das Nachtmahl geben, denn dir vermaledeyeten Hexen, die du nicht blos deinen eigenen Ehekerl dem Satanas übergeben, besondern auch mich und mein arm Kind mit Höllenpein zu Tode marterst. Doch ehe sie noch antworten kunnten begab es sich, daß ein Wurm bei eines Fingers Länge, und gelb an seinem Steiß, in die Gefängnüßthüre gekrochen kam. Als sie solchen sahe, thät sie ein Geschrei, wie ich es nimmermehr gehöret, noch zu hören begehre. Denn als ich in meiner Jugend in der Schlesien sahe, wie ein feindlicher Soldat einer Mutter in ihrer Gegenwärtigkeit ein Kindlein spießete, meinete ich, das sei ein Geschrei gewest, so die Mutter thät; aber dieses Geschrei war ein Kinderspiel gegen das Geschrei der alten Lisen. Alle meine Haare recketen sich gen Himmel, und auch ihre rothen Haare wurden also steif, und wie die Reiser von dem Besen anzusehen, worauf sie lag. Brüllete auch ebenmäßig: »das ist der Geist Dudaim, den mir der verfluchte Amtshaubtmann schicket, das Nachtmahl umb Gottes willen das Nachtmahl – ich will auch noch viel mehr bekennen –, ich bin schon an die 30 Jahre eine Hexe! – das Nachtmahl, das Nachtmahl! Also brüllende schlug sie mit Händen und Füßen umb sich, dieweil das garstige Gewürm sich gehoben, und allbereits umb ihr Lager schnurrete und burrete, daß es ein Gräuel anzusehen und hören war. Und rief die Unholdin umwechselnd bald Gott bald ihren Geist Stoffer bald mich an, ihr beizuspringen, bis das Gewürm ihr mit einem Male in den offenen Rachen fuhr, worauf sie alsogleich verreckete und schwarz und blau, wie eine Brummelbeer wurde.

Hörete darauf weiter nichtes, als daß das Fenster klirrete, doch nicht gar harte, besondern als wenn eine Erbse dagegen geworfen würd, woraus ich leichtlich abnehmen kunnte, daß Satanas mit ihrer Seelen hindurch gefahren. Der barmherzige Gott bewahre doch jedes Mutterkind für solches Ende umb Jesu Christi unsers lieben Herrn und Heilandes willen, Amen.

Als ich mich in etwas wieder verhohlet, was aber, lange dauerte, inmaßen mein Blut zu Eis geronnen, und meine Füße so steif wie ein Stock waren, hub ich an nach dem dreusten Büttel zu schreien, welcher aber nicht mehr im Gefängniß war. Solches nahm mich ein Wunder, da ich ihn doch kurz zuvorab noch gesehen, ehe denn der Wurmb kam und ahnete mir gleich nichts Gutes. Und also geschah es auch. Denn als er endlich auf mein Rufen hereinkam, und ich sagete: er möge das Aas auskarren lassen, so hier eben im Namen des Teufels verrecket wäre, that er ganz verwundert und als ich ihme zuhielt, er würde doch ein Zeugnüß ablegen für mein Töchterlein von wegen ihrer Unschuld, so die Vettel auf ihrem Todeslager bekennet, stellete er sich noch mehr verwundert und sprach: daß er Nichtes gehört hätte. Dieses stieß mir wie ein Schwert durch mein Herze und fiel ich draußen an einen Piler[6] wo ich wohl eine ganze Zeit gestanden. Ging aber als ich wieder zu mir selbsten kam zu Dn. Consuli, welcher nach Usedom abfahren wollte und schon auf dem Wagen saß. Auf mein demüthig Bitten aber kam er wieder in das Gerichtszimmer mit dem Camerario und Scriba herab, und verzählete ich anjetzo ihnen Allens was fürgefallen, und wie der gottlose Büttel leugne, solches auch gehört zu haben. Hierunter habe ich aber viel Wirrisches gesprochen, und unter andern gesaget, daß die Fischlein alle zu meim Töchterlein in den Keller geschwummen kämen, umb sie zu erlösen. Nichts destoweniger ließ Dn. Consul, welcher oftmalen sein Haupt schüttelte, den dreusten Büttel rufen, und befragete ihn nach seinem Gezeugnüß. Aber der Kerl gab für, daß er gleich wäre fortgangen da er gemerket daß die alte Lise beichten wölle, um nicht abereins angeschnauzet zu werden. Er habe darum auch Nichtes gehört. Hierauf hätte ich, wie Dn. Consul nachgehends dem Benzer Pastoren gesaget meine Fäuste geballet und geantwurtet: was du Erzschalk krochst du nicht wie ein Wurmb in der Stuben umbher? Darumb hätte er mich auch, wie einen wirrischen Menschen, nicht weiter angehöret, noch dem Büttel einen Eid abgenommen, sondern hätte mich im Zimmer stehen lassen, und wäre wieder auf seinen Wagen gestiegen.

6 Pfeiler, plattdeutsch.

Weiß auch nicht, wie ich herauskommen bin, und war mir am andern Morgen als die Sonne aufginge und ich bei Meister Seep, dem Krüger, in meim Bette lag der ganze casus, wie ein Traumb. Kunnte auch nit aufstehen, besondern mußte den lieben Sonnabend und Sonntag stille liegen, wo ich viel Allotria geschwäzzet. Erst den Sonntag gegen Abend als ich angehoben mich zu speien und die grüne Galle ausgebrochen, (ist kein Wunder nicht!) ist es besser mit mir worden. Umb diese Zeit kamb auch Pastor Benzensis vor mein Bette und verzählete mir, wie ich es wirrisch gemachet, richtete mich aber durch Gottes Wort also auf daß ich wieder recht aus dem Herzen beten kunnte, was der barmherzige Gott meinem lieben Gevatter noch am jüngsten Gericht vergelten wölle. Denn das Gebet ist fast ein so wackerer Tröster, wie der heilige Geist selbsten, von dem es kommt und verbleibe ich dabei so lange ein Mensch noch beten kann, daß er nicht im äußersten Unglück sei, wenn ihm sunsten auch Leib und Seele verschmachtet wäre. (Ps. 73.)

Capitel 25.

Wie Satanas mich wie den Waizen sichtet, mein Töchterlein aber ihm wackeren Widerstand thut.

Im Montag fuhr ich bei guter Zeit von meinem Lager und alldieweil ich mich ziemlich wacker fühlete, ging ich aufs Schloß, ob ich nicht möchte zu meim Töchterlein gelangen. Konnte aber keinen einzigen Büttel nit finden, vor die ich ein Paar Schreckensberger[1] als ein Biergeld mit genommen. Das Volk so ich antraf wollte mir's auch nit sagen, wo sie wären, item den dreusten Büttel sein Weib auch nit, so in der Küchen stand und Schwefelfaden machete. Und als ich fragete: wann ihr Mann denn wiederkäme? vermeinete sie, es würde wohl nit viel vor morgen frühe werden, item käm auch der andere Büttel nit ehender. So bat ich sie denn, mich selbsten zu meinem Töchterlein zu geleiten ihr die zwo Schreckensberger zeigende, aber sie gab zur Antwort, daß sie die Schlüssel nit hätte, und auch nicht zu überkommen wüßte. Ebenmäßig wollte sie auch nit in Erfahrung gezogen haben, wo mein Töchterlein jetzunder säße, damit ich durch die Thür mit ihr sprechen künnte. Item sa-

1 Eine alte Silbermünze mit dem Bilde eines Engels, welche 3 bis 4 Ggr. galt.

geten der Koch, der Jäger und weme ich sonsten in meinem Gram begegnete, sie wüßten nicht in welchem Loch die Hexe sitzen müge.

Ging dannenhero rund umb das Schloß, und legete an jedes Fensterken, so mir wohl den Anschein hatte, daß es ihr Fensterken wär, meine Ohren und rufete: Maria mein Töchterlein wo bistu? item, wo ich ein Gegitter fand, fiel ich auf meine Kniee, neigete mein Haupt und rufete eben also in den Keller. Doch es war Allens umbsonst, ich bekam nirgends nicht eine Antwort. Solches hatte endiglichen der Amtshaubtmann gesehen, und kam mit gar freundlicher Mienen zu mir aus dem Schloß gangen, griff mich bei meiner Hand, und fragete, was ich wölle? Und als ich ihm zur Antwort gab: daß ich mein einzig Kind seit verschienenen Donnerstag nit gesehen und er sich erbarmen möge, und mich zu ihr führen lassen, sprach er, daß solches nit anginge, doch sölle ich mit ihm aufsein Zimmer kommen, umb über die Sache ein Mehres zu reden. Unterweges sagete er: die alte Hexe hat Euch wohl was Schönes von mir verzählet, aber Ihr sehet, wie der allmächtige Gott sie in sein gerecht Gericht genommen. Sie ist schon lange reif gewest vor das Feuer, aber meine große Langmuth, worin eine gute Obrigkeit immer dem Herren nacheifern muß, hat es bis dato übersehen und nun machet sie mir zum Dank solches Geschreie. Und als ich ihm versetzete: »wie weiß Ew. G. daß die Hexe Ihme ein solch Geschrei gemachet?« hub er anfänglich an zu stöttern und sprach alsdann: Ei Ihr habet es ja selbsten dem Richter geklaget. Aber derowegen habe ich dennoch keinen Zorn auf Euch, sondern weiß Gott im Himmel, daß Ihr alter schwacher Mann mich erbarmet und ich Euch gerne hülfe so ich könnte. Hierzwischen führete er mich an die vier bis fünf Treppen hinauf, so daß ich alter Mann ihme letzlich nit mehr folgen kunnte, und still stund und nach Luft jappete. Aber er faßete mich bei meiner Hand und sprach: »kummet nur, ich muß Euch allhier erst sehen lassen, wie es steht, denn sonst nehmet Ihr doch nit meine Hülf an, wie ich sorge, und stürzet Euch selbsten ins Verderben!« Und traten wir anjetzo auf eim Altan oben am Schloß wo man nach dem Wasser überschauet, worauf der Bösewicht fortfuhr, also zu sprechen: Ehre Abraham müget Ihr gut in der Ferne sehen? und als ich sagete: daß ich solches ehender wohl gekunnt, mir aber die vielen Thränen anjetzo wohl möchten meine Augen betrübt haben, zeigete er auf den Streckelberg und sprach: sehet Ihr dorten Nichtes? Ego: Nichtes denn ein schwarzes Flecklein so ich aber nicht erkennen mag. Ille: so wisset dieses ist der Scheiterhaufen auf dem Euer Kind Morgen frühe umb 10 Uhren soll gebrennet werden, und den die Büttel bauen! Als der Höllenhund solches sagte, thät ich einen lauten Schrei und wurde unmächtig. Ach du lieber Gott, ich weiß nicht, wie ich diesen Schmerz mit meinem Leben überwunden, aber du hast mich selbsten unnatürlich gestärket, umb mich nach so vielem Heulen und Weinen wieder mit Freude zu überschütten, denn sonst achte ich, wär es unmüglich gewesen, solche Trübsal zu überwinden, darumb sei deinem Namen auch ewiglich Preis und Ehr o du Gott Israels.[2]

Als ich wieder zu mir selbsten kam, lag ich in eim schönen Zimmer auf einem Bett und empfande einen Geschmack in meinem Munde wie Wein. Aber dieweil ich den Amtshaubtmann allein umb mich sahe mit einem Krug in der Hand schudderte ich mich und thät meine Augen wieder zu, umb mich zu besinnen, was ich thun und sagen wöllte. Solches wurde er aber alsobald gewahr und sprach: schuddert Euch nicht also, ich meine es gut mit Euch und will euch darumb eine Frage fürlegen, welche Ihr mir auf Euer priesterlich Gewissen beantworten sollet. Saget Ehre Abraham welches ist eine größere Sünde: Hurerei treiben, oder zween Menschen ihr Leben nehmen? Und als ich ihm zur Antwort gab: zween Menschen ihr Leben nehmen! fuhre er fort: ei nun sehet, das will Euer verstockt Kind thun! Ehender sie sich mir ergiebet, der ich sie immer retten gewöllt, und noch heute retten kann, wiewohl ihr Scheiterhaufen schon aufgebauet wird, will sie sich selbsten das Leben nehmen und Euch elendem Menschen ihrem Vater dazu, denn ich achte, daß Ihr diese Trübsal schwerlich überwinden werdet. Darumb beredet sie doch umb Gottes willen, daß sie sich auf ein Besseres besinnet, so lange es mir noch müglich ist, sie zu erlösen. Sehet ich habe ein Häuslein zwo Meilen von hier, mitten in der Heiden belegen, wo kein Mensch hingelanget, dahin lasse ich sie in dieser Nacht annoch bringen, und möget Ihr bei ihr wohnen Euer Lebelang, so es Euch gefällt. Ihr sollet es so gut haben, als Ihr nur wünschen möget, und lasse ich morgen frühe ein Geschrei machen, die Hexe wäre zur Nacht mit ihrem Vater fortgelaufen und Niemand wisse, wohin sie kommen sei. Also sprach die Schlange zu mir, wie weiland zu unsrer Aeltermutter der Eva, und mir elenden Sünder kam es auch für, als ob der Baum des Todes, den sie mir zeigete, ein Baum des Lebens wäre, also lieblich war er anzuschauen. Doch gab ich zur Antwort: dieses wird mein Töchterlein nimmermehr thun, und ihrer Seelen Seelig-

2 Tobias 3, 22, 23.

keit aufgeben umb ihr arm Leben sich zu erhalten. Aber auch jetzo war die Schlange wieder listiger, denn alle Thiere des Feldes (verstehe insonderheit mich alten Thoren) und sprach: ei wer saget denn, daß sie ihrer Seelen Seeligkeit aufgeben soll? Ehre Abraham muß ich Euch die Schrift lehren? Hat nicht unser Herr Christus die Mariam Magdalenam zu Gnaden aufgenommen, so doch, in offenbarer Hurerei gelebet, und hat er nicht der armen Ehebrecherin die Vergebung angekündiget, so doch noch ein weit größer crimen[3] begangen; ja sagt St. Paulus nit geradezu, daß die Hure Rahab selig worden, Hebräer am 11ten, item St. Jacobus am zweiten, das Nämbliche? Wo aber leset ihr, daß ein Mensche selig worden, so sich selbsten und seinen Vater muthwillig das Leben genommen? Darumb beredet doch umb Gottes willen Euer Kind, daß sie in ihrem verstockten Sinn nicht muthwillig Leib und Seele dem Teufel übergebe, sondern sich retten lasse, dieweil es noch Zeit ist. Ihr möget ja bei ihr bleiben und Allens wieder wegbeten, so sie gesündiget, auch mir mit Eurem Beistand gegenwärtig sein, der ich gar gerne bekenne, daß ich ein armer Sünder bin, und Euch viel Leides zugefüget, doch noch lange nicht so viel Leides, Ehre Abraham, denn David dem Uriae welcher aber gleichwohl seelig worden, unangesehen er den Mann schändlich um sein Leben brachte, und nachgehends sein Weib beschlief. Darumb hoffe ich armer Mensch auch seelig zu werden, der ich müglichst noch eine größere Brunst zu eurem Töchterlein habe, denn dieser David zur Bathseba, und will ich Euch Allens gar gerne doppelt wieder vergelten, wenn wir nur erstlich in der Hütten seind.

Als der Versucher solches geredet, bedünketen mich seine Worte süßer denn Honig und gab ich zur Antwort: ach, gestrenger Herr, ich schäme mich, ihr mit solchem Antrag unter die Augen zu treten, worauf er aber alsobald sprach: so schreibet es ihr, kommt, hier ist Black, Feder und Papier.

Da nahm ich, wie Eva, die Frucht und aß, und gab sie meinem Töchterlein, daß sie auch essen söllte, will sagen ich recapitulirete. Allens, so mir Satanas eingegeben auf dem Papier, jedoch in lateinischer Sprachen, dieweil ich mich schämete es deutsch zu schreiben, und beschwure sie letzlich nicht sich und mich umb das Leben zu bringen, besondern sich in Gottes wunderliche Schickung zu fügen. Auch wurden mir meine Augen gar nicht aufgethan, als ich gessen (verstehe geschrieben) noch merkete ich, daß nicht Honig, besondern Galle unter der Tinten war, sondern

3 Verbrechen.

ich übersetzete dem Amtshaubtmann denselbigen mit Lächeln, wie ein besoffener Mensche (dieweil er kein lateinisch verstunde) worauf er mich auf die Schulter klopfete, und nachdem ich den Brief mit seinem Signet verschlossen, rief er den Jäger, und gab ihm selbigen, umb ihn meinem Töchterlein zu bringen, item fügete er Black, Feder und Papier benebst dem Signet hinzu, daß sie mir alsogleich antwurten möge.

Hierzwischen nun war er gar lieblich zu reden, lobete mich und mein Kind, und mußte ich ihm unterschiedlichen Malen Bescheid thun aus seinem großen Kruge, in welchem er einen fast schönen Wein hatte, trat auch an einen Schrank und hohlete mir Pretzeln zum Zubeißen, sagende, so söllte ich es nunmehro alle Tage haben. Als aber nach einer halben Stunden wohl der Jäger mit ihrer Antwort zurücke kehrete und ich selbige angesehen, begab es sich allererst daß meine Augen aufgethan wurden und ich erkannte, was gut und böse war. Hätte ich ein Feigenblatt gehabt, so würde ich selbiges auch aus Schaam dafür gehalten haben, so aber hielt ich meine Hand dafür und weinete also heftiglich, daß der Amtshaubtmann in einem schweren Zorn gerith, und fluchend mir befahl ihm zu sagen, was sie geschrieben. Verdollmetschete ihm also den Brief, welchen ich anhero setze, damit man meine Thorheit und meines Töchterleins Weisheit daraus erlerne. Es lautete aber derselbe wie folget[4]:

IESVS!

Pater infelix!

Ego cras non magis pallebo rogum aspectura, et rogus non magis erubescet, me suscipiens, quam pallui et iterum erubescui, literas tuas legens. Quid? et te pium patrem, pium servum Domini, ita Satanas sollicitavit, ut communionem facias cum inimicis meis et non intelligas: in tali vita esse mortem, et in tali morte vitam? Scilicet si clementissimus Deus Mariae Magdalenae aliisque ignovit, ignovit, quia resipiscerent ob carnis debilitatem, et non iterum

4 Er ist sichtbar von einer weiblichen Hand geschrieben und wahrscheinlich die Originalhandschrift. Siegellack oder Wachs ist aber daran nicht zu bemerken, weshalb ich annehmen möchte, daß er offen überbracht wurde, was bei seinem fremden Inhalt ja auch keine Gefahr hatte. Uebrigens lasse ich absichtlich die wenigen Sprachfehler stehen, welche er enthält, da mir jede Correktur dieses Kleinodes als ein Verrath an dem Character dieses unvergleichlichen Weibes erscheinen würde.

peccarent. Et ego peccarem cum quavis detestatione carnis et non semel, sed iterum atque iterum sine reversione usque ad mortem? Quomodo clementissimus deus hoc sceleratissima ignoscerc posset? infelix pater! recordare, quid mihi dixisti de sanetis Martyribus et virginibus domini, quae omnes mallent vitam quam pudicitiam perdere. His et ego sequar, et sponsus meus, Jesus Christus, et mihi miserae, ut spero, coronam aeternam dabit, quamvis eum non minus offendi ob debilitatem carnis ut Maria, et me sontem declaravi, cum insons sum. Fac igitur, ut valeas et ora pro me apud Deum et non apud Satanam, ut et ego mox coram Deo pro te orare possim.

Maria S.
captiva.

Uebersetzung.
JESUS!

Unglücklicher Vater!
Ich werde morgen nicht mehr erblassen, wenn ich den Scheiterhaufen erblicke, und der Scheiterhaufen wird nicht mehr erröthen, wenn er mich aufnimmt, als ich erblassete und wiederum erröthete, als ich deinen Brief las. Wie? auch dich frommen Vater und frommen Knecht hat Satan so verführt, daß du Gemeinschaft machst mit meinen Feinden, und nicht einsiehst, daß der Tod in solchem Leben, und in solchem Tode das Leben sei? Denn wenn der gnädige Gott der Maria Magdalena und andern verziehen hat, so verziehe er ihnen, weil sie Buße thaten wegen der Schwäche ihres Fleisches und nicht abermals sündigten. Und ich sollte sündigen bei einem gänzlichen Abscheu meines Fleisches, und nicht einmal, sondern wiederhohlt, ohne Umkehr, bis an meinen Tod? Wie würde der gnädige Gott dies dem verworfensten aller Weiber verzeihen können? Unglücklicher Vater, erinnere dich, was du mir gesagt hast von den heiligen Märtyrern und den Jungfrauen des Herrn, welche alle lieber das Leben als ihre Keuschheit verlieren wollten. Diesen will auch ich folgen, und mein Heiland Jesus Christus wird auch mir Elenden, wie ich hoffe, die ewige Krone geben, obgleich ich ihn nicht minder beleidigt habe, wegen Schwäche meines Fleisches wie Maria, und mich für schuldig erklärt, da ich doch unschuldig bin. Suche also stark zu werden und bitte für mich bei Gott, und nicht beim Teufel, damit auch ich bald im Angesicht Gottes für dich beten kann.

Die gefangene Maria S.

Als der Amtshaubtmann solches gehöret, wurf er den Krug, so er annoch in Händen hielt, also zur Erden nieder, daß er zerborste, und schriee: die verfluchte Teufelshure, so soll der Büttel sie dafür auch eine ganze Stunde piepen lassen und was er ein Mehres herfürstieß in seiner Bosheit, und ich vergessen hab. Doch bald wurde er wieder als gütlich und sprach: »sie ist unklug, gehet einmal selbsten zu ihr, ob Ihr sie zu Eurem und ihrem eigenen Vortheil bereden möget, der Jäger soll Euch einlassen, und horchet der Kerl, so gebet ihm nur gleich in meinem Namen ein Paar Ohrfeigen, höret Ihr Ehre Abraham! Geht geschwinde und bringet mir sobald als müglich eine Antwort!« Ging also dem Jäger nach, welcher mich in einen Keller geleite, wohin kaum so viel Licht durch ein Loch fiel, als ein Gulden groß, und wo mein Töchterlein auf ihrem Bette saß und weinete. Und kann man vor sich selbsten abnehmen, daß ich auch alsogleich angefangen hab und nichts Besseres kunnte, denn sie. Lagen uns also eine lange Zeit stumm in den Armen, bis ich sie letzlich um Vergebung bat, von wegen meinem Brief, aber von dem Amtshaubtmann seinen Auftrag sagete ich ihr Nichtes, wie es gleich mein Fürsatz war. Es währete aber nit lange, so hörten wir ihn selbsten schon in den Keller von oben niederschreien: »was – (hier thät er einen schweren Fluch) machet ihr dort so lange? im Augenblick Ehre Johannes herauf!« so daß ich kaum noch Zeit hatte, ihr ein Küßeken zu geben, als der Jäger auch schon wieder mit den Schlüsseln da war, und wir uns trennen mußten, obgleich wir annoch von Nichtes gesprochen, als daß ich ihr mit Wenigem verzählet, wies mit der alten Lisen gearriviret sei. Und kann man schwerlich gläuben, in welche Bosheit der Amtshaubtmann geriethe, als ich ihm sagete: mein Töchterlein verbliebe stark, und wolle ihm nicht Gehör geben. Er stieß mich vor meine Brust, und rief: »so geh zum Teufel infamer Pfaff!« und als ich mich umbwendete umb wegzugehen riß er mich wieder zurück und sprach: aber sagstu von Allem, so wir fürgehabt, ein Wörtlein, siehe so laß ich dich auch brennen, du alter, grauer Hexenvater, worauf ich mir ein Herze faßte und zur Antwort gab: daß mir solches eine große Freude sein würde, insonderheit wenn es schon morgen mit meim Töchterlein zusammen beschehen könnte. Antwortete aber nichtes sondern schlug die Thüre hinter mir zu. Aber schlag du nur, ich sorge der gerechte Gott wird dir die Thüre des Himmelreichs auch dermaleinst wieder vor deiner Nasen zuschlagen! –

Capitel 26.

Wie ich mit meinem Töchterlein und der alten Magd das heilige Abendmahl genieße und sie darauf mit dem blanken Schwert und dem Zetergeschrei zum letzten Mal vor Gericht geführet wird, umb ihr Urtel zu vernehmen.

Nun sollte wohl männiglich judiciret haben, daß ich in der schweren Dienstagsnacht kein Auge zugethan, aber Lieber, hier siehstu, daß der Herr mehr thun kann denn wir bitten und verstehen, und seine Barmherzigkeit alle Morgen neu ist. Denn ich schlief wieder umb die Morgenzeit ganz geruhlich ein, als hätte ich keine Sorge mehr auf meim Herzen. Und als ich aufwachete kunnte ich auch wiederumb so wacker beten, als ich lange nicht gekonnt, so daß ich in aller meiner Trübsal für Freuden weinete über solche Gnade des Herrn. Doch betete ich nun Nichtes, als daß er meinem Töchterlein wölle Kraft und Stärke verleihen, ihr Marterthum, so er ihr auferlegt, in christlicher Geduld zu ertragen, mir Elenden aber einen solchen Schmerzensstich durch seinen Engel in mein Herze zu geben, wenn ich mein Töchterlein brennen säh, daß es alsofort stille stünd, und ich ihr folgen künnte. Also betete noch, als die Magd in ihrem schwarzen Putz hereintrat, mit meines Lämmeleins seidinen Zeug auf ihren Aermel und mit vielen Thränen vermeldete: daß das arme Sünderglöcklein vom Schloßthurm schon zum ersten Male geläutet, auch mein Töchterlein nach ihr geschicket, umb sie anzuputzen, dieweil das Gerichte aus Usedom allbereits angelanget, und sie umb zween Stunden schon ihren letzten Gang thun würde. Auch ließe sie ihr sagen, daß sie ihr Blümekens blau und gelb von Farb zu einem Kranz mitbringen möge, fragete dannenhero, was für Blümekens sie nehmen sölle. Und dieweil für dem Fenster ein Topf mit Feuerlilien und blau Aeugeleins[1] stunde, so sie mir gestern hereingesetzet, sprach ich: du kannst keine besseren Blümekens vor sie pflücken denn diese seind, darumb bringe ihr solche, und sage ihr: daß ich um eine halbe Glockenstunden dir nachkommen würde, umb mit ihr das Nachtmahl zu genüßen. Hierauf bat die alte treue Person, daß sie mit zum Nachtmahl gehen müge, was ich ihr auch versprach. Und hatte ich mich kaum verkleidet und meinen Chorrock angezogen, als Pastor Benzensis auch schon in die Thüre trat und mir stumm

1 vielleicht Vergißmeinnicht.

wie ein Fisch umb meinen Hals fiel und weinete. Als er die Sprache wieder gewunn, verzählete er von einem großen miraculum (verstehe Daemonis) so beim Begräbnüß der alten Lisen sich eräugnet. Denn als die Träger den Sark hätten in die Grube hinunter lassen wöllen, hätt' es also laut in selbigem rumort, als wenn ein Tischler ein tännin Brett bohrt. Hätten also gegläubet, die alte Vettel wäre wieder aufgelebet, und den Sark wiederumb aufgemachet. Aber sie wäre noch gelegen wie sonst, braun und blau von Farb und kalt wie ein Eis; doch wären ihr ihre Augen offen gangen gewest, so daß männiglich sich entsetzet, und einen Teufelsspök vermuthet, als denn auch gleich darauf eine lebendige Ratze aus dem Sark gesprungen und in einen Todtenkopf gefahren wäre, der am Grabe gelegen. Nunmehro wäre Allens fortgelaufen, dieweil die alte Lise von jeher in eim bösen Geschrei gewest, bis er selbsten letzlich wieder an das Grab getreten, worauf die Ratze verschwunden gewesen, und nunmehro die Andern auch wieder einen Muth bekommen hätten. Also verzählete der Mann, und wird man nun leichtlich gießen, daß dies in Wahrheit Satanas gewest, so der Vettel als ein Wurmb in den Rachen gefahren, und eigentlich die Gestalt einer Ratzen gehabt, wiewohl es mich wiederumb wundert, was er so lange in dem Aas gemachet; es möchte denn sein, daß die bösen Geister, Allens was garstig, ebenso lieb haben, als die Engellein Gottes Allens was schön und lieblich ist. Aber dieses lasse ich in seinen Würden, summa: ich entsatzte mich nicht wenig für seiner Rede, und fragete ihn, was er nunmehro von dem Amtshaubtmann gläube: Hierauf zuckete er mit seinen Achseln und sprach: selbiger wäre, so lange er denken könne ein böser Bube gewesen, hätte ihm inner 10 Jahren auch sein Mistkorn nicht mehr geliefert, doch daß er ein Hexer wäre, wie die alte Lise gesagt, gläube er nicht. Denn wiewohlen er bei ihme noch gar nicht zu Gottes Tisch gewest, hätt er doch vernommen, daß er in Stettin oftermalen mit S. fr. G. dem Herzogen hinzugegangen und ihme der Pastor an der Schloßkirchen solches selbsten durch sein Communionbuch documentiret. Dannenhero könne er auch unmöglich gläuben, daß er mein Töchterlein sölle unschuldig in ihr Elend stürzen, wie die Vettel gesaget. Auch hätte mein Töchterlein sich ja gutwillig für eine Hexe ausgeben. Hierauf gab ich zur Antwort: daß sie es aus Furcht vor der Marter gethan; sonst, ihren Tod anlangend, so scheue sie selbigen nicht, worauf ich ihm mit vielen Seufzern berichtete, wie der Amtshaubtmann gestern mich elenden und ungläubigen Knecht zum Bösen gereizet, daß ich schier willens gewest, mein einzig Kind ihme und dem Satan zu verkaufen, und nicht würdig wäre, heute das Sacrament zu empfahen. Wie mein Töchterlein aber einen viel steiferen Glauben, denn ich gehabt, was er aus ihrem Schreiben sehen könnte, so ich annoch in der Taschen hätte. Gab es ihm also in seine Hand, und nachdeme er es gelesen, seufzete er nicht anders denn ein Vater und sprach: wäre es müglich, so könnte ich für Schmerz in die Erde sinken, aber kummet, kummet mein Bruder, auf daß ich ihren Glauben selbsten sehe.

Und gingen wir nunmehro auf das Schloß; doch stand unterweges auf dem Brink vor dem Förster item umb das Schloß schon Allens voller Menschen so aber sich annoch geruhsam verhielten, als wir fürüber gingen. Meldeten uns also wieder bei dem Jäger (seinen Namen habe ich niemals behalten mügen, dieweil er ein Polacke war, doch war er ein anderer, als der Kerl, welcher mein Töchterlein freien sollte, und den der Amtshaubtmann wegkgejaget) welcher uns auch alsofort in ein schön, groß Zimmer brachte, wohin mein Töchterlein schon aus dem Gefängnüß abgehohlet war. Auch hatte die Magd sie allbereits geputzet, und war sie so schön als ein Engel anzusehen. Hatte die güldene Kettin mit dem Conterfett wieder umb ihren Hals item den Kranz in ihren Haaren, und lächelte als wir hineintraten sagende: »ich bin bereit!« – »Hiefür entsatzte sich aber Ehre Martinus und sprach: »ei du gottlos Weibsbild, nun sage mir Niemand mehr von deiner Unschuld! du willt zum Nachtmahl und nachgehends zum Tode gehen, und stolzierest einher, als ein Weltkind, so auf den Tanzboden trottiret?« Hierauf gab sie zur Antwort: verdenk Ers mir nicht Herr Pate, daß ich in demselbigen Putz, in welchem ich letzlich für den guten schwedischen König getreten, auch will für meinen guten himmlischen König treten. Solches stärket mein schwaches und verzagtes Fleisch, angesehen ich hoffe, daß der treue Heiland mich auch so an sein Herz« nehmen und mir sein Conterfett umbhängen wird, wenn ich demüthig die Hände zu ihm ausstrecke und ihm mein Carmen aufsage, welches lautet: »o Lamm Gottes unschuldig, am Stamm des Kreuzes geschlachtet, gieb mir deinen Frieden o Jesu.« Solches erbarmete meinen lieben Gevatter und er sprach: ach Päte, Päte, ich wollte dir zürnen, und du zwingest mich mit dir zu weinen, bistu denn unschuldig? Ja sprach sie: Ihme Herr Päte kann ichs wohl sagen, ich bin unschuldig, so wahr mir Gott helfe in meiner letzten Noth durch Jesum Christum Amen.

Als dieses die Magd hörete, erhube sie ein so großes Geschreie daß es mir leid wurde, daß ich sie mitgenommen und hatten wir alle sie genug aus Gotts Wort zu trösten, bis sie wieder in etwas geruhlich wurde. Und als solches beschehen, sprach mein lieber Gevatter: wenn du so hoch deine Unschuld betheurest, muß ich solches zuvor dem Gericht auf mein priesterlich Gewissen vermelden, und wollte aus der Thüren. Aber sie hielt ihn feste und fiel zur Erden und umklammerte seine Füße und sprach: ich bitte Ihne umb die Wunden Jesu, daß Er schweiget. Sie werden mich auf die Folter strecken und meine Schaam blößen, und ich elendes schwaches Weib werde Allens in solcher Marter bekennen, was sie wöllen, zumalen wenn mein Vater wieder dabei ist, und mir also Leib und Seele zusammen gemartert wird. Darumb bleib Er, bleib Er, ist es denn ein Unglück unschuldig zu sterben, und nicht besser unschuldig, denn schuldig?

Solches versprach mein guter Gevatter letzlich und nachdeme er eine Zeit gestanden und vor sich gebetet, wischte er sich seine Thränen ab, und hielt nunmehro die Vermahnung zur Beichte, über Esaias 43 V. 1 und 2: fürchte dich nicht denn ich habe dich erlöset, ich habe dich bei deinem Namen gerufen, du bist mein! So du ins Feuer gehest sollst du nicht brennen und die Flamme soll dich nicht anzünden, denn ich bin der Herr dein Gott der Heilige in Israel, dein Heiland.

Und als er seine tröstende Ansprach geendiget, und sie nunmehro fragete, ob sie auch williglich, bis zur letzten Stunde das Creuz tragen wölle, so der barmherzige Gott ihr nach seinem unerforschlichen Willen auferleget, sprach sie die schönen Worte, von welchen mein Gevatter nachgehends sagte, daß er sie in seinem Leben nicht vergessen würde, dieweil er niemalen eine also gläubige, freudige, und dennoch hochbetrübte Gebährde gesehen. Sie sprach aber: o heiliges Creuz, welches mein Jesus mit seinem unschuldigen Leiden geheiliget, o liebes Creuz, welches von der Hand eines gnädigen Vaters mir auferleget wird, o seeliges Creuz, durch welches ich meinem Jesu gleich gemacht und zur ewigen Herrlichkeit und Seligkeit gefördert werde, was sollt ich dich nicht willig tragen du süßes Creuz meines Bräutigams und Bruders! Kaum hatte Ehre Johannes uns darauf die Absolution und nachgehends das heilige Sacrament mit vielen Thränen gereichet, als wir auch schon einen großen Tumult auf der Dielen vernahmen und gleich darauf der dreuste Büttel zur Thüren hereinschauete, und fragende: ob wir fertig wären, alldieweil Ein ehrsam Gericht schon auf uns warte. Und als er solches vernommen, wollte mein Töchterlein erstlich von mir ihren Abschied nehmen, was ich ihr aber wehrete und sprach: nicht also, du weißt was du mir versprochen, wo du hingehest, da will ich auch hingehen, wo du bleibest, da bleibe ich auch, wo du stirbst, da sterbe ich auch[2], so anders der Herr, wie ich hoffe, die brünstigen Seufzer meiner armen Seelen erhöret. Darumb ließ sie mich fahren und umbhalsete nur die alte Magd und dankete ihr für alles Gute, so sie ihr von Jugend auf gethan, und bate, daß sie nicht mitgehen und ihr ihren Tod durch ihr Geschreie noch mehr verbittern wölle. Die alte treue Person kunnte lange nicht für ihren Thränen zu Worte kommen. Letzlich aber bat sie mein arm Töchterlein um Vergebung daß sie selbige auch unwissend angeklaget und sagte, daß sie ihr für ihr Lohn an die 5 Ließpfund Flachs gekaufet, damit sie bald von ihrem Leben käm.

Solches hätte heute Morgen schon der Schäfer von Pudgla mit gen Coserow genommen und sölle sie es sich recht dicht umb ihren Leib legen, dieweil sie gesehen, daß die alte Schurnsche so in der Liepen gebrennet wäre, viele Qual ausgestanden von wegen dem naßen Holz ehebevor sie zu Tode kommen.

Doch ehender ihr mein Töchterlein noch danken kunnte, begunnte das erschröckliche Blutgeschrei im Gerichtszimmer: denn eine Stimme schriee so laut sie konnte: »Zeter über die vermaledeyete Hexe Maria Schweidlerin, daß sie von dem lebendigen Gotte abgefallen!« und alles Volk draußen schriee nach: Zeter über die vermaledeyete Hexen! – Als ich solches hörete fiel ich gegen die Wand aber mein süßes Kind strakete mir mit ihren süßen Händeleins meine Wangen und sprach: Vater, Vater gedenket doch, daß das Volk über den unschuldigen Jesum auch kreuzige, kreuzige! geschrieen, sollten wir den Kelch nicht trinken, den uns unser himmlischer Vater gegeben hat? –

Nunmehro ging auch schon die Thüre auf, und trat der Büttel unter eim großen Tumult des Volks herein ein blankes scharfes Schwerdt in seinen Händen tragende, neigete es dreimal vor meinem Töchterlein und schriee: »Zeter über die vermaledeyete Hexe Maria Schweidlerin, daß sie von dem lebendigen Gotte abgefallen!« und alles Volk auf der Dielen und draußen schriee ihm nach so laut es kunnte: »Zeter über die vermaledeiete Hexe!«

Hierauf sprach er Maria Schweidlerin komm für Ein hochnothpeinliches Halsgericht, worauf sie ihme mit uns beiden elenden Männern folgete (denn Pastor Benzensis war nicht weniger geschlagen als ich selbsten) die alte Magd aber blieb für todt auf der Erden liegen.

2 Buch Ruth 1, V. 16.

Und als wir uns mit Noth durch das viele Volk durchgedränget, blieb der Büttel vor dem offenen Gerichtszimmer stehen senkete abermahlen sein Schwert vor meim Töchterlein und schriee zum dritten Mal: »Zeter über die vermaledeyete Hexe Maria Schweidlerin daß sie von dem lebendigen Gotte abgefallen!« und alles Volk wie die grausamen Richter selbsten schrieen nach, so laut sie kunnten: »Zeter über die vermaledeyete Hexe!«

Als wir nunmehro ins Zimmer traten, fragete Dn. Consul erstlich meinen Herrn Gevatter: ob die Hexe bei ihrem freiwilligen Bekänntnüß in der Beichte verblieben, worauf er nach kurzem Besinnen zur Antwort gab: man müge sie selbsten fragen, da stünde sie ja. Selbiger sprach also ein Papier in seiner Hand nehmend, so vor ihm auf dem Tische lag: Maria Schweidlerin, nachdem du deine Beichte gethan und das heilige hochwürdige Sakrament des Abendmahls empfangen, so gieb mir noch einmal Antwort auf jetzt folgende Fragen:

1) wahr, daß du von dem lebendigen Gott abgefallen und dich dem leidigen Satan ergeben.
2) wahr, daß du einen Geist gehabt, Disidaemonia genannt, der dich umgetaufet und mit welchem du dich unnatürlich vermischet.
3) wahr, daß du dem Vieh allerhand Uebles zugefüget.
4) wahr, daß dir Satanas auf dem Streckelberg als ein haarigter Riese erschienen? –

Als sie dieses Alles mit vielen Seufzern bejahete, stund er auf, nahm seinen Stab in eine Hand und ein zwotes Papier in die andere, setzte auch seine Brill auf die Nasen und sprach: so höre jetzunder dein Urtel:

(Dieses Urtel hab ich mir nachgehends abgeschrieben; die anderen Acta wollte er mir aber nicht überlassen, sondern gab für, daß sie in Wolgast lägen und lautete selbiges wörtlich also:)

Wir zu Einem hochnoth-peinlichen Halsgericht verordnete Amtshaubtmann und Schöppen:

nachdem Maria Schweidlerin des Pastoren zu Coserow Abraham Schweidleri Tochter nach angestellter Inquisition wiederhohlentlich das gütliche Bekänntnüß abgeleget: daß sie einen Teufel habe Disidaemonia genennet, der sie in der Sehe umbgetaufet und mit dem sie sich fleischlich und unnatürlich vermischet, item daß sie durch selbigen dem Vieh Schaden zugefüget, er ihr auch auf dem

Streckelberg als ein haarigter Riese erschienen: erkennen und sprechen für Recht: daß Rea ihr zur wohlverdienten Strafe und Andern zum Exempel billig mit vier glühnden Zangenrissen an ihren Brüsten zu belegen und nachmals mit dem Feuer vom Leben zum Tode zu bringen sei. Dieweil wir aber, in Betrachtung ihres Alters sie mit den Zangenrissen aus Gnaden zu verschonen gewilliget, als soll sie nur durch die einfache Feuerstraf vom Leben zum Tode gebracht werden. Inmaßen sie denn dazu hiemit condemniret und verurtheilt wird. Von peinlichen Rechts wegen.

Publicatum Pudgla zu Schloß den 30sten mensis Augusti anno salutis 1630[3].

Als er das letzte Wort ausgesprochen, zerbrach er seinen Stab und warf meinem unschuldigen Lämmelein die Stücken vor ihre Füße, indem er zu dem Büttel sprach: jetzt thut Eure Schuldigkeit! Aber es stürzeten so viel Menschen beides Männer und Weiber auf die Erde, um die Stücken des Stabs zu greifen (dieweil es gut sein soll vor die reißende Gicht item vor das Vieh wenn es Läuse hat) daß der Büttel über ein Weibsbild zu Boden fiel, so vor ihm auf den Knieen lag, und ihm also auch von dem gerechten Gott sein naher Tod vorgebildet wurde. Solches beschahe auch dem Amtshaubtmann jetzunder zum andern Mal; denn da das Gerichte nunmehro aufstand und Tische, Stühle und Bänke umbwarf, fiel ihm ein Tisch, dieweil ein Paar Jungen darunter saßen, so sich um den Stab schlugen, also auf seinen Fuß, daß er in großen Zorn gerieth, und dem Volk mit der Faust dräuete, daß Jeder sölle 50 Arschprügel haben, beides Männer und Weiber, so sie nicht augenblicklich geruhsam wären und aus der Stuben gingen. Solches setzte eine Furcht, und nachdem sich das Volk auf die Straße verlaufen, zog der Büttel ein Seil aus seiner Taschen, womit er

3 Leser, welche mit der abscheulichen Gerechtigkeitspflege der Zeit nicht bekannt sind, werden sich wundem, über dies schnelle und eigenmächtige Verfahren. Allein es liegen mir Original-Hexenprocesse vor, worin ein simpler Notar auf die Folter wie auf den Tod ohne Weiteres erkannt hat, und ist es schon als ein Zeichen der Humanität zu betrachten, wenn man die Acten zur Feststellung der peinlichen Frage an eine Universität oder einen fremden Schöppenstuhl versandte. Das Todesurtel scheint dagegen fast immer von den Untergerichten gesprochen zu sein, wobei an Appellation nicht zu denken war. Dabei spudeten und hasteten sich die Herren, so unglaublich, wie es hier auch wieder geschieht, daß dies beiläufig gesagt, die einzige gute Eigenschaft sein möchte, die der neueren Gerechtigkeitspflege von der alten anzuwünschen wäre.

meim Lämmelein also ihre Hände auf den Rücken zusammenbande, daß sie laut zu schreien begunnte; aber dieweil sie sahe, wie es mich wieder an mein Herze stieß, sich alsofort begriff und sprach: »ach Vater bedenket, daß es dem lieben Heiland auch nicht besser ergangen!« Dieweil aber mein lieber Gevatter, so hinter ihr stund, sahe, daß ihre Händelein und absonderlich die Nägel braun und blau worden waren, thät er eine Fürsprache bei Eim ehrsamen Gericht, worauf aber der abscheuliche Amtshaubtmann zur Antwort gab: ei lasset sie nur, sie muß fühlen was es bedeutet von dem lebendigen Gotte abzufallen. Aber Dn. Consul war glimpflicher, inmaßen er dem Büttel Befehl gab, nachdem er die Stricke befühlet, sie menschlich zu binden und ein wenig nachzulassen, was selbiger nunmehro auch thun mußte. Hiemit war mein lieber Gevatter aber noch nicht zufrieden, sondern bat, daß man sie müge ohne Bande auf den Wagen setzen, damit sie ihr Gesangbuch gebrauchen könne. Denn er hätte die Schule bestellet, um unterwegs ein geistlich Lied zu ihrer Tröstunge zu singen, und wollte sich verbürgen, da er selbsten mitzufahren gesonnen, daß sie nicht von dem Wagen kommen sölle. Im Uebrigen pflegeten ja auch Kerls mit Forken[4] umb den Wagen der armen Sünder und absonderlich derer Hexen zu gehen. Aber solches wollte der grausame Amtshaubtmann nit zugeben, dahero es verblieb, wie es war, indeme der dreuste Büttel sie alsbald auch bei ihrem Arm ergriff und aus dem Gerichtszimmer führete. Auf der Dielen aber hatte es einen großen Scandalum, so mir wiederumb mein Herze durchschnitt. Denn die Ausgebersche und den dreusten Büttel sein Weib schlugen sich dort umb meines Töchterleins ihre Betten, wie umb ihr alltagsch Zeug, so die Ausgebersche vor sich gehohlet, das andere Weib aber auch haben wollte.

Selbige rief nunmehro gleich ihren Mann zur Hülfe welcher auch furts mein Töchterlein fahren ließe, und der Ausgeberschen mit seiner Faust also in ihr Maul schlug, daß ihr das Blut daraus herfürging und sie ein grausam Geschrei gegen den Amtshaubtmann erhube, welcher mit dem Gericht uns folgete. Selbiger bedräuete sie beide vergeblich, und sagte, daß er nachgehends, wenn er wiederkäm, die Sache untersuchen und einem Jeglichen seinen Theil geben wölle. – Hierauf wollten sie aber nicht hören, bis mein Töchterlein Dn. Consulem fragte: ob ein Jeder so da stürbe, und also auch ein armer Sünder die Macht habe sein Haabe und Gut zu vermachen, weme er wölle? Und als er zur Antwort gab: »ja,

4 Heugabeln.

bis auf die Kleider so dem Scharfrichter gehören!« sprach sie: »gut, so kann der Büttel meine Kleider nehmen, mein Bette aber soll Niemand haben, denn meine alte getreue Magd Ilse geheißen!« Hierauf erhub die Ausgebersche ein lautes Fluchen und Schimpfen gegen mein Kind, welche aber nicht darauf achtete, sondern nunmehro aus den Thüren vor den Wagen trat, wo also viel Volks stunde, daß man Nichtes sahe, denn Kopf an Kopf. Und drängete sich solches alsbald mit solchem Rumor umb uns zusammen, daß der Amtshaubtmann, so inzwischen auf seinen Schimmel gestiegen war, dem Volkes immer rechtes und linkes mit seiner Reitpeitschen in die Augen hauete, und sie doch kaum weichen wollten. Und als es letzlich doch half und sich an die zehn Kerls mit langen Forken umb unsern Wagen gestellet, so meistentheils auch noch Stoßdegen an ihrer Seiten hatten, hub der Büttel mein Töchterlein hinauf und band sie an den Leiterbaum feste. Mich selbsten hub der alte Paassch hinauf, so dabei stunde, und auch mein lieber Gevatter mußte sich hinaufheben lassen, also schwach war er von allem Jammer worden. Selbiger winkete nunmehro seinem Küster, Meister Krekow, daß er mit der Schulen vor dem Wagen vorauf gehen, und von Zeit zu Zeit einen Vers aus dem feinen Liedlein: »Ich hab' mein Sach Gott heimgestellt« anheben sölle, was er auch zu thun versprach: Und will ich annoch notiren, daß ich selbsten mich bei meim Töchterlein auf das Stroh setzte, und unser lieber Beichtvater Ehre Martinus rückwärts saß. Der Büttel jedoch hackete mit dem bloßen Schwerte hinten auf. Als solches Allens beschehen, item das Gericht auf einen andern Wagen gestiegen, gab der Amtshaubtmann Befehlig zum Abfahren.

Capitel 27.

Wie es uns unterwegen ergangen; item von dem erschröcklichen Tode des Amtshaubtmanns bei der Mühlen.

Wir hatten aber viel Wunder unterwegen und groß Herzeleid. Denn gleich an der Brücken so über die Bach führet, die in den Schmollen[1] läuft, stund der Ausgeberschen ihr abscheulicher Junge wieder, trummelte und schriee, so laut er kunnte: »tom Gosebraden, tom Gosebraden!« worüber das Volk alsobald ein groß Gelächter erhub und ihm nachrief: ja, tom Gosebraden, tom Gosebraden!

1 See, nahe bei Pudgla.

Doch als Meister Krekow den zwoten Versch anstimmete, waren sie wieder in etwas geruhlich, denn die meisten halfen ihm singen aus ihren Büchern, so sie sich mitgebracht hatten. Als er aber darauf in etwas inne hielte, ging der Lärm wiederumb von vorne an. Etzliche schrien, der Teufel hätte ihr dieses Kleid geben und sie also herausgeputzet, kamen dahero auch, und weil der Amtshaubtmann vorauf geritten, umb den Wagen und beföhleten ihr Kleid, insonderheit die Weiber und jungen Mädkens; etzliche aber schrieen wiederumb dem Jungen nach: tom Gosebraden, tom Gosebraden! worauf ein Kerl zur Antwort gab: se wadd sich noch nich braden laten, gewt man Paß[2] se p..t dat Für ut!« Dieses und annoch ein Mehreres an Unflätereien, so ich aber aus Schaam nit notieren mag, mußten wir mit an hören und schnitt es mir insonderheit durch mein Herze als ein Kerl schwur daß er von ihrer Aschen etwas haben wölle, da er von dem Stab nichts gekriegt, denn es gäbe fast nichts Besseres vor das Fieber und die Gicht, denn Hexenasche. Winkete also dem Custodi wiederumb anzuheben, worauf sie sich eine Zeitlang d.i. so lange der Versch währete, auch wieder geruhsam hielten, nachgehends aber es fast noch ärger macheten, denn zuvor. Doch dieweil wir jetzunder zwischen denen Wiesen waren, und mein Töchterlein die schönen Blümeleins sahe, so rings umb den Graben stunden, verfiel sie in tiefe Gedanken und hub wieder an aus dem feinen Liedlein St. Augustini zu recitiren wie folget:

flos perpetuus rosarum ver agit perpetuum,
candent lilia, rubescit crocus, sudat balsmum,
virent prata, vernant sata, rivi mellis influunt,
pigmentorum spirat odor liquor et aromatum,
pendent poma floridorum non lapsura nemorum
non alternat luna vices, sol vel cursus syderum
agnus est foelicis urbis lumen inocciduum.[3]

2 Achtung.

3 Ewig blüht die Rosenknospe hier im ew'gen Frühling auch
Weiß die Lilie, roth der Krokus, duftend träuft der Balsamstrauch,
Grün die Wiesen, grün die Saaten, und von Honig rinnt der Bach,
Das Aroma süßer Blumen haucht und duftet tausendfach.
Blühnde Wälder tragen Aepfel deren Stengel nimmer bricht.
Und nicht Sonne, Mond noch Sterne wechseln dorten mehr ihr Licht.
Denn ihr Licht, das nimmer schwindet, ist des Lammes Angesicht.

Durch diesen Casus gewunnen wir, daß alles Volk sich fluchend von dem Wagen verlief und bei einem guten Musketenschuß hinter uns her trottirete, dieweil sie gläubeten, daß mein Töchterlein den leidigen Satan umb Hülfe anriefe. Nur ein Bursche bei 25 Jahren so ich aber nicht kunnte, blieb wenig Schritte hinter dem Wagen, bis sein Vater kam und da er nit mit Gutem weichen wollte, ihn also in den Graben stieß, daß er bis an die Hüften ins Wasser versank. Hierüber mußte selbsten mein arm Töchterlein lächeln und fragete mich, ob ich nicht mehr lateinische Lieder wüßte, umb uns das dumme und unflätige Volk noch ferner vom Leibe zu halten. Aber, sage Lieber, wie hätte ich jetzunder lateinische Lieder recitiren mügen, so ich sie auch gewußt! Doch mein Confrater Ehre Martinus wußte annoch ein solches, so zwar ein ketzerisches Lied ist; doch weil es meinem Töchterlein über die Maßen gefiel, und er ihr manchen Versch an die drei und vier mal vorbeten mußte, bis sie ihn nachbeten kunnte, sagete ich Nichtes. Sonst bin ich immer sehr streng gegen Ketzereien gewest. Aber ich tröstete mich, daß unser Herr Gott es ihr in ihrer Einfalt wohl verzeihen würde. Und lautete die erste Zeil also: dies irae, dies ille.[4] Insonderheit aber gefielen ihr diese beiden Verse, so sie oftmals mit großer Erbauung betete, und ich darumb hieher setzen will:

judex ergo, cum sedebit,
quidquid latet, apparebit
nil inultum remanebit;

item:

rex tremendae majestatis
qui salvandos salvas gratis,
salva me, fons pietatis! –[5]

4 Jener Tag, der Tag des Zornes ec. eines der schönsten katholischen Kirchenlieder.

5 D.i.:
Wenn der ernste Richter schlichtet
Und der Herzen Dunkel lichtet,
Bleibt nichts Böses ungerichtet;
ingleichen:
König majestätischer Größe,
Der umsonst deckt unsre Blöße
Quell der Liebe, komm, erlöse! –

Als aber die Kerls mit den Forken, so umb den Wagen gingen, solches höreten, und zugleich ein schwer Wetter vom Achterwater[6] aufkam, vermeinten sie nit anders, denn daß mein Töchterlein es gemachet, und da das Volk so hinten nachsetzete, auch schrie: »dat het de Hex dahn, dat hett de verfluchte Hex dahn!« sprungen sie alle zehn bis auf einen, so verblieb, über den Graben und liefen ihrer Straßen. Solches sahe aber Dn. Consul nit alsobald, welcher mit Eim ehrsamen Gericht hinter uns fuhr, als er dem Büttel zurief: was solches bedeute? und der Büttel rief über den Amtshaubtmann, so ein wenig vorauf war, aber alsobald umbkehrete, und nachdem er die Ursache erfahren, denen Kerls nachschriee, daß er sie alle wölle an den ersten besten Baum anhenken lassen, und mit ihrem Fleisch seine Falken füttern, wenn sie nit alsobald umkehreten. Solches half abereins und als sie wieder kamen, gab er einem Jeglichen an die sechs Schmisse mit seiner Reitpeitschen, worauf sie verblieben, doch so weit von dem Wagen sich hielten, als sie für den Graben kunnten.

Hierzwischen aber kam das Unwetter von Süden näher mit Donner, Blitze, Hagel und Sturmwind, als wenn der gerechte Gott seinen Zorn offenbaren wöllte über die ruchlosen Mörder und schlug die Wipfel derer hohen Buchen umb uns zusammen, wie Besen, also daß unser Wagen ganz mit Blättern wie mit Hagel bedecket war und Niemand vor dem Rumor sein eigen Wort hören kunnte. Solches geschahe gerade, als wir von dem Klosterdamm in die Heiden hinabfuhren. Und ritt der Amtshaubtmann jetzunder hinter uns bei dem Wagen auf welchem Dn. Consul saß. Doch als wir alsbald über die Brücke wollten vor der Wassermühlen, faßte uns der Sturmwind, so vom Achterwater aus einer Lucken herüberblies also, daß wir vermeineten, er würde unsern Wagen in den Abgrund stoßen, so wohl an die 30 Fuß tief war und drüber. Und da gleicherweise die Pferde thäten als gingen sie auf Glatteis und nicht, stehen kunnten, hielt der Gutscher stille, umb erst das Wetter fürüber gehen zu lassen, welches aber der Amtshaubtmann nit alsobald gewahr wurde, als er herbeigesprenget kam und dem Gutscher befahl alsogleich weiter zu fahren. Selbiger hauete also die Pferde an, aber sie spartelten[7], daß es absonderlich anzusehen war, wannenhero auch unsere Wächter mit den Forken zurückblieben, und mein Töchterlein für Angst einen lauten Schrei that. Und waren wir gerade so weit kommen, wo das große Rad unter uns

6 Ein Meerbusen, den die Peene in dieser Gegend bildet.

7 plattdeutsch: straucheln.

lief, als der Gutscher mit dem Pferde stürzete, und selbiges sich einen Fuß zubrach. Jetzo sprang der Büttel vom Wagen, stürzete aber auch alsobald auf den glatten Boden, item der Gutscher, nachdem er sich aufgerichtet, fiel er alsbald wieder nieder. Dannenhero gab der Amtshaubtmann seinem Schimmel fluchend die Sporen, welcher aber auch anhub zu sparteln wie unsere Pferde gethan. Doch kam er damit gegen uns gespartelt, ohne daß er gestürzet wäre, und dieweil er sahe, daß das Pferd mit dem zubrochenen Fuß sich immer wieder aufrichten wollte, aber alsobald wieder auf dem glatten Boden zusammenschoß, brüllete und winkete er, daß die Kerls mit den Forken kommen möchten, und die Mähre ausspannen, item den Wagen hinüberschieben, damit er nicht in den Abgrund gerissen würde. Hierzwischen aber kam ein langer Blitzstrahl für uns in das Wasser niedergefahren, welchem ein Donner also plötzlich und greulich folgete daß die ganze Brücke erbebete, und den Amtshaubtmann sein Pferd (unsere Pferde wurden aber stille) einige Schritte zurückprallete, worauf es den Boden verlohr, und mit dem Amtshaubtmann kopfüber auf das große Mühlenrad hinunter schoß, daß sich ein ungeheuer Geschrei von allen Menschen erhub, so hinter uns an der Brücken stunden. Und war eine Zeitlang vor dem weißen Schaum Nichtes zu sehen, bis den Amtshaubtmann seine Beine mit dem Rad in die Höhe kamen, und hierauf auch der Rumpf, aber der Kopf steckete zwischen den Schaufeln des Rades, und also lief er, erschröcklich anzusehen mit selbigem immer rundum. Seinem Schimmel aber fehlete nichts, sondern schwamm selbiger hinten im Mühlenteich. Als ich solches sahe, ergriff ich die Hand meines Lämmeleins und rief: siehstu Maria unser Herr Gott lebet noch, und fähret annoch heute auf dem Cherub, und fliegt daher und schwebt auf den Fittigen des Windes und will unsere Feinde zustoßen wie Staub vor dem Winde, und will sie wegräumen wie den Roth auf den Gassen[8]. Da schaue nieder was der allmächtige Gott gethan. Als sie hierauf ihre Augen seufzend gen Himmel erhub, hörten wir Dn. Consulem so laut hinter uns schreien, als er kunnte; da aber Niemand nicht für den grausamen Wetter und Tumult des Gewässers ihn verstunde, sprung er von dem Wagen und wollte zu Fuß über die Brücke gehen fiel aber gleichfalls auf seine Nase, also daß sie blutete, und er nunmehro auf Händen und Füßen wieder zurücke kroch, und alsbald ein groß Wort mit Dn. Camerario hatte, welcher sich aber nicht auf dem Wagen rührete. Hierzwischen hatten schon

8 Psalm 18, 11. 43.

der Büttel und der Gutscher das verwundete Pferd ausgespannet, gebunden und von der Brücken geschleift, kamen dahero wieder zum Wagen, und befohlen uns von selbigem zu steigen, und zu Fuß über die Brücke zu gehen, welches auch geschahe, inmaßen der Büttel mit vielem Fluchen und Schimpfen mein Töchterlein ablösete, auch dräuete sie nachgehends für ihre Bosheit bis auf den späten Abend zu braten. (Konnte es ihme nicht so sehr verdenken, denn es war fürwahr ein seltsam Ding!) Aber obwohl sie selbsten gut hinüberkam, fielen wir beide, Ehre Martinus und ich, wie alle Anderen doch auch an die drei Malen zu Boden, bis wir endlich durch Gottes Gnade vor dem Müllerhause wohlbehalten angelangeten, allwo der Büttel dem Müller bei Leibes Leben mein Töchterlein übergab und an den Mühlenteich niederrannte, umb den Amtshaubtmann seinen Schimmel zu retten. Der Gutscher sölle aber unterdeß sehen, daß er den Wagen und die anderen Pferde von der behexten Brücken brächte. Wir hatten aber noch nicht lange bei dem Müller vor der Thüren unter einem großen Eichbaum gestanden, als Dn. Consul mit Eim ehrbaren Gericht und allem Volk schon über die kleine Brücke gefahren kam, so nur ein Paar Mousquetenschüsse von der ersten entfernet ist, und selbiger kaum das Volk abhalten kunnte, daß sie nicht mein Kind angriffen und lebendig zerrissen, angesehen Alle, wie auch Dn. Consul selbsten vermeineten, daß kein Anderer, denn sie, benebst dem Wetter, auch die Brücke behext (zu malen sie selbsten nicht darauf gefallen) und den Amtshaubtmann um sein Leben gebracht, was doch Allens erstunken und erlogen war, wie man Weiters hören wird. Er schalt sie dannenhero für eine vermaledeyete Unholdin, die nach abgelegter Beicht und dem Genuß des heiligen Abendmahls noch nicht von dem leidigen Satan abgefallen wäre. Aber es sölle ihr Allens nicht helfen, sie werde dennoch ihren Lohn alsbald empfangen. Und dieweil sie stille schwieg, gab ich hierauf zwar zur Antwort: ob er nicht sähe, daß der gerechte Gott dies also gefüget, daß der Amtshaubtmann, so meim unschuldigen Kind Ehre Leib und Leben zu nehmen gedacht, allhier als ein erschröcklich Exempel sein eigen Leben lassen müssen, aber es wollte nit verfangen, sonden er vermeinete: daß dieses Wetter unser Herr Gott nicht gemacht, könne ein Kind einsehen, oder ob ich vielleicht auch vermeinete, daß unser Herr Gott die Brücke behext? Ich müge doch endlich aufhören mein boshaft Kind zu rechtfertigen und sie lieber zur Buße vermahnen, da dies schon das zweite Mal sei, daß sie Wetter gemacht, und mir doch kein vernünftiger Mensch glauben würde, was ich sage, etc.

Hierzwischen aber hatte der Müller allbereits die Mühle angehalten, item sein Wasser gestauet, und waren an die vier bis fünf Kerls mit dem Büttel auf das große Rad niedergestiegen, umb den Amtshaubtmann, so bis dato noch immer auf und niedergangen war, aus denen Schaufeln zu ziehen. Solches kunnten sie aber nicht ehender, als sie eine Schaufel zersäget, und wie sie ihn letzlich ans Land brachten, befand es sich, daß er sich das Genick abgefallen und bereits so blau als eine Trembse[9] anzusehen war. Auch war ihme der Hals abgeschunden und das Blut lief ihm annoch aus Maul und Nasen. Doch hatte das Volk mein Töchterlein nicht schimpfiret, so schimpfirete es sie jetztunder, und wollte sie mit Koth und Steinen werfen, wenn es Ein ehrsam Gericht nicht mit aller Macht gewehret, sagende sie würde ja alsbald ihre wohlverdiente Straf empfangen.

Auch stieg mein lieber Gevatter Ehre Martinus wieder auf den Wagen und vermahnete das Volk, der Oberkeit nit vorzugreifen, angesehen das Wetter wiederumb ein wenig nachgelassen, daß man ihn hören konnte. Und als es sich in etwas zufrieden gestellet, übergab Dn. Consul dem Müller das Leich von dem Amtshaubtmann, bis er mit Gottes Hülf wiederkäme, item den Schimmel ließ er so lange an die Eiche binden, dieweil der Müller schwur, er hätte keinen Raum in der Mühlen, inmaßen sein Pferdestall annoch voll Stroh läge, er wölle dem Schimmel aber etwas Heu fürgeben, und ein gut Augenmerk auf ihn haben. Und jetzo mußten wir elendigen Menschen, nachdem der unerforschliche Gott unsere Hoffnung aufs Neue zu Wasser gemacht, wieder auf den Wagen steigen, und der Büttel flätschete die Zähne für Grimm, als er die Stricke aus der Taschen hohlete, umb mein armes Töchterlein abereins an die Leiter zu binden. Hohlete dannenhero, da ich leichtlich es ihm ansehen kunnte, was er im Sinne hätte, zween Schreckensberger aus meiner Taschen und bliese ihm in das Ohr: »macht es gnädig, sie kann Euch ja nimmermehr fortlaufen, und helfet Ihr ihr nachgehends recht bald zu Tode, so söllet Ihr annoch zehn Schreckensberger von mir haben!« Solches half, und wiewohl er für dem Volk sich gestellete, als hohlete er tüchtig an, dieweil es aus allen Kehlen schriee: »hahl düchtig, hahl düchtig!« bund er ihre Händekens in Wahrheit doch gelinder, denn früher und zwar, ohne sie an der Leiter feste zu machen, hackete aber wiederumb hinter uns mit dem blanken Schwert auf, und nachdeme Dn. Consul nunmehro ein lautes: »Gott der Vater wohn' bei uns« ge-

9 Kornblume.

betet, auch der Custos wiederumb ein neu Lied angefangen, (weiß nicht mehr, was er gesungen, mein Töchterlein weiß es auch nit mehr) ging es nach dem Willen des unerforschlichen Gottes weiter, und zwar also, daß Ein ehrsam Gericht nunmehro vorauf fuhr, alles Volk aber zu unserer Freude nachblieb, so wie auch die Kerls mit den Forken ein gut Ende hinter uns trottireten, dieweil der Amtshaubtmann todt war.

Capitel 28.

Wie mein Töchterlein endlich durch des allbarmherzigen, ach des allbarmherzigen Gottes Hülf gerettet wird.

Hierzwischen war ich aber, von wegen meinem Unglauben, womit mich Satanas wiederumb versuchte, also schwach worden, daß ich meinen Rücken an den Büttel seine Kniee stützen mußte, und nicht vermeinete, ich würde das Ende bis an den Berg mehr ableben. Denn nunmehro war auch die letzte Hoffnung, so ich mir gemachet, verschwunden, und ich sahe, daß meim unschuldigen Lämmelein auch also umb ihr Herze war. Hierzu kam, daß Ehre Martinus sie schalt, wie Dn. Consul gethan, und sagte: er sähe anjetzo selbsten, daß alle ihre Schwüre, Lügen gewest und sie in Wahrheit Wetter machen könne. Hierauf gab sie zur Antwort und zwar lächelnde, obwohl sie so weiß, wie ein Laken anzusehen war: »Ei Herr Päte, gläubet Er denn in Wahrheit, daß unser Herr Gott nicht mehr das Wetter macht? Seind denn Gewitter umb diese Jahreszeit also selten, daß sie der böse Feind nur machen kann? Nein, ich habe den Taufbund, so Er einstmals für mich geschlossen nicht gebrochen und will ihn nimmer brechen, so wahr mir Gott gnädig sei in meinem letzten Stündlein so nunmehro schon geschlagen!« Aber Ehre Martinus schüttelte ungläubig mit seinem Kopf und sagte: Der Teufel muß dir viel versprochen haben, daß du bis an dein Ende also verstockt bleibest, und den Herren deinen Gott lästerst, aber harre! du wirst bald mit Schrecken gewahr werden, daß er ein Vater der Lügen ist, Joh. am achten. Als er solches und ein Mehres gesaget kamen wir in Uekeritze an, wo alles Volk Groß und Klein wieder aus den Thüren stürzete, auch Jakob Schwarten sein Weib, so in der letzten Nacht, wie wir vernahmen, nur ihre Niederkunft gehalten. Und kam ihr Kerl ihr vergeblich nachgerannt umb sie aufzuhalten. Sie sagte: er wäre ein Narr, das wäre schon so lange her, und sölle sie den Berg auf ihren Knieen hinaufkriechen, so wölle sie die Priesterhexe doch auch brennen sehen. Hätte sich lange darauf gefreuet, und wenn er sie nicht fahren ließe, wölle sie ihme Eins auf sein Maul geben, etc.

Also gebehrdete sich das grobe und unflätige Volk umb unsern Wagen und da sie nicht wußten, was unterwegen geariviret, liefen sie so nahe gegen uns, daß das Wagenrad einem Jungen über seinen Fuß ging, kamen auch, und insondereit die Mädkens wiederumb an, und befühleten meinem Töchterlein ihre Kleider, wollten ihre Schuhe und Strümpfe aber auch sehen und frageten wie ihr zu Muthe wär, item ein Kerl: ob sie eins trinken wölle, und was sie sonsten mehr für Narrentheidinge trieben, so daß sie letzlich, und als Etzliche kamen und sie um ihren Kranz, und die güldene Kette baten, ihr Haupt lächelnd zu mir wendete und sprach: »Vater ich muß nur wieder auf lateinisch anfangen, denn sonst läßt mir das Volk keine Ruhe!« Aber es war dieses Mal nit vonnöthen. Denn da unsere Wächter mit ihren Forken nunmehro die hintersten auch erreichet, und ohne Zweifel verzählet hatten, was fürgefallen, höreten wir alsbald, ein groß Gerüste hinter uns: daß sie umb Gottes willen zurücke kommen söllten, ehebevor ihnen die Hexe etwas anthäte, und da Jacob Schwarten sein Weib sich nicht daran kehrete, sondern mein Töchterlein immerfort quälete, daß sie ihr ihren Schurzfleck zu eim Taufkleid vor ihr Kindlein geben müge, dieweil er ja doch nur verbrenne, schmiß ihr letzlich ihr Kerl mit einem Knüppel so er von eim Zaun brach, also in den Nacken, daß sie mit großem Geschrei niederstürzete, und wie er kam, umb sie aufzurichten, ihn bei seinen Haaren niederzog und, wie Ehre Martinus sagte, nunmehro doch in Ausführung brachte, was sie ihm gelobet, angesehen sie ihn mit einer Faust immer aus aller Macht auf die Nase geschlagen, bis die anderen Leute hinzugeloffen und sie abgehalten hätten. Hierzwischen aber hatte das Wetter sich fast verzogen und suckete[1] nach der Sehe zu.

Und als wir nunmehro auch durch die kleine Heide gelanget, sahen wir plötzlich den Streckelberg für uns mit vielem Volk und den Scheiterhaufen auf seiner Spitzen, auf welchem der lange Büttel sprang, als er uns ankommen sahe und mit der Mützen winkete, so viel er kunnte. Hierüber vergingen mir aber meine Sinnen, und ist es meinem Lämmelein auch nit viel anders ergangen. Denn sie hat hin und her geschwanket wie ein Rohr, und abereins ausgerufen, ihre gebundenen Händeleins gen Himmel streckende:

1 plattdeutsch: sich senken.

Rex tremendae majestatis! –
qui salvandos salvas gratis,
Salva me fons pietatis. –[2]

Und siehe, wie sie es kaum ausgesprochen, ist die liebe Sonne wieder herfürgetreten und hat einen Regenbogen auf dem Gewölk geformiret, recht über den Berg, also, daß es lustig anzusehen gewest. Und war dieses offenbarlich ein Zeichen des barmherzigen Gottes, wie er uns oftermalen solche Zeichen giebt; aber wir blinden und ungläubigen Menschen achten es nit sonderlich. So hat sie es auch nit geachtet, denn obwohl sie an den ersten Regenbogen gedacht, so uns unsere Trübsal fürgebildet, hat es ihr doch unmüglich geschienen, daß sie annoch könnte errettet werden, und ist also matt worden, daß sie auf das liebe Gnadenzeichen weiter gar nicht geachtet, und ihr Kopf, (dieweil sie ihne nicht mehr an mich lehnen konnte, angesehen ich so lang ich gewachsen in dem Wagen gelegen) ihr also war vorne übergesacket, daß ihr Kränzlein meinem Herrn Gevatter fast seine Knie berühret. Und hat selbiger nunmehro dem Gutscher anbefohlen, einen Augenblick stille zu halten, und zu einer kleinen Flaschen mit Wein gegriffen, so er immer in seiner Taschen führet, wenn Hexen gebrennet werden[3] umb ihnen in solcher Angst beizuspringen, (will es hinfüro auch so halten, dieweil mir diese Mode von meim lieben Gevatter wohl gefällt). Von solchem Wein hat er erstlich mir in meinen Hals gegossen, und nachgehends auch meinem Töchterlein, und seind wir kaum wieder zu uns kommen, als ein grausamer Rumor und Tumult sich unter dem Volke hinter uns erhoben, und selbiges nicht nur in Todesangst gerufen: der Amtshaubtmann kommt wieder! besondern auch, da es weder vorwärts noch rückwärts entweichen mügen (denn hinter sich scheueten sie das Gespenst und vor sich mein Töchterlein) zur Seiten gelaufen, und zum Theil in den Busch gesprungen, zum Theil aber bis an den Hals in das Achterwasser gewatet. Item ist Dom. Camerarius, so bald er gesehen, daß das Gespenst auf den Schimmel aus dem Busch gekommen, so auch einen grauen Hut mit einer grauen Feder aufgehabt, wie der

2 König majestät'scher Größe!
Der umsonst deckt unsre Blöße,
Quell der Liebe, komm, erlöse!

3 Dies geschah in damaliger Zeit so häufig, daß in manchen Parochien Pommerns wohl sechs bis sieben solcher elenden Weiber jährlich den Scheiterhaufen besteigen mußten.

Amtshaubtmann hätte, unter ein Bund Stroh in den Wagen niedergekrochen, Dn. Consul aber hat abereins mein Kind verwünschet, und schon denen Gutschern Befehlig gegeben, so toll zu fahren als sie könnten, wenn auch alle Pferde daraufgingen, als der dreuste Büttel hinter uns ihme zugeschrieen: es ist nicht der Amtshaubtmann, besondern der Junker von Nienkerken, der die Hexe sicherlich wird retten wöllen, soll ich ihr darum mit dem Schwert das Genicke abstoßen? Bei diesen erschröcklichen Worten kamen mein Töchterlein und ich erst wieder gänzlich zur Besinnung, und hohlete der Kerl schon hinter ihr mit seinem blanken Schwert aus, dieweil ihm Dn. Consul ein Zeichen mit der Hand gab, als mein lieber Gevatter, so es gewahr worden (Gott müge es ihm an jenem Tage lohnen, ich kann es ihm nicht lohnen) mein Töchterlein mit aller Gewalt rückwärts auf seinen Schooß riß. Und wollte der Bube sie nunmehro auf seinen Schooß erstechen. Aber der Junker war auch schon da, und als er solches sahe, juge er ihm seinen Jägerspieß, so er in Händen hatte, zwischen die Schultern, daß er gleich kopfüber zur Erden fiel, und sein eigen Schwert ihme mit Schickung des gerechten Gottes also in seine Seite fuhr, daß es aus der andern wieder herausbrach. Lag also und brüllete, was aber der Junker nicht achtete, sondern zu meinem Töchterlein sprach: »Jungfer, meine liebe Jungfer, Gott sei Dank, daß Sie gerettet ist!« Dieweil er aber ihre gebundenen Händekens sahe, knirschete er mit seinen Zähnen sprang alsofort, ihre Richter verwünschend, vom Rosse, und schnitt ihr mit dem Schwerte, so er in der Rechten hielt, den Strang durch, nahm darauf ihre Hand und sprach: »ach liebe Jungfer, wie viel habe ich mich umb sie gegrämet, aber ich kunnte sie nicht retten, dieweil ich, wie sie selbsten in Ketten gelegen hab, was sie mir auch wohl ansehen wird.«

Aber mein Töchterlein kunnte ihm kein Wörtlein Antwort geben, besondern fiel für Freuden abereins in Unmacht, kam aber alsbald, da mein lieber Gevatter noch etwas Fürrath an Wein hatte, wieder bei sich. Unterdessen aber that mir der liebe Junker Unrecht, was ich ihm aber gerne verzeihen will. Denn er schnarchete mich an und nannte mich ein altes Weib, das Nichtes künnte als heulen und wehklagen. Warumb ich nit alsogleich dem schwedischen König nachgereiset wäre, oder warumb ich nicht selbsten nacher Mellenthin gekommen und sein Gezeugnüß mir gehohlet, da ich ja wüßte, was er von denen Hexen dächte? (Ja, du lieber Gott, wie konnte ich anders, als dem Richter gläuben, so dort gewesen war. Das hätten wohl mehr Leute gethan, denn alte Weiber; aber an den schwedischen König hätte ich keine Gedanken, und,

Lieber sage, wie hätte ich auch zu ihm reisen und mein eigen Kind verlassen mögen! Aber solches bedenken junge Leute nicht, dieweil sie nit wissen, wie einem Vater zu Muthe.)

Nunmehro war aber Dn. Camerarius, da er gehöret, daß es der Junker sei, wieder unter dem Stroh herfürgekrochen, item Dn. Consul vom Wagen gesprungen und herbeigeloffen laut den Junker scheltende und fragende: aus was Macht und Zuversicht er solches thäte, da er zuvor doch diese gottlose Hexe selbsten verdammet? Aber der Junker zeigte mit dem Schwert auf seine Leute, welche an die 18 Kerls mächtig jetzunder auch mit Säbeln, Pieken und Mousqueten aus dem Busch geritten kamen, und sprach: da seh Er meine Macht, und würd' ich Ihme hier gleich etwas vor seinen podex geben lassen, wenn ich nit wüßte, daß Er ein dummer Esel wäre. Wann hat Er mir ein Gezeugnüß über diese rechtschaffene Jungfer abgenommen? – Er lügt in seinen Hals, wenn er solches behauptet. Und als Dn. Consul nun stund und sich verschwure, verzählete der Junker zu Aller Verwunderung wie folget:

Nachdem er von dem Unglück gehöret, so mich und mein Kind getroffen, hätte er alsogleich sein Pferd satteln lassen, umb gen Pudgla zu reuten und ein Zeugniß von unserer Unschuld abzulegen: Solches hätte aber sein alter Vater nicht gestatten wölllen, alldieweil er vermeinet, dadurch seine adeliche Ehre einzubüßen, wenn es an den Tag käme, daß sein Sohn mit einer verrufenen Hexen die Nacht auf dem Streckelberge conversiret habe. Hätte ihm dahero, da er mit Bitten und Drohen nichts ausgerichtet, Hände und Füsse binden, und in das Burgverliß setzen lassen, wo bis dato ein alter Diener sein gepfleget, der ihm nicht hätte los geben wöllen, so viel Geld er ihm auch geboten; wannenhero er in große Angst und Verzweiflung gerathen, daß unschuldig Blut umb seinet willen fließen sölle. Aber der gerechte Gott hätte es annoch gnädig abgewendet. Denn da sein Vater von dem Aerger fast heftig krank worden, und die ganze Zeit über auf dem Bette gelegen, hätte es sich heute Morgen umb Betglockenzeit begeben, daß der Jäger nach eim Rudeärpel im Schloßteich geschossen, unversehens aber seines Vaters seinen Lieblingshund, Pakan geheißen schwer verwundet. Solcher wäre schreiend zu seines Vaters Bett gekrochen, und alldorten verrecket, worüber der Alte in seiner Schwachheit sich also geärgert, daß ihn alsofort der Schlag gerühret, und er auch seinen Geist aufgegeben.

Nunmehro hätten ihn aber seine Leute herfürgezogen und nachdem er seines Vaters Augen zugedrücket, und ein Vaterunser über ihm gebetet, hätte er sich alsogleich mit allem Volk aufgemachet, so er in der Burg auftreiben können, umb die unschuldige Jungfer zu retten. Denn er bezeuge hieselbsten vor männiglich und auf Ritter Wort und Ehre, ja bei seiner Seelen Seeligkeit, daß er der Teufel gewest, so der Jungfer auf dem Berg als ein haarigter Riese erschienen. Denn dieweil er durch das Gerücht es vernommen, daß selbige oftermalen dorthin gehe, hätte er gerne wissen wöllen was sie dorten thäte, und sich in einen Wulfspelz verkleidet, daß Niemand ihn kennen müge von wegen seinem harten Vater. Und hätte er schon zwei Nächte dorten zugebracht, bis die Jungfer in der dritten gekommen und er gesehen hätte, daß sie nach Birnstein in den Berg gegraben, auch nicht den Satanas angerufen, sondern vor sich ein lateinisch Carmen gerecitiret. Solches hätte er dahero in Pudgla zeugen wöllen, aber aus gedachter Ursache nicht gekönnet, besondern sein Vater hätte seinen Vetter Glas von Nienkerken, so bei ihm zum Besuch gewest, sich für ihn in das Bette legen, und ein falsch Gezeugnüß ablegen lassen. Denn, alldieweilen Dn. Consul ihme (verstehe den Junker) in langen Jahren nicht gesehen, anerwogen er in der Fremde gestudieret; so hätte sein Vater wohl gegläubet, daß er leichtlich getäuschet werden müge, wie denn auch besehenen.«

Als solches der rechtschaffene Junker vor Dn. Consule und allem Volk bezeugte, welches nunmehro wieder in haufen herbeigelaufen kam, da es hörete, daß der Junker kein Gespenst gewesen, fiel es mir wie ein Mühlenstein von meinem Herzen, und dieweil mich das Volk rief (so bereits den Büttel unter dem Wagen herfürgezogen, und also dicke um ihn wimmelte, wie ein Bienenschwarm) daß er sterben wölle, mir aber zuvorab noch etwas offenbaren, sprang ich so leicht wie ein Junggeselle von dem Wagen, und rief Dn. Consulem und den Junker gleich mit mir, gestalt ich wohl mir abnehmen kunnte, was er auf seinem Herzen hätte. Und saß er auf eim Stein, und das Blut stund ihm wie ein Pferdeschwanz aus seiner Seiten, (angesehen man ihm das Schwert herausgezogen) wimmerte, als er mich sahe und sprach: daß er in Wahrheit Allens hinter der Thüren gehöret, was die alte Lise mir gebeichet, als nämlich, daß sie alle Zaubereien selbsten mit dem Amtshaubtmann an Menschen und Viehe angerichtet, umb mein arm Kind zu erschröcken und also zu einer Huren zu machen. Solches hätte er aber verschwiegen, dieweil der Amtshaubtmann ihm dafür ein Großes versprochen, müßte es aber jetzunder, wo der gerechte Gott die Unschuld meines Töchterleins an den Tag brächte, freiwillig bekennen. Bäte dahero mich und mein Kind ihme zu vergeben, und als Dn. Consul ihn hierauf kopfschüttlend fragete, ob er auf solch sein Bekenntnüß leben und sterben wölle, sprach er noch »ja!« fiel sodann aber alsogleich auf die Seite zur Erden nieder und gab seinen Geist auf.

Hierzwischen aber war dem Volk auf dem Berge, so von Coserow, vom Zitze vom Gnitze etc. alldorten zusammengelaufen war, umb mein Töchterlein brennen zu sehen, die Zeit lang worden und kamen sie nunmehro wie die Gänse, einer nach dem andern, in langer Reihe den Berg niedergelaufen, umb zu sehen, was geariviret. Und war auch mein Ackersknecht Claus Neels darunter. Als selbiger aber sahe und hörete, was geschehen, hube der gute Kerl vor Freuden an, laut zu weinen und verzählete nun auch, was er in dem Garten den Amtshaubtmann zu der alten Lisen sprechende gehöret, und wie er ihr ein Schwein versprochen, dafür daß sie ihr eigen Ferkelken todt gehexet umb mein Töchterlein in ein böses Geschrei zu bringen, summa: Allens, was ich schon oben notirt habe und er bis dato aus Furcht vor der Marter verschwiegen. Hierüber verwunderte sich alles Volk, und entstunde ein groß Lamentiren, so daß Etzliche kamen, worunter auch der alte Paassch befindlich, und mir wie meinem Töchterlein Hände und Füsse küssen wollten und uns nunmehro ebenso lobeten als sie uns vorhero verachtet hatten. Aber so ist das Volk; dannenhero auch mein Vater seliger zu sagen pflegte:

Volkes Haß:
Ein schneidend Glas;
Volkes Gunst:
Ein blauer Dunst!

Auch caressirete mein lieber Gevatter mein Töchterlein in einem zu, sie auf seinen Schooß haltend, und wie ein Vater weinend (denn ich kunnte nicht mehr weinen als er weinete). Sie selbsten aber weinte nicht, besondern bat den Junker, welcher wieder an den Wagen getreten war, einen Reuter an ihre alte, treue Magd nacher Pudgla zu schicken, umb ihr zu sagen, was gearriviret, welches er auch alsogleich ihr zu Willen that. Aber Ein ehrsam Gericht, (denn nunmehro hatten Dn. Camerarius und der Scriba sich auch ein Herz gefasset und waren von dem Wagen gestiegen) war annoch nicht zufrieden gestellet, angesehen Dn. Consul anhub dem Junker von der behexten Brücken zu erzählen, welche kein anderer könne bezaubert haben, denn mein Töchterlein. Hierauf gab der Junker zur Antwort: daß solches in Wahrheit ein seltsam Ding sei, inmaßen sein eigen Roß sich darauf ein Bein zubrochen, und er darumb den Amtshaubtmann sein Pferd genommen, so er unter der Mühlen angebunden gesehen. Er gläube aber nicht, daß dieses der Jungfer zuzuhalten wäre, sondern daß es ganz natürlich zuginge, wie er schon halb und halb verspüret, aber nit die Zeit gehabt, es zu untersuchen. Darumb wölle er bitten, daß Ein ehrsam Gericht und alles Volk, wie mein Töchterlein selbsten, wieder umbkehre, umb selbige mit Gottes Hülfe auch von solchem Verdacht rein zu waschen, und männiglich ihre gänzliche Unschuld zu bezeugen.

In solches Fürhaben willigte Ein ehrsam Gericht und dieweil der Junker den Amtshaubtmann seinen Schimmel meinem Ackersknecht übergeben, umb den Leichnam, so man dem Roß vorne über den Hals geleget, nacher Coserow abzuführen, stieg der Junker bei uns auf den Wagen, aber setzete sich nicht bei meim Töchterlein, besondern rückwärts bei meim lieben Gevatter nieder, gab auch Befehlig, daß nit der alte Gutscher, sondern einer von seinen Unterthanen unsern Wagen fahren sölle, und also kehreten wir in Gottes Namen wieder umb. Custos Benzensis, welcher auch mit den Kindern in die Wicken gelaufen war, so annoch am Wege stunden (mein seliger Custos sollt es nicht gewest sein, der hatte mehr Courage) ging wieder mit der lieben Jugend fürauf und mußte nunmehro, auf Befehlig seines Herrn Pastoren, den ambrosianischen Lobgesang anstimmen, welches uns alle mächtiglich erbarmete, insonderheit mein Töchterlein, so daß ihr Buch naß wurde von ihren Thränen, und sie es letzlich wegklegete und sprach, indem sie dem Junker ihre Hand reichete: »wie soll ich es Gott und Ihme danken, was Er an mir gethan?« worauf der Junker zur Antwort gab: »ich habe mehr Ursache Gotte zu danken, als Sie liebe Jungfer, angesehen Sie unschuldig in ihrem Kerker gelitten, ich aber habe schuldig gelitten, dieweil ich durch meine Leichtfertigkeit Ihr Ungelücke angerichtet. Gläube Sie mir, als ich heute Morgen das arme Sünderglöcklein zum ersten Male in meim Verließ klingen hörete, vermeinete ich schon zu vergehen, und als es sich zum dritten Male vernehmen ließe, wäre ich wohl unsinnig worden in meinem Schmerz, wenn der allmächtige Gott es nicht so gefüget, daß er fast in selbigem Augenblick meinem wunderlichen Vater sein Leben genommen, umb Ihr unschuldig Leben durch mich retten zu lassen. Darumb habe ich auch dem lieben Gotteshause einen neuen Thurm angelobet, und was sich sonsten befinden wird, denn nichts Bitteres hätte mir auf Erden geschehen mügen, denn Ihr Todliebe Jungfer, und nichts Süßeres, denn ihr Leben!«

Aber mein Töchterlein weinete und seufzete nur bei diesen Worten, und wenn er sie ansahe, sahe sie zitternde auf ihren Schooß nieder, so daß ich gleich argumentirete, mein Jammer sei annoch nicht zu Ende, sondern solle nur ein ander Thränenfaß angestochen werden, wie denn auch geschahe. Hiezu kam, daß der Esel von custos, nachdem er den Lobgesang beendet und wir annoch nicht zur Stelle waren, gleich den nachfolgenden Gesang anhube, welcher aber ein Sterbenslied war, nämlich dieses: Nun lasset uns den Leib begraben. (Gott sei Dank, hat solches aber bis dato noch nichts Böses bedeutet). Mein lieber Herr Gevatter schnarchete ihn davor nicht wenig an und sölle er aus Strafe vor seine Dummheit auch das Geld vor die Schuhe nit kriegen, so er ihm allbereits aus dem Kirchenblock versprochen. Aber mein Töchterlein getröstete ihn und versprach ihme vor eigene Unkosten ein Paar Schuhe, angesehen es vielleicht besser für sie wäre, er stimmete umb sie einen Leichen- dann einen Freudengesang an.

Und als den Junker solches verdroß und er sprach: »ei liebe Jungfer, Sie weiß nit wie Sie Gott und mir vor Ihre Rettung danken soll, und Sie spricht also?« gab sie wehmüthig lächelnde zur Antwort: sie hab es nur gesaget umb den armen custodem zu beruhigen. Aber ich sahe es ihr gleich an, daß es ihr Ernst war, dieweil sie schon jetzt bei sich befunde, daß sie zwar aus einer Brunst gerettet, doch in die andere kommen sei.

Hierzwischen gelangeten wir wieder bei der Brücken an und stunde alles Volk und sperreten die Mäuler auf, als der Junker vom Wagen sprang, und nachdem er zuvor sein Roß erstochen, so noch auf der Brücken lag und spartelte, auf seine Kniee fiel, mit der Hand auf den Boden hin und her wischete und letzlich Ein ehrsam Gericht herbeirief, dieweil er nunmehro den Zauber aufgefunden. Aber es wollte Niemand nicht ihm folgen denn Dn. Consul und ein Paar Kerls aus dem Haufen, worunter auch der alte Paassch befindlich, item ich und mein lieber Gevatter, und zeigete uns der Junker nunmehro ein Stücklein Talg bei der Größe einer guten Nuß, so auf dem Boden lag, und womit die ganze Brücke übergeschmieret war, so daß sie fast ein weißlich Ansehn hatte, was aber männiglich in der Angst für Mehlstaub aus der Mühlen gehalten, item mit einer andern materia, so als Marderdreck stunk, wir aber nicht erkannten. Bald darauf funde ein Kerl auch noch ein ander Stücklein Talg, und zeigete es dem Volk, worauf ich ausrief: ho ho das hat Niemand, denn der gottlose Mühlenknappe gethan vor die Prügel, die ihm der Amtshaubtmann hat geben lassen, weil er mein Töchterlein gelästert und erzählete nunmehro den Fürfall, von welchem Dn. Consul auch gehöret, und dannenhero alsogleich den Müller rufen ließ.

Selbiger that aber als wüßte er von Nichtes, und berichtete nur, daß sein Mühlenknappe seit einer Stunden abgewandert sei. Doch sagete ein Mädken, so bei dem Müller im Dienst stunde, daß sie heute Morgen für Tagesanbruch, als sie aufgestanden, umb das Vieh auszulassen, den Knappen habe auf der Brücken liegen und scheuren sehen. Hätte sich weiters nicht daran gekehret, sondern wäre alsbald noch wieder eine Stunde schlafen gangen. Wohin der böse Bube aber gewandert, wollte sie so wenig in Erfahrung gezogen haben, denn der Müller. Als der Junker diese Kundschaft erlanget stieg er auf den Wagen und hub an das Volk zu vermahnende, wobei er letzlich es auch persuadiren wollte, nicht mehr an Zauberei zu gläuben, dieweil sie sähen, wie es mit der Hexerei befindlich wäre. Als ich solches hörete, entsatzte ich mich, wie billig in mein priesterlichen Gewissen, und stieg auf das Wagenrad und bliese ihm ein, daß er umb Gottes willen von dieser Materia aufhören sölle, dieweil das Volk, wenn es den Teufel nicht mehr fürchte, auch unsern Herrgott nicht mehr fürchten würde[4].

Solches thät der liebe Junker mir auch alsogleich zu Gefallen, und fragete nur das Volk noch, ob sie jetzunder mein Töchterlein ganz für unschuldig hielten. Und nachdem sie »ja!« gesaget, bate er sie, nunmehro geruhsam nach Hause zu gehen und Gott zu danken, daß er unschuldig Blut gerettet. Er wölle jetzo auch wieder umbkehren und hoffe er, daß Niemand mich und mein Töchterlein beschweren würde, wenn er uns allein nacher Coserow zurückfahren ließe. Hierauf wandte er sich eilends an selbige, gab ihr die Hand und sprach: »Lebe Sie wohl liebe Jungfer, ich hoffe Ihre Ehre auch bald vor der Welt zu retten, und danke Sie nicht mir, sondern Gott!« Also machte ers auch mit mir und meinem lieben Gevatter, worauf er von dem Wagen sprang und bei Dn. Consuli auf seinen Wagen sitzen ging. Selbiger hatte auch bereits etzliche Worte zum Volk gesprochen, auch mich und mein Kind umb Vergebung angerufen (und muß es ihme zur Ehre nachrühmen, daß seine Thränen dabei auf die Backen niederflossen) wurde aber von dem Junker also sehr gedränget, daß er kürzlich abbrechen mußte, und sie ohne sich umbzusehen über die kleine Brücke von dannen fuhren. Nur Dn. Consul sahe sich noch einmal umb und rief mir zu: daß er in der Eil vergessen habe, dem Scharfrichter zu avertiren, daß heute nicht gebrennet würde; ich müge also in

4 Vielleicht eine tiefe Wahrheit!

seinem Namen meinen Fürsteher von Uekeritze auf den Berg schicken und ihm solches sagen lassen, was ich auch that. Und ist der Bluthund auch noch in Wahrheit auf dem Berg gewest, doch obwohl er längst gehöret was fürgefallen, hat er doch so erschröcklich zu fluchen angefangen wie der Schulze ihm den Befehl Eines ehrsamen Gerichtes überbracht, daß es einen Stein hätte erwecken mögen, hat auch seine Mütze sich abgerissen, und selbige mit Füssen getreten, woraus man gießen mag, was an ihme ist. Doch umb wieder auf uns zu kommen, so saß mein Töchterlein, also still und blaß wie eine Salzsäule nachdem der Junker sie so plötziglich und unvermuthet verlassen, wurde aber alsbald in Etwas wieder getröstet, als die alte Magd angelaufen kam, ihre Röcke bis an die Knie aufgeschürzet, und ihre Strümpfe und Schuhe in den Händen tragend. Wir höreten sie schon aus der Ferne für Freuden heulen, dieweil die Mühle stille stund, und fiel sie wohl an die dreien Malen auf der Brücken, kam aber letzlich auch glücklich hinüber und küßete bald mir, bald meinem Töchterlein Hände und Füße, nur bittende: wir wöllten sie nicht verstoßen, besondern sie bis an ihr selig Ende bei uns behalten, was wir auch zu thun versprachen. Und mußte sie hinten aufhacken, da wo der dreuste Büttel aufgehacket war, angesehen mein lieber Herr Gevatter mich nicht verlassen wollte, bis ich wieder in meine Widemen gekommen. Und da den Junker sein Kerl bei dem andern Wagen aufgehacket war, fuhr uns der alte Paassch zurück, und alles Volk so bis dato gewartet, trottirete jetzt wieder umb den Wagen her, und lobete und beklagete uns, wie es uns vorhero verachtet und geschmähet hatte. Wir waren aber kaum durch Uekeritze gelanget, als ein abermalig Geschrei erging: »de Junker kümmt, de Junker kümmt!« so daß mein Töchterlein hoch auffuhr für Freuden und so roth wie eine Erdbeer wurde, von dem Volk aber Etzliche schon wieder begunnten in den Buchweizen zu laufen, so am Wege stunde, dieweil sie abermals vermeineten, es wäre ein Spükels[5]. Es war aber in Wahrheit der Junker wieder, so auf einem schwarzen Rappen angesprenget kam, und als er gegen uns war ausrief: »so eilig ich es auch habe liebe Jungfer, so muß ich dennoch umbkehren und sie bis in Ihr Haus geleiten, angesehen ich eben gehöret, daß das unflätige Volk sie unterweges schimpfiret, und ich nicht weiß, ob sie jetzunder sicher genug ist. Hierauf trieb er den alten Paassch zur Eile an, und da das Ampeln[6] mit seinen Beinen, so er fürnahm

5 Gespenst.

6 Plattdeutsch: Zappeln.

nicht sonderlich die Pferde in den Trab bringen wollte, schlug er von Zeit zu Zeit das Sattelpferd mit der flachen Klingen über den Rücken, so daß wir in Kurzem in das Dorf und vor die Widemen gelangeten. Doch als ich ihn bate, ein wenig abzusteigen, wollte er nicht, besondern entschuldigte sich, daß er heute noch über Usedom nacher Anclam reisen müßte, empfohle aber dem alten Paassch so ein Schulze bei uns war, mein Töchterlein auf seinen Kopf an, und möge er alsogleich, wenn etwas Sonderbares sich eräugnen sollte, selbiges dem Rentmeister in Pudgla, oder Dn. Consuli in Usedom vermelden, worauf er, als der Mann solches zu thun versprach, mit der Hand uns winkete, und wieder von dannen jagte, so sehr er kunnte.

Aber er war noch nit bei Pagels umb die Ecke kommen kehrete er zum dritten Male zurück, und als wir uns verwunderten sprach er: wir möchten ihme vergeben, daß er heute kurz von Gedanken sei.

Ich hätte ihme doch vormals gesaget, daß ich annoch meinen Adelsbrief hätte, und bäte er mich, ihn selbigen einige Zeit zu lehnen. Hierauf gab ich zur Antwort: daß ich selbigen erst herfürsuchen müßte, und müge er dannenhero ein wenig niedersteigen. Aber er wollte nit, besondern entschuldigte sich abereins, daß er keine Zeit nit hätte. Blieb darumb vor der Thüren halten, bis ich ihme den Brief brachte, worauf er sich bedankete und sprach: »laß Er sich dieses nicht verwundern; Er wird bald sehen was ich im Sinne habe!« Und hiemit stieß er seinem Rappen die Sporen in die Seite und kam nicht wieder.

Capitel 29.

Von unsrer großen, abermaligen Trübsal und letzlicher Freud.

Und hätten wir jetzunder wohl zufrieden sein und Gotte Tag und Nacht auf unsern Knieen danken mögen. Denn unangesehen, daß er uns so gnädiglich aus so großer Trübsal erlöset, hatte er auch das Herze meiner lieben Beichtkinder also umbgekehret, daß sie nicht wußten was sie uns Gutes thun söllten. Brachten alle Tage Fische, Fleisch, Eier, Würste und was sie mir sonsten bescheeren thäten, und ich wieder vergessen hab. Kamen auch den nächsten Sonntag alle zur Kirchen, Groß und Klein (außer der Klienschen in Zempin so unterdessen einen kleinen Jungen gekriegt und annoch ihre Wochen hielt) allwo ich über Hiob 5, Verse 17, 18, 19 meine Dankpredigt hielte: »siehe, selig ist der Mensche den Gott strafet, darum wegere dich der Züchtigung des Allmächtigen nicht. Denn er verletzet und verbindet, er zuschmeißet und seine Hand heilet. Aus sechs Trübsalen wird er dich erretten, und in der siebenten wird dich kein Uebel rühren«, wobei ich oftermalen von wegen dem Heulen ein wenig inne halten mußte, daß sie sich verpusten könnten. Und hätt ich mich in Wahrheit anjetzo mit dem Hiob, nachdeme ihn der Herr wiederumb gnädig aus seinen Trübsalen erlöset, wohl mügen in Vergleichung stellen, wenn nicht mein Töchterlein gewesen wäre, so mir abereins viel Herzeleid bereitete.

Sie weinete schon, als der Junker nicht absteigen wollte, und wurde letzlich da er nicht wiederkam immer unruhiger von einem Tag in den andern. Saß bald und las in der Bibel, bald in dem Gesangbuch, item in der Historie von der Dido bei dem Virgilio, oder lief auch auf den Berg und hohlete sich Blümekens (hat alldorten auch der Birnsteinader wieder nachgespüret, aber nichtes befunden, daraus männiglich die List und Bosheit des leidigen Satans abnehmen mag). Solches sahe ich etzliche Zeit mit Seufzen an, doch, ohne ein Wörtlein zu sagen (denn Lieber, was kunnte ich sagen?) bis es immer ärger wurd, und da sie jetzunder mehr denn jemalen zu Hause und im Felde ihre carmina recitirete, besorgete ich daß das Volk sie wiederumb in ein Geschrei bringen würde, und ginge ihr eines Tages nach, als sie wieder auf den Berg lief. Gott erbarms, sie saß auf ihren Scheiterhaufen, so annoch da stunde, doch also, daß sie ihr Antlitz zur Sehe gekehret hatte und recitirete die Versus, wie Dido den Scheiterhaufen besteiget, umb sich aus Brunst zum Aeneae zu erstechen nämlich:

At trepida et coeptis immanibus effera Dido
Sanguineam volvens aciem, maculisque trementes
Interfusa genas, et pallida morte futura
Interiora domus irrumpit limina, et altos
Conscendit furibunda rogos. – – –[1]

1 Nach Schillers Übersetzung:
Sie selbst zur Furie entstellt
Vom gräßlichen Entschluß, der ihren Busen schwellt,
Mit bluterhitztem Aug', gestachelt von Verlangen,
Der Farben wechselnd Spiel auf krampfhaft zuckenden Wangen,
Jetzt flammenroth und jetzt vom nahenden Geschick
Durchschauert, bleich, wie eine Büste,

Als ich solches sahe und hörete, wie weit es mit ihr kommen, entsatzte ich mich auf das Höchste und rief: »Maria, mein Töchterlein was machstu?« Sie erschrak, als sie meine Stimme hörete, blieb aber auf ihrem Scheiterhaufen sitzen, und gab zur Antwort, indem sie das Gesicht mit ihrem Schurzfleck bedeckete. »Vater ich brenne mein Herze!« Trat also näher zog ihr den Schurzfleck fort und sprach: »Wiltu mich denn noch einmal zu Tode grämen?« worauf sie ihre Augen mit den Händen bedeckete und lamentirete: »ach Vater, warumb bin ich hier nicht gebrennet? so hätte meine Pein doch nur eine kurze Zeit gewähret, nun aber währet sie so lange ich lebe!« That noch immer als merkete ich nichtes und sprach: »Warumb leidest du denn so viel Pein mein liebes Kind?« worauf sie zur Antwort gab: »ich habe mich so lange geschämet es Ihme zu sagen, umb den Junker, umb den Junker, mein Vater, leide ich so viele Pein! Er gedenket mein nit mehr und verachtet mich, obwohl er mich gerettet, denn sonst wäre er wohl ein wenig vom Roß gestiegen und hineinkommen, aber wir seind ihm viel zu schlecht!«

Und hube ich nun zwar an, sie zu trösten und ihr die Gedanken auf den Junker auszureden, aber je mehr ich tröstete, je ärger wurd es. Doch sahe ich, daß sie noch heimblich eine steife Hoffnung hatte von wegen dem Adelsbrief, den ich ihme hatte thun müssen. Solche Hoffnung wollte ich ihr auch nicht benehmen, dieweil ich sie selbsten hatte, besondern, umb sie nur zufrieden zu stellen, flattirete ich letzlich ihrer Hoffnung, worauf sie auch etzliche Tage geruhsamer wurde, und nicht wieder auf den Berg lief, wie ich ihr verboten. Nahm auch ihre kleine Pate, die Paasschin wieder im Katechismus für, angesehen der leidige Satan sie mit des gerechten Gottes Hülfe nunmehro wieder gänzlich verlassen. Doch quinete[2] sie noch und sahe also blaß aus wie ein Laken. Als aber bald hiernach das Geschreie kam: Niemand in der Burg zu Mellenthin wisse, wo der Junker verblieben, und vermeine man, daß er todt geschlagen wäre, nahm ihr Jammer wieder überhand, also daß ich meinen Ackersknecht zu reuten nacher Mellenthin schicken mußte, umb Kundschaft von wegen ihme einzuhohlen. Und hat sie wohl an die zwanzig Malen nach seiner Wiederkunft aus der Thüren und über das Hackelwerk geschauet, ist ihm auch bis an die Ecke gegen Pagels entgegengelaufen, als sie letzlich sahe daß

Stürzt in den innern Hof, und Wahnsinn in dem Blick
Besteigt sie das entsetzliche Gerüste.

2 plattdeutsch: für kränkeln, mit dem Nebenbegriff des Stöhnens.

er wiederkam. Aber, du lieber Gott, er brachte uns bösere Nachricht, denn das Geschreie uns gebracht, sagende: die Burgleute hätten ihm verzählet, daß ihr junger Herre gleich noch selbigen Tages abgeritten, als er die Jungfer gerettet. Und wär er zwar nach dreien Tagen zur Begräbnüß seines Vaters retourniret, aber auch gleich hierauf wieder abgeritten, und hätten sie nunmehro an die fünf Wochen weiter Nichtes von ihme gehöret, wußten auch nicht wohin er gefahren und vermeineten, daß ihn böse Lotterbuben wohl geschlagen hätten.

Und nunmehro hube mein Jammer größer an, denn er jemalen gewesen; denn so geduldig und gottergeben sie sich vorhero erwiesen, daß keine Märtyrin hat mügen stärker in Gott und Christo ihrem letzten Stündlein entgegen gehen, so ungeduldig und verzweifelt war sie anjetzo. Hatte alle Hoffnung aufgeben, und sich steif in den Kopf gesetzt, daß in dieser schweren Kriegszeit die Schnapphanichen den Junker geschlagen. Nichtes wollte davor helfen auch das Beten nit, denn wenn ich mit ihr auf meinen Knieen den Herren anrief, fing sie letzlich immer an so erschröcklich zu lamentiren, daß sie der Herre verstoßen, und sie nur zum Unglück auf Erden erwählet sei, daß es mir wie ein Messer mein Herze durchschnitt, und mir die Gedanken mit denen Worten vergingen. Lag auch des Nachts und winselte wie eine Schwalbe und ein Kranich und girrete wie eine Taube, und ihre Augen wollten ihr brechen[3], dieweil sie keinen Schlaf darinnen bekam. Rief ich ihr dann aus meinem Bette zu: »mein liebes Töchterlein, willtu denn noch nit aufhören, so schlafe doch!« so gab sie zur Antwort: »schlaf Er nur mein Herzensvater, ich kann nit schlafen, ehe denn ich den ewigen Schlaf schlafe; ach mein Vater, warumb bin ich nicht gebrennet?« Aber wie hätte ich schlafen mügen, da sie nicht schlafen kunnte; sagte zwar alle Morgen, daß ich etwas geschlafen, umb sie zufrieden zu stellen; aber es war nicht also, besondern wie David schwemmete ich auch mein Bette die ganze Nacht und netzete mit meinen Thränen mein Lager[4]. Verfiel auch wieder in großen Unglauben, also daß ich nicht beten kunnte und mochte. Doch der Herre handelte nicht mit mir nach meinen Sünden und vergalt mir nicht nach meiner Missethat, besondern seine Gnade sollte auch über mir elenden Knecht bald höher werden, denn der Himmel über der Erden[5].

3 Jesaias 38, 14.

4 Psalm 6, 7.

5 Ps. 103, 10.

Denn was geschah am nächsten Samstag? Siehe unsere alte Magd kam außer Athem in die Thüre gefahren: daß ein Reuter über den Herrenberg käme, hätte einen großen Federbusch an seinem Hut wehende, und glaube sie, es wäre der Junker. Als mein Töchterlein so auf der Bank saß umb sich ihre Haare auszukämmen, solches hörete, thät sie einen Freudenschrei, daß es einen Stein in der Erden hätte erbarmen mügen, und rannte alsogleich aus der Stuben, umb über das Hackelwerk zu schauen. Währete auch nit lange, so kam sie wieder zurücke gelaufen, fiel mir umb meinen Hals und schriee in einem wegk: »der Junker, der Junker!« wollte darauf abereins heraus ihme entgegen, was ich ihr aber wehrete, und sölle sie sich lieber ihre Haare wegkstecken, was sie auch einsah und lachende weinende und betende zugleich sich ihre langen Haare wieder aufbund. Nunmehro kam aber auch der Junker schon umb die Ecken gegaloppiret, hatte ein grün sammet Wammes an, mit rothen seidinen Aermeln, und einen grauen Hut mit einer Reiherfeder, summa war stattlich angethan, wie eim Bräutigam gebühret. Und als wir nunmehro aus der Thüren liefen, rief er meinem Töchterlein auf lateinisch schon von ferne entgegen: quomodo stat dulcissima virgo[6]? worauf sie zur Antwort gabe: bene, te aspecto[7]. Sprung also lächelnd vom Roß, und gab solches meinem Ackersknecht, so mit der Magd auch herbeikommen war, umb sein zu pflegen, verschrak sich aber als er mein Töchterlein also blaß sahe, und sprach, sie bei ihrer Hand fassend, auf teutsch: »mein Gott, was fehlet Ihr liebe Jungfer, Sie sieht ja blasser aus, denn da Sie auf den Scheiterhaufen sollte?« worauf sie zur Antwort gab: »ich bin auch alle Tage zum Scheiterhaufen gefahren, seitdem Er uns verlassen, lieber Herre, ohne bei uns einzusprechen, oder uns kund zu thun, wo Er geblieben.«

Solches gefiel ihme und sprach, wir wöllten nur allererst in die Stube gehen, sie sölle Allens erfahren. Und nachdeme er sich alldorten den Schweiß abgewischet und auf die Bank bei meim Töchterlein niedergesetzet hatte, verzählete er, wie folget. Er hätte ihr ja alsogleich versprochen, er wölle ihre Ehre erstlich vor aller Welt restituiren und hätte ihm dannenhero noch am selbigen Tage, als er uns verlassen, Ein ehrsam Gericht ein kurz Gezeugnüß ausstellen müssen von Allem was fürgefallen, insonderheit aber von dem Bekenntnüß des dreusten Büttels, item meines Ackerknechtes Claus Neels, womit er annoch in der Nacht, wie er versprochen,

6 Wie steht es süße Jungfrau?

7 gut, da ich dich erblickt habe.

gen Anclam geritten und des nächsten Tages nacher Stettin zu unserm gnädigen Herrn dem Herzogen Bogislav. Selbiger hätte sich fast heftig verwundert, als er von der Bosheit seines Haubtmanns vernommen und wie ers mit meinem Töchterlein gemachet, auch gefraget, ob sie des Pastoren Tochter sei, so einstmalen in Wolgast im Schloßgarten den Siegelring Sr. fürstl. Gnaden, Philippi Julii, christmilden Gedächtnisses, gefunden, und da er solches nicht gewußt, ihn abereins gefraget: ob sie auch lateinisch verstünde? Und als er, der Junker, letztes bejahet und gesaget, sie könne besser lateinisch denn er, hätte S.f.G. geantwortet: so will sie es genugsam sein, und sich alsogleich die Brille aufgesetzet und selbsten acta für sich genommen. Hierauf, und nachdeme S.f.G. das Gezeugnüß Eines ehrsamen Gerichtes kopfschüttelnd gelesen, hätte er demüthig umb eine Ehrenerklärung vor mein Töchterlein gebeten, auch S.f.G. imploriret ihm literas commendatitas[8] an unsern allergnädigsten Kaiser, nacher Wien mitzugeben, umb meinen Adelsbrief zu renoviren, angesehen er gesonnen sei, kein ander Mädken in seinem Leben zu heurathen denn mein Töchterlein.

Als sie solches hörete, that sie einen Freudenschrei und fiel in Unmacht mit dem Kopf an die Wand. Aber der Junker begriff sie in seine Arme, gab ihr an die drei Küßekens (so ich nunmehro auch ihme nicht wegern wollte, da ich mit Freuden sahe, wo es hinauslief) und als sie wieder bei sich kommen fragete er: ob sie ihn nicht wölle, daß sie bei seinen Worten einen solchen Schrei gethan? worauf sie sprach: »ob ich Ihn nicht will mein Herre? Ach fast so lieb als meinen Gott und Erlöser will ich Ihne! Nunmehro hat Er mir erstlich mein Leben gerettet, und mein Herze vom Scheiterhaufen gerissen, auf dem es ohne Ihn gebrennet hätte sein Lebenlang!« Weinete hierauf für Freuden, als er sie auf seinen Schooß niederzog, und umbfing mit ihren Händekens seinen Nacken.

Saßen auch also und caressireten eine ganze Zeit, bis der Junker wieder mein ansichtig wurde und sprach: »was sagt Er dazu, es ist doch auch Sein Wille Ehre Abraham?« Ei Lieber, was hätte ich wohl dazu sagen können denn Alles Guts? Weinete ja selbsten für Freuden, wie mein Kind, und gab darumb zur Antwort: warumb es nicht mein Wille sein sollte, da es Gottes Willen wär? Aber ob der gute und rechtschaffene Junker auch bedacht hätte, daß er seinem adlichen Namen einen Abbruch thun würde, wenn er mein

8 Empfehlungsschreiben.

Töchterlein, so als eine Hexe im Geschrei, und nahe vor dem Scheiterhaufen gewest, sich zu seiner Frauen nähme?

Hierauf sprach er: mit nichten, diesem hätte er längstens präcaviret und fuhr nunmehro fort uns zu erzählen, wie er es angefangen, nämblich S. fürstl. G. hätten ihme versprochen, alle Scripta, so er begehret, inner vier Tagen fertig zu halten, wo er von der Begräbnüß seines Vaters heimbzukehren hoffe. Wäre derohalben auch gleich wieder nach Mellenthin abgeritten, und nachdem er seinem Herrn Vater die letzte Ehr erwiesen, hätte er sich auch alsogleich wieder aufgemacht, und befunden, daß S.f.G. unterdeß ihr Wort gehalten. Mit solchen Scriptis wäre er nacher Wien abgeritten und wiewohl er viel Leid, Mühe und Gefahr unterwegens ausgestanden (so er uns ein ander Mal erzählen wölle) wäre er doch glücklich in diese Stadt gelanget. Alldorten hätte er aber von ungefährlich einen Jesuiten getroffen mit welchem er einstmalen als Studiosus etzliche Tage sein Locament in Prag gehabt, und selbiger ihme auf sein Anliegen geantwortet: er solle guten Muths sein, angesehen Seine Majestät in diesen schweren Kriegsläuften Geld gebrauche, und wölle er, der Jesuit, Allens machen. Solches wäre auch beschehen, und hätte die Kaiserliche Majestät nicht blos meinen Adelsbrief renoviret, besondern auch die Ehrenerklärung S.f.G. des Herzogen confirmiret, so daß er nunmehro männiglich Red und Antwort von wegen seiner Braut stehen könne, wie nachgehends von wegen seiner Frauen. Und als er nunmehro die Acta aus seinem Busen herfürzog und mir selbige in die Hand gab sprach er: aber jetzunder muß Er mir auch einen Gefallen thun Ehre Abraham, nämblich mich morgen, wo ich mit meiner Braut zu Gottes Tisch zu gehen verhoffe, mit seinem Töchterlein einmal für allemahlen abzukündigen, und nachgehends schon übermorgen zu trauen. Sage Er nit Nein hiezu, denn mein Pfarrer, Ehre Philippus spricht, daß solches bei Adlichen in Pommern nicht ungebräuchlich, wannenhero ich auch zum Montage die Hochzeit in meiner Burg allbereits angesaget, als wohin wir fahren wollen und wo ich auch mein Beilager zu halten gedenke. Gegen solches Ansuchen hätte nun mancherlei zu moniren gehabt, insonderheit, daß er zu Ehren der heiligen Dreieinigkeit sich wöllte dreimal kündigen lassen, wie es der Brauch ist, und mit seiner Hochzeit annoch warten, aber da ich meim Töchterlein ansah, daß sie auch gern recht bald Hochzeit hätt, inmaßen sie seufzeln und so roth wie ein Scharlaken wurde, kunnt ich es ihnen nicht abschlagen, sondern versprach Allens, was sie wollten. Hierauf vermahnete sie Beide zum Gebet, und nachdem ich meine Hände auf ihr Haupt geleget, dankete ich dem Herrn so brünstiglich, wie ich ihm noch nimmer gedanket, also daß ich letzlich für meinen Thränen nicht weiter kommen kunnte, sondern sie mir meine Stimme ersäufeten.

Hierzwischen war aber des Junkers sein Wagen mit vielen Truhen und Koffers vor der Thüren angelanget, und sprach er: jetzo soll Sie auch sehen liebe Jungfer, was ich Ihr mitgebracht, und gab Befehlig Allens in das Zimmer zu tragen. Ei Lieber, welche schöne Sachen hatte es darinnen, so ich mein Lebtage nit gesehen! Allens was Weiber gebrauchen, war hier fürhanden, insonderheit an Kleidern, als Leibichen, gefaltete Höcke[9], lange Mantel, zum Theil mit Futterfell verbremmet, Schleier, Schürzen, item das Brauthemd so mit güldenen Borten besetzet war und worauf der kurzweilige Junker an die sechs oder sieben Mirthenbüscher vor sie geleget hatte, umb sich daraus selbsten einen Kranz zu machen. Item nahm es kein Ende an Ringen, Halskettlein, Ohrenperlein etc. so ich zum Theil vergessen hab. Auch wollte der gute Junker mich nit unbescheert hinterlassen, inmaßen er mir ein neu Meßgewand (dieweil das alte die Feinde geraubet) auch Futterhemde, Hosen und Schuhe, summa Allens was zur Mannskleidung gehört, mitgebracht hatte, weshalben ich nur im Stillen den Herrn anrief, daß er uns für solchen Staat und Hoffarth nit abermals in seinem Zorn strafen wölle. Als mein Töchterlein dieses Allens sahe, wurde sie betrübt, daß sie ihme nichts mehr geben könne denn ihr Herze allein, und die Kettin von dem schwedischen König so sie ihme umb den Hals hing, und ihn weinende bate, sie vor ein Brautgeschenke zu behalten. Solches versprach er auch letzlich und daß er sie mit in seinen Sarg nehmen wölle, doch zuvorab müsse mein Töchterlein noch damit vertraut werden, wie mit dem blauen seidinen Kleid, denn dieses und kein anderes sölle ihr Brautkleid sein, welches sie ihme auch angeloben mußte.

Doch mit der Magd begab sich noch ein seltsamer Fürfall, so ich allhier noch notiren will. Denn nachdeme das alte treue Mensch gehöret, was hieselbsten geariviret, war sie für Freuden außer sich, sprang und klatschete in ihre Hände, und sagete letzlich zu meim Töchterlein: nunmehro würde sie sicherlich nicht mehr weinen, wenn der Junker in ihr Bette liegen wölle, worüber selbige also erschaamrothete, daß sie aus der Thüren lief. Und als der Junker nunmehro wissen wollte, was sie damit sagen wölle, verzählete sie ihme, daß er schon einmal als wir von Gützkow kommen, in

9 Die Bedeutung dieses Kleidungsstückes ist mir unbekannt, wenn es nicht etwa ein Schreibfehler ist und Röcke heißen soll.

meines Töchterleins Bette geschlafen, worüber er den ganzen Abend seinen Kurzweil mit ihr hatte, als sie wiederkam. Der Magd versprach er aber, da sie schon einmal meines Töchterleins Bette vor ihn gemacht, sölle sie es auch zum andern Mal machen, und übermorgen wie auch mein Ackersknecht, mit nacher Mellenthin fahren, damit Herrschaft und Gesinde sich nach so viel Trübsal zusammen freuen könnten.

Und da der liebe Junker bei uns die Nachtherberge nehmen wollte, mußte er bei mir in der kleinen Achterstuben schlafen (denn ich kunnte doch nit wissen was fürfallen würde). Schlief auch bald wie ein Dachs, aber in meine Augen kam kein Schlaf, für Freuden, sondern betete die ganze liebe Nacht oder gedachte an meine Predigt. Erst umb die Morgenzeit drusete ich ein wenig ein, und als ich aufstund saß der Junker schon in der Vorderstuben bei meim Töchterlein, welche allbereits das schwarze seidine Kleid anhatte, so er ihr mitgebracht, und wie durch ein Wunderwerk frischer aussahe, denn da der schwedische König kam, so daß ich sie mein Lebtage nit frischer und hübscher gesehen. Item hatte der Junker schon sein schwarz Wammes an und suchte ihr die besten Zweigleine zum Myrthenkranz aus, den sie sich wunde. Legte aber ihren Kranz sogleich auf die Bank, fallete ihre Händleins und betete nach ihrer Gewohnheit den Morgenseegen, als sie mich ankommen sahe, welche Demuth den Junker sehr erfreuete, und er bat es in Zukunft bei ihme auch also zu halten, was sie auch zu thun versprach.

Bald hierauf gingen wir auch zur lieben Kirchen in die Beichte und, dieweil der Junker mein Töchterlein unter ihrem Arm gefasset, blieb alles Volk für Verwunderung stehen und rißen den Hals auf, so weit sie kunnten. Sollten sich aber annoch mehr verwundern, als ich nach der Predigt erstlich die Ehrenerklärung Sr.f.G. mit der Confirmation der Kaiserlichen Majestät und nachgehends meinen Adelsbrief auf teutsch ihnen fürlas, und letzlich mein Töchterlein mit dem Junker zu kündigen begunnte. Lieber, da mürmelte es in der Kirchen nit anders als wenn die Bienen summen. (NN. Diese Scripta seind jedoch bei dem Feuer, so vor einem Jahr in der Burg auskam, wie ich nachgehends vermelden werde, verbrennet, wannenhero ich sie allhier nicht in origine allegiren kann.)

Darauf gingen meine lieben Kinder mit vielen Volk zu Gottes Tisch, und nach der Kirchen kamen sie fast alle umb sie und wünscheten ihnen Glück. Item kam der alte Paassch noch auf den Nachmittag zu mir ins Haus, und bat mein Töchterlein abereins umb Vergebung, daß er sie unwissend beleidiget; wöllte ihr gerne ein Hochzeitsgeschenke verehren, aber er hätte jetzunder Nichtes, doch sölle seine Frau ihr zum Frühjahr ein Huhn setzen und wölle er dann selbsten die Küken nacher Mellenthin bringen. Hierüber mußten wir allzumalen lachen, insonderheit der Junker, welcher letzlich sprach: so du mir ein Hochzeitsgeschenke machest, mußtu auch zur Hochzeit geladen werden, darumb machstu wohl morgen mitkommen.

Worauf mein Töchterlein sprach: und Eure kleine Marie, meine Päten soll auch mitkommen und soll meine Brautjungfer sein, wenn es mein Herre erlaubet. Hierauf hub sie an, dem Junker Allens zu erzählen was mit selbiger durch die List des leidigen Satans fürgefallen und männiglich ihr zur Last geleget, bis der gerechte Gott ihre Unschuld gerettet, und bate, da der liebe Junker beföhle, daß sie dasselbige Kleid zu eim Traukleid haben sölle, worinnen sie den schwedischen König salutiret und nachgehends zum Scheiterhaufen gefahren sei, er ihr auch verstatten müge, ihre kleine Pätin, als indicium secundum[10] ihrer Trübsal mit sich vor eine Brautjungfer nehmen.

Und als er solches versprach, hieß sie den alten Paassch sein Mädken ihr anhero zu schicken, umb ihr ein neu Kleid anzupassen, so sie schon für 8 Tagen vor selbiges zugeschnitten, und die Magd heute noch fertig nähen sölle, welches Allens den alten guten Kerl so erbarmete, daß er laut zu weinen begunnte und letzlich sagte: sie sölle es nicht umbsonst gethan haben, denn vor das eine Huhn sölle seine Frau ihr nunmehro zum Frühjahr auch drei Hühner setzen.

Als er wegk war und der Junker nichts anderes thäte, denn mit seiner Braut schwätzen, beides deutsch, wie lateinisch, macht ich es besser und ging auf den Berg zu beten, wobei ich ihr nachfolgete, und auf den Scheiterhaufen stieg, umb hier einsamlich dem Herrn mein ganzes Herze zu einem Dankopfer zu bringen, dieweil dieses sein liebstes Opfer ist. Ps. 51, v. 19.

Die Nacht nahm ich den Junker wieder bei mir, aber als am andern Morgen kaum die Sonne auf –

Hiemit enden diese interessanten Mittheilungen, die ich nicht die Absicht habe, mit eigenen Zuthaten zu verwässern. Meine Leser, und insonderheit meine schönen Leserinnen mögen sich nun nach Gefallen das Glück dieses vortrefflichen Paares weiter ausmalen.

10 zweites Wahrzeichen.

Alle weiteren historischen Spuren seines Daseins wie des Daseins des Pfarrers sind verschwunden, und nur ein in die Wand der Kirche zu Mellenthin gefügter Denkstein ist übrig geblieben, auf welchem der unvergleichliche Junker mit seinem noch unvergleichlicheren Weibe abgebildet ist, noch die »güldene Kettin mit dem Konterfeit des schwedischen Königs« auf seiner treuen Brust. Beide scheinen kurz hinter einander gestorben und in einem Sarge begraben zu sein. Denn im Kirchgewölbe sieht man einen großen Doppelsarg in welchem, der Tradition zufolge, sich auch eine goldene Kette von unschätzbarem Werth befinden soll. Vor einigen 20 Jahren wollte der Gutsbesitzer v.M. welcher durch seine unerhörte Verschwendung nahe an den Bettelstab gekommen war, diesen Sarg öffnen lassen um daraus das kostbare Kleinod zu entwenden, aber er vermochte es nicht. Wie durch einen mächtigen Zauber wurde er in seinen Fugen festgehalten und ist bis auf den heutigen Tag noch uneröffnet geblieben. Möge ers auch bis auf jenen großen Tag und nie die frevelnde Hand der Habsucht oder der Neugier diese heilige Asche heiliger Menschen entweihen! – Zum Schluß noch das Denkmal des guten Paares in getreuer Zeichnung.

Biographie

1797	*27. Februar:* Johann Wilhelm Meinhold wird als Sohn des Pastors Georg Wilhelm Meinhold und seiner Frau Anna Elisabeth, geb. Lenger, in Netzelkow auf Usedom geboren. Meinhold wird ausschließlich von seinem Vater, vor allem in alten Sprachen, unterrichtet. Folglich weist Meinhold später eine nur geringe Allgemeinbildung auf und hat mitunter Probleme im sozialen Umgang.
1805	Tod der Mutter. Später leidet Meinhold unter seiner ungeliebten Stiefmutter.
1813	In Greifswald beginnt er, Theologie, Philosophie und Philologie zu studieren. Noch während des Studiums wird Meinhold von seinem Lehrer Ludwig Gotthard Kosegarten zu eigenen literarischen Versuchen ermutigt.
1815	Aus Geldmangel muss Meinhold sein Studium abbrechen, legt jedoch die nötigen Prüfungen für das erstrebte Pastorat ab. Mit seiner Arbeit als Hauslehrer hält er sich finanziell über Wasser.
1818	Er erhält in Gützkow eine Stelle als Gehilfe des Theologen und Vize-Pleban Hans Franz Gering.
1820	Meinhold wird Rektor der Stadtschule Usedom. In Gützkow heiratet er Juliane Maria Johanna Gering, die Tochter seines früheren Vorgesetzten, mit der er vier Söhne bekommt. Zudem verfasst er das Drama »König Bogislaf«.
1821	Aufgrund einer positiven Kritik des Dramas von Seiten Jean Pauls und der darauf folgenden Protektion durch den Oberpräsidenten J.A. Sack erhält Meinhold endlich eine Pfarrstelle in Koserow auf Usedom. Er bringt seine eigenen Gedichte heraus, die von Goethe in die Gattung der Individualpoesie eingestuft werden.
ab 1823	Die »Gedichte« erscheinen und Meinhold wird durch seine weltliche und religiöse Lyrik bekannt.
1825	Er verfasst die Novelle »Die Pfarrerstochter von Koserow«, deren Veröffentlichung von der Zensur verboten wird.
1826	Berufung auf die Pfarrstelle in Krummin, wo er ständigen Auseinandersetzungen mit der Gemeinde ausgesetzt ist.

	»St. Otto, Bischof von Bamberg, oder: die Kreuzfahrt nach Pommern« (Epos).
1827	Mit Friedrich Wilhelm IV macht Meinhold eine – erfolglose – Schiffsreise zu den Vineta-Klippen.
1828	Tod des Vaters.
1835	Bei einer Ausschreibung erfährt Meinholds »Apologie des Christentums« eine ehrenvolle Erwähnung.
1837	»Humoristische Reisebilder«.
1838	Beginn der Arbeit an dem chronikalischen Roman »Maria Schweidler, die Bernsteinhexe« nach der Novelle »Die Pfarrerstochter von Koserow«.
1839	»Schill«, eine poetische Festschrift zum 25. Jahrestag der Schlacht bei Leipzig, wird veröffentlicht.
1840	Meinhold erhält den Doktortitel der theologischen Fakultät der Universität Erlangen für die »Apologie des Christentums«.
1841/42	Einige anonym gedruckte Teile des Romans »Die Bernsteinhexe« erregen die Aufmerksamkeit Friedrich Wilhelms IV, so dass dieser 1843 die anonyme Veröffentlichung des ganzen Romans mit dem Untertitel »Der interessanteste aller bisher bekannten Hexenprozesse nach einer defekten Handschrift ihres Vaters, Pfarrer Abraham Schweidler auf Usedom« veranlasst.
1844	Meinhold übernimmt die Pfarrei in Rehwinkel. Das epische Gedicht »Athanasia oder die Verklärung Friedrich Wilhelm des Dritten« erscheint.
1847	Der Roman »Sidonia von Bork, die Klosterhexe« ist wieder im chronikalischen Stil geschrieben.
1848	»Die babylonische Sprachen- und Ideenverwirrung der modernen Presse, als die hauptsächlichste Quelle der Leiden unserer Zeit«.
1850	Durch ständige Auseinandersetzungen mit der Gemeinde verliert Meinhold die Pfarrersstelle. In Charlottenburg beginnt er die Arbeit an seinem letzten Werk, dem Roman »Der getreue Ritter, oder: Sigismund Hager von und zu Altensteig und die Reformation«, der später von seinem Sohn Aurel beendet wird.
1851	*30. November:* Meinhold stirbt in Charlottenburg.

39752619R00101

Printed in Poland
by Amazon Fulfillment
Poland Sp. z o.o., Wrocław